그동안 몰랐다.
삶이 이토록 아름다운 줄

턴의
미학

Aesthetics of Turn

턴의 미학

초판인쇄	2019년 8월 16일
초판발행	2019년 8월 21일

지은이	이 지
발행인	조현수
펴낸곳	도서출판 프로방스
마케팅	이동호 최관호
IT 마케팅	정광영
디자인 디렉터	오종국 Design CREO

ADD	경기도 고양시 일산동구 백석2동 1301-2
	넥스빌오피스텔 704호
전화	031-925-5366~7
팩스	031-925-5368
이메일	provence70@naver.com
등록번호	제2016-000126호
등록	2016년 06월 23일
ISBN	979-11-6480-009-4 03810

정가 15,800원

그동안 몰랐다.
삶이 이토록 아름다운 줄

Aesthetics of Turn

이 지 지음

P 프로방스

"'나'를 해부해야 '삶'의 수술이 성공적이다"

인생이 마라톤이라면 이제 거의 반환점을 돌 시간이다. 최종 성과보다 중요한 것이 중간평가다. 처음 생각한 대로 가고 있는지, 수정할 계획은 없는지, 목표를 향해 제대로 가고 있는지, 다시 돌다리 두드리는 지점이다. 내 안에 곳간은 얼마만큼 찼을까. 이런 생각할 겨를에 지금이 그때려니 하고, 앞뒤 잴 것 없이 상차림에 들어갔다. 준비보다 중요한 게 시작이다. 손님 맞을 마음이 중요하지, 반찬 맛이 더 중요하랴. 있던 반찬 그대로 내놓기로 했다. 오래되어 쉬어 꼬부라졌으면 꼬부라진 대로, 방금 막 버무렸으면 아삭한 그대로 마음속 냉장고를 정리하기로 했다. 지금이 내 인생에서 부흥을 일으킬 르네상스 시기일지도 모른다. 그 신념에 등 떠밀려 글을 쓰기 시작했다.

현재 서 있는 지점에서 '기준!' 을 외쳤을 때 학창시절과 직장생활이 사이좋게 반으로 갈린다. 기준점에서 좌우 양팔 벌려 뛴 인생, 이제 기준점으로 다시 헤쳐 모일 때도 됐다. 인생 스킬만 채우다가는 기준점에서 더 멀어질 수도 있다. 이 타이밍을 붙잡는 편이 낫겠다. 설령, 새로 고침을 하는 한이 있더라도 말이다. 내 이야기를 작정하고 써 본 건 초등학교 일기가 전부다. 가정과 직장 테두리 안에서 양념이라고는 야근 밖에 칠 줄 몰랐던 내가 여기까지 왔다. 글의 연륜은 안중에도 없고 '쓰는 나' 와 '보는 상대' 만 생각했다. 나는 경험을 조리하고, 상대는 입맛대로 집어삼켜 각자 방식대로 소화하기를 바라는 마음에서 출발했다. 케케묵은 기억에 발목 잡힐까 싶어 상황 따위는 돌아보지도 않고 펜부터 잡았다.

글을 쓰려면 책을 많이 보라고들 한다. 자료수집도 내 집 장만할 때 자금 모으듯이 해야 한다. 맞는 말이긴 하다. 이 책의 터닝 포인트 파트부터 독서 이야기가 등장한다. 난 독서와 연애한 지 얼마 되지 않았다. 아직은 서로에 대한 호기심으로 책 한 장 한 장에 설레는 단계다. 글이란 독서와 자료수집보다는 표현하는 방식의 문제다. '나'

라는 사람의 콘텐츠는 언제 어디서건 변함없을 터이다. 40년간 보관된 내면 그림책을 글자로 스캔하였다. 이 작업에 독서량이 관여할 일은 아닌 것 같다. 그렇다고 이제까지 혼자 잘 보관했으면 됐지, 이제 와서 굳이 들출 일은 뭐고, 사서 고생할 건 또 뭐람. 개천의 용도 아니고, 위대한 업적을 남긴 것도 아니면서. 글 쓸 때 이러한 잡념은 바쁜 스케줄보다 더 악질 훼방꾼 노릇을 했다. 그럼에도 불구하고 써야만 했다.

이유는 단순하다. 괜찮지 않으면서 멀쩡한 척 살아왔다. 이제는 척하지 않고 멀쩡하게 살고 있다. 봄에 만나는 꽃, 여름에 만나는 바다, 가을에 만나는 단풍, 겨울에 만나는 눈처럼 스치는 인연에 속삭일 말을 쓰자 생각했다. '나'를 가장 많이 아는 사람은 '나'다. 최고 전문가인 내가 '나'를 바라볼 때 '척'이란 한 끗 차이가 길이 남을 훈장이다. 우아한 척 살았던 '과거 나'에게는 반항 심리가, 평범하게 살고 있는 '현재 나'에게는 응원 심리가 발동해 이중생활을 시계열적으로 풀어헤쳤다. 나라를 구한 위인만 연대기를 그리라는 법 있나. 연대기 쓰다 위인 될지 또 누가 알겠는가. 이런 생각에 지배당해 엄마 뱃속부터 지금 모습까지 슬쩍슬쩍 건드려 놓았다. 앞 장의 어릴 적 풍경부터 마지막 장의 중년 스케치까지 책장도 같이 늙는다.

마흔까지 가정과 직장이 세상의 전부인 줄 알았다. 이런 건 직장
생활 하는 사람들이 거치는 코스가 아닐까 싶다. 그 양립 세계에서
내 역할만 하면 '인생성공' 꼬리표를 달고 살 줄 알았다. 삶이 고작
이지선다인데 답이 그렇게 어려운가. 기대하던 답이 아니면 적당히
다른 보기로 둘러메치려 했다. 주변을 보면 사회에서는 명예를 얻었
지만 가정은 비운이고, 사회는 그럭저럭한데 가정은 행복지기인 사
람이 있다. 난 두 마리 토끼를 다 잡고 싶었다. 가정과 직장을 이리
기웃 저리 기웃했다. 대다수 사람들이 몰린 곳을 인생 답안지로 삼았
다. 그 기준으로 내 삶을 채점하니 틀린 답이 많았다. 내 인생 시험지
에 비가 내렸다. 그때 알았다. 가정과 직장, 삶과 일이 하나의 연장선
이라는 것을.

앞장에 배치한 학창시절 20년은 삶만 존재해 '나'와 '세상'이 하
나로 통했다. 이후 20년은 삶에 일이 보태져 다람쥐 쳇바퀴다. 바퀴
가 잘 굴러가다 어느 순간 고장이 났다. 고장 날 나이라 마모된 건지,
멈추라는 신의 계시인지는 모르겠다. 일과 삶을 주차시키고 주변을

둘러보았다. 바깥세상은 오색찬란한 콘텐츠로 어둠을 물들인 불꽃놀이 같았다. 촌에서 때 되면 논밭만 갈다가, 도심 공원으로 소풍 간 느낌이었다. 그렇게 제3의 세계는 놀이공원처럼 맛난 것도 많고, 탈 것도 많고, 볼 것도 많았다. 시간이 모자라 다 누리지 못할 뿐이다. 일상을 탈출하니 자기 개발 세상이 노다지처럼 널려 있었다.

우물 밖 개구리가 된 지 2년을 넘어섰다. 제자리로 돌아와 인생 답안지를 다시 채점했다. 신기하게도 이전에 채점한 인생 시험지에 비가 그치는 것이었다. 삶의 구역도 이지선다에서 삼지선다로, 삼지선다에서 오지선다로 확장되었다. 어느새 주관식도 내 방식대로 풀고 있었다. 인생은 바둑이다. 나는 그동안 검은 돌만 만지작거렸다. 이제 흰 돌을 넘본다.

내가 변하니 주변이 변했다. 아니, 주변은 그대로인데 이제야 제대로 본 것일 수도 있겠다. 뭐가 맞는지 따지는 것조차 무의미하다. 지금 내 모습이 과거와 다르고, 함께 사는 가족이 전과 다르다. 성형수술한 얼굴이네 아니네 왈가왈부할 필요조차 없다. 직장에서 직원들에게 이런 변화를 공유한 적이 있었다. 듣고 있던 직원 귀도 내가 맛본 눈빛과 매한가지였다. 팔랑대는 귀를 본 그때부터 내 입도 간질 간질해졌다. 한 명에게 다 얘기하기도, 여러 명을 일일이 만나기에도 시간은 턱없이 부족했다. 내 성질머리는 빈틈은 채우고, 뽕은 뽑아야 직성이 풀린다. 옹달샘에 세수하러 갔다가 물만 먹고 왔다가는 큰일 난다. 세수하러 간 김에 물까지 마셔대는 성미다. 직장 후배들 보니 학교 후배, 예비 엄마 줄줄이 마음에 걸린다.

아이가 중학교 1학년 때, 상담주간을 맞아 담임 선생님을 만나러 간 적이 있었다. 선생님은 나를 보자마자 아이를 어떻게 키웠느냐며 오히려 상담을 받아야 될 판이라 했다. 아이는 1학년 마칠 무렵에 아이들로부터 모범상을 받았다. 학원, 세미나, 독서 모임 등 지인들로부터 어떻게 키웠느냐는 질문을 받았다. 아이가 자랄 날이 아직 많이 남아 앞일은 모를 일이기는 하다. 선생님들은 고등학생이 되고 어른이 되어도 중립 성향으로 흔들림 없이 살 아이라 했다. 난 내가 듣기 좋아하는 말만 찰떡같이 믿는 구석이 있다. 아이 키운 질문에 답을 달게 된 것도 글을 쓰게 된 이유다.

하나의 사안이 있으면 그 자체를 집중 분석하기에 앞서 내적, 외적 환경부터 살펴야 한다. 영향 요인을 종합적으로 다루어야 사안이 명확해진다. 이에 따라 결론도 합리적으로 다듬을 수 있다. 나와 아이를 둘러싼 환경 분석 차원에서 케케묵은 시절까지 먼지 털어가며 성장 과정을 담았다. 그 성장은 끝없는 진행형이다. 나와 아이가 한 일에 관점을 두기보다는 함께 자랄 수 있었던 프로세스를 전하고자 한다. 사람마다 처한 환경이 다르고, 가치와 생각이 다른데 어찌 한 개인의 'WHAT'이 상대에게 적용할 대상이 되겠는가. 아무개가 산 이야기로 각자 나만의 'HOW'를 설계하면 더 바랄 게 없다. 숱한 자기계발서에서 말하는 '~을 하라' 보단 '~도 있다' 정도. 8시간 수면을 고집하는 자가 4시간 자며 쓴 보람이 있을 것 같다. 보너스를 물질에서 보람으로 찾는 계기가 되었다.

하루하루를 이 경험 저 경험으로 채우다 보니 이 세상에서 눈 감는 딱 그날 하루만 결과라는 사실을 알게 되었다. 죽는 순간 직전까지 펼쳐지는 세상은 과정에 불과하다. 그 찰나가 정상이든 나락이든 간에 지금 겪는 경험은 그다음 과정의 전 단계일 뿐이다. 이 글을 쓰는 것조차 인생 선분에 찍은 꼭짓점일 뿐이다. 다음 결과를 걱정할 일도, 사전 준비를 염두 할 일도 아니다. 마음이 이해한 대로 써 내려 가는 과정이 '글쓰기' 라 정의했다. 정의에 입각해 펜을 굴렸다. '나 해부학' 은 이렇게 입문했다.

2019년 8월

저자 **이 지**

Contents | **차례**

턴의 미학

나 는 어 떤 사 람 인 가

나이 마흔을 넘어섰다.
20년 전과 현재를 대입하니 절묘하게도 딱 반반이다.
편 가르듯이 경험이 20년씩 양 갈래로 갈라진다.
그 경험들을 한데 뭉쳐 내 인생
40년이라는 카테고리에 넣어 보았다.

01 :

감수성과 예술성

우리 뇌는 우뇌와 좌뇌로 구분된다. 통상 우뇌는 예술적 기능을, 좌뇌는 논리적 기능을 담당한다. 기능만 따져볼 때 나의 뇌는 태어날 때부터 비정상인 것 같다. 남들은 좌뇌와 우뇌가 적당히 사이좋게 균형을 이룰 텐데, 어릴 적 하던 짓으로 봐서 나의 좌뇌는 단지 우뇌의 부속품에 불과했다. 대체로 난 눈썰미가 있고 리듬과 박자를 잘 맞추는 편이다. 검증할 수 없다고 나 혼자 우겨대는 말은 아니다. 어디서든 그림과 춤 등 예술적, 감성적 영역이 논리적 영역에 압승이었다. 내 머리 세상은 우뇌가 주인 노릇 하고 좌뇌는 머슴 꼴로 산다 생각했다.

이러한 끼가 처음 발견된 것은 부모님과 친척들이 모여 노래판을 벌일 때다. 트로트 음악만 나왔다 하면 냄비나 상자를 뒤집어 놓고 젓가락부터 잡았다. 젓가락을 두드리며 몇 번 장단 맞추니 어른들은 우리 집에 이박사가 따로 없다며 무반주로 곡을 뽑았다. 진로와 한참 거리 먼 어린 나이였기에 마음 놓고 신났던 것 같다. 내가 끼면 노래판은 분위기가 살았고 어른들의 입꼬리는 매번 하늘로 치솟았다. 젓가락질 못 하던 그 시절, 젓가락은 음식 집는 도구가 아닌 가락 젓는 도구였다. 젓가락 하나만 보더라도 할 말 다 했다. 한술 더 떠 트로트 신바람으로 한때 유행했던 가수 이박사의 성대모사까지 곁들였다. 젓가락과 내 입만 있으면 어른들은 세상 근심 뭐 있냐는 표정이었다.

내 아이가 유치원 다닐 때 선생님들로부터 줄곧 듣던 얘기가 어쩜 그리 어른스럽냐는 말이었다. 신체적 · 정신적 인내심이 또래와 달라 한 말이다. 이제 와 생각하니 트로트와 가락을 가래떡 마냥 쭉쭉 뽑아댄 걸 보면 나도 뭐 어른스럽기는 한 것 같다. 내 아이는 참아서 어른스럽고, 나는 끼를 못 참아 어른스럽다. 마치 연예인이 된 것 마냥 그런 호응에 존재감을 느꼈다. 내 어깨도 덩달아 들썩댔다. 30년도 더 된 일이니 요즘 노래방 기기 반주를 내가 대신한 셈이다. 뿐만 아니라, 음악을 한 번 들으면 실로폰이나 멜로디언으로 악보 없이 따라 하는 것이 가능했다. 피아노가 집에 있었더라면 여러 옥타브까지 넘나드는 절대음감이었을지 모른다는 환상으로 또동똥똥 두들겨 댔다. 이성이 아닌 감성적 영역에서는 혼자서도 잘 놀았다. 이렇게 우뇌 가

분수 길을 기꺼이 자처했다.

중학교 2학년 때 일이다. 그 당시 국어시험 중 말하기 영역이 있었다. 친구들은 모두 앞에 나와 단상을 부여잡고, 준비한 시나리오에 맞춰 목소리를 높여 또박또박 발표했다. 내신 성적표에 국어 점수가 '수'에 근접하려면 누구라도 목에 힘이 들어갈 수밖에. 발표 시나리오는 자유로운 주제로 자신이 내용을 짜는 것이었다. 난 말을 유창하거나 조리 있게 잘하는 편이 아니었다. 특히 많은 사람들이 주목하는 자리에서는 더했다. 약점을 강점으로 바꿔치기하기로 했다.

'말'은 '의사소통'의 도구다. 의사소통이란 사람들과 즐겁게 통하면 되는 것 아닌가. 서로 통하는 수단으로 비언어적 방법을 쓰기로 했다. 그때도 개그콘서트는 남녀노소에게 인기였다. 오래 돼서 개그콘서트 코너 이름은 가물가물하지만 최근에도 했던 '대화가 필요해' 코너였던 것 같다. 그 코너 대사를 패러디하고 1인 다역 연기를 펼쳤다. 양념으로 평소 심심풀이 땅콩이던 팬터마임도 곁들였다. 감동까지는 모르겠으나 반 전체가 뒤집어진 건 사실이다. 시험 결과도 만점이었다. 나에게 어떻게 그런 흥이 나왔는지 나도 놀랐다. 비언어적 성취감에 실력이 좀 떨어지는 '말'도 잘만 하면 되겠다는 자신감이 생겼다. 명색이 2년간 자리를 지킨 임원인데 이 정도는 해야 되지 않을까.

중학교 2학년 때까지 학급에서 한 자리를 놓치지 않았다. 반에서 거의 1등을 차지했고 전교 900여 명 중에서도 10등 안을 맴돌았다. 어머니에게 이 사실은 아직까지 회자되고 있다. 그 이후에는 딸 자랑할 일이 딱히 생각나지 않는 모양이다. 어머니 입에서 900여 명 중 전교 6등이라는 멘트가 자주 등장하는데, 어째 자긍심보다는 원망 서린 말투로 들린다. 그때는 우뇌 전성기였는지 수업 시간에 내가 무슨 말만 하면 여기저기 책상 치고 뒤로 넘어가는 분위기였다. 요즘 SNS로 치면 선생님과 친구들이 '공감' 버튼을 마구 눌렀을 법했다. 심지어 교내 일진으로 불리는 친구들마저 "모두 들어라! 우리 지영이 불편하지 않게 아무도 건드리지 마!"라고 선포했다. 아마도 남녀공학이 아닌 여자 중학교라 아이들에게 호감을 샀던 것 같다. 사랑을 많이 받으니 어느 누구를 미워할 일도 없고, 베풀기만 하면 됐다. 내가 할 수 있는 일은 재능기부라 생각하고 아낌없이 친구들에게 나눠 주었다. 시험 전에는 일일교사로서, 수업 시간에는 개그우먼으로서.

이러한 끼를 심각하게 고민해 터트린 것은 중학교 3학년 때다. 나는 그전까지 성적으로 부모님 가슴에 훈장 하나는 달았다고 자부했다. 부모님 역시 기대지수가 상종가를 쳤다. 이러한 끼에 기름을 칠

한 것은 같은 반 친구의 영향이 컸다. 같은 반에 탤런트 친구가 있었다. 내 눈에 그 친구는 그저 평범한 아이였다. 내가 저 친구보다 못한 게 뭐가 있는가. 선생님을 비롯하여 반 전체를 뒤집는 끼가 있지 않은가. 그 친구도 나를 잘 따랐다. 그 친구 집에 자주 놀러 가고, 방송국도 따라다녔다. 나는 단단히 바람이 들고 말았다.

그때부터 나의 꿈은 개그우먼으로 급선회했다. 그 꿈에 혼자만 풍선처럼 부풀었지, 가족들은 옆집 아이 꿈으로 여겼다. 결국, 그 꿈은 봄날 개꿈이 되고 말았다. 개그우먼은 어느 날 하늘에서 뚝 떨어지는 게 아니었다. 재능보다 더 중요한 플러스알파까지 요구되었다. 가족들과 실랑이 하는 사이 전교 등수는 반 등수가 되었다. 담임 선생님이나 어머니는 특목고에 욕심을 냈다. 평소 어머니가 말씀하시는 거로 봐서는 특목고 욕심보다 예술은 배고픈 직업이라 여기고 가위질한 것 같다. 그 욕심은 점점 헛된 욕망으로 변하고 나 역시 꿈과 현실 사이에서 이도 저도 아닌 미아 신세가 되었다. 대가는 혹독했다. 꿈과 현실 사이에서 방황하는 사이 성적은 곤두박질쳤다. 부모 가슴에 달았던 훈장은 이마의 주름 하나를 더 늘게 했다. 한때 제 세상인 양 활개 쳤던 우뇌는 당분간 열중쉬어하기로 했다.

고등학교 시절은 그저 요조숙녀로 지냈다. 선생님과 친구들에게는 성당의 수녀 이미지로 비쳤다. 공부는 반에서 10등 이내를 유지하며 여고생답게 천생 여자 입지를 굳혔다. 고2 때까지 2년 동안 그 이미지를 잘도 고수했다. 가장 중요한 시기인 고3이 되었다. 체력장에서 활약을 보이고 주변 친구들도 나를 재미있게 봐 온 모양이다. 체육 시간에 느닷없이 체육부장으로 선출되지를 않나, 선생님과 합세해 오락부장까지 겸임하라지를 않나, 졸지에 발탁인사가 거행되었다. 3년 만에 감투라는 것을 써 보니 어리둥절했다. 묵혔던 끼는 잠자는 사자의 코털을 건드린 꼴이 되었다. 그래도 끝물에 물오른 나의 끼는 성냥불 꺼지듯 쉬이 들어갔다.

대학 진학 때는 집안 형편을 고려해 빨리 취업할 수 있는 간호학과를 선택했다. 나이팅게일 연장 선상에서의 진로 선택은 아니었다. 대학 입학 후 부모 간섭은 줄고 내 입맛에 맞는 축제는 줄을 이었다. 메마른 땅에 단비처럼 반갑고 울고 싶을 때 꼬집어 준 것처럼 고마웠다. 내친김에 동아리 아이쇼핑을 한 후 3개를 한 번에 구매했다. 구매목록 3가지는 어르신 봉사, 편집부, 사물놀이였다. 물론, 가중치는 단연코 사물놀이다. 사물놀이는 일주일에 두 번 3시간 이상 연습하고 방학 기간에는 혹독한 훈련이 있다. 방학 때 산속 폐교 교실에서 7일간 합숙했다. 이른 아침부터 종일 가락 하나를 제대로 뽑기 위해 신체훈련, 민요, 사물 악기 연습이 있었다. 땡볕에서 연습하다 간혹

쓰러지는 친구가 생길 만큼 혹독했다. 군대 간 사람 마냥 초코파이는 꿈에 나올 정도였다.

이 정도는 아무것도 아니다. 매 학기마다 실시하는 공연과 마임 축제, 거리공연에서 느끼는 전율의 크기는 어마어마했다. 손끝부터 발끝까지의 추임새가 장구가락과 혼연일체 되었다. 손가락에 피가 철철 나도 느낌을 의식하지 못했다. 설장구는 장구를 허리춤에 매달고 가락과 함께 온몸을 놀리는 장르다. 나의 히트 상품이기도 했다. 설장구로 공연을 펼칠 때면 장자의 호접몽처럼 내가 나비인지, 나비가 나인지 모를 정도로 장구와 한 몸이 되어 펄쩍펄쩍 뛰었다. 공연에서 모두 꺼리는 징이라는 악기도 노리개처럼 다루었다. 흥이 넘쳐 징 무게가 꽹과리로 느껴질 만큼 기분이 들뜨는데 남자만 들라는 법 있나.

중이 고기 맛을 보면 절에 빈대가 남아나지 않는다는 말이 있다. 공연에 맛을 들인 후 나는 동아리 방만 기웃거렸다. 일주일에 두 번이 성에 차지 않아 늘 허기증에 시달렸다. 사람은 간사하다. 동아리 회원들과 다 같이 연습할 때는 뭐 하러 일주일에 두 번씩이나 모이느냐며 투덜대더니. 연습하면 할수록 어릴 적 젓가락 손놀림이 소환되어 더 빠져들었다. 길을 걸을 때에도 양 허벅지는 두 손바닥 장단에 늘 매를 맞곤 했다. 밥을 먹을 때에도, 물품 상자를 받아들 때에도 온통 장구가락으로 얻어맞았다.

어느 날 동아리 장기자랑 대회가 열렸다. 나는 그것도 모르고 수업 빈 시간에 혼자 동아리 방에서 장구를 치고 있었다. 그때 동아리 선후배들이 들이닥쳤다. "뭐야? 왜 우린 대회 출연자가 없어? 이대로 말 거야?" 참고로 간호학과는 내가 1회 졸업생이라 의과대학 선배들이 참여를 권유했다. 말 잘 듣는 후배로서(이런 장르만), 참여에 의의를 두고 대회가 열리는 강당으로 향했다. 여전사의 후배들을 거느리고서. 가는 동안 머릿속으로 기획한 프로그램을 후배들에게 간단히 설명했다. 무대 위에 올랐다. 사물놀이와는 거리 먼 장기를 펼쳤다. 1등은 아니지만 장려상을 받았다. 장기자랑 대회를 미리 알았더라면 개그 욕심에 분명 또 준비했을 텐데, 그나마 투자 대비 짭짤한 상이었다. 가성비에 만족했다. 그보다는 나의 우뇌가 사화산이 아닌 휴화산이었다는 것, 활화산으로 점화될 가능성이 있다는 점에 대만족했다. 지금 생각하면 그때의 내가 지금의 나와 동일 인물인가 의심스럽긴 하다.

김미경 강사가 '엄마의 자존감 공부', '꿈이 있는 아내는 늙지 않는다' 등의 저서와 강연을 통해 늘 강조하는 말이 있다. "돈 버느라 꿈을 펼치지 못했다면 그때는 돈을 벌 때였다" "오륙십 나이 넘어 꿈을 향해 나아간다면 그때가 제때다"라고. 대학생 때 코흘리개 시절의 끼가 재연된 것을 보니 왜 그런 말을 했는지 조금은 알 것 같다. 재능은 도중에 배신하거나 증발하지 않는다. 의리 있는 놈이다. 타고난 재능은 설사 버림을 받더라도 재생능력이 크다. 오히려 버림받은 시기에 길러졌던 재능과 결합하면 더 큰 힘을 발휘할 수 있다. 내 몸으로 체험하니 자라면서 누구를 원망하고, 환경 탓할 일은 없을 것 같다. 하마터면 더한 것에 발목 잡혀 평생 꿈을 펼치지도 못하는 사람들에게 배부른 곡소리가 될 뻔했다.

02:

어린 시절의 자화상

우뇌 가분수라는 나의 소프트웨어를 다루고 나니 어린 시절 하드웨어까지 건드리고 싶어졌다. 어릴 적 추억을 논하는데 껍데기 없이 알몸만 나온 것 같아 영 찜찜하다. 나는 서울 어느 한복판 집에서 산파 손에 태어났다. 태생을 이야기할 때 흔히 다리 밑에서 주워왔다는 우스갯소리를 한다. 내게는 우습지 않은 소리다. 나는 문래동 다리 밑 단칸방에서 태어났다. 나의 태생을 부모에게 굳이 캐지 않아도 절로 알게 된다. 어머니가 힘들 때마다 하도 내뱉어 청각을 지닌 이상 모르기가 더 어렵다. 어머니가 오빠를 낳을 때 아버지는 무직이었다. 그 덕에 오빠는 호리호리하게 태어났다. 지금까지 그 몸매다. 어머니는 오빠를 키우며 미싱 보따리 들고 동대문을 드나들었다. 현기증으로 몇 차례 쓰러지기도 했다.

그러던 중 내가 뱃속에 들어섰으니 반가울 리 만무하다. 나까지 태어나면 굶겨 죽이겠다 싶었단다. 나를 임신 후 열 달 내내 입덧이 심해 구토가 일상이었다. 열 달 입덧은 고스란히 물려받은 유산이라 그 느낌은 내게 설명이 필요 없다. 어머니는 아들을 귀히 여기던 대구 집 며느리다. 오빠를 임신한 것 자체로 이미 필요충분조건은 달성했다고 보았다. 뱃속의 나는 옵션이었다. 마누라가 웃어도 부족할 판에 입덧으로 우거지상이니 아버지는 나를 지우길 바랐다. 평소 으르렁대던 두 분이 이런 건 잘도 합의한다. 어머니는 막걸리와 커피를 들입다 마시면 뱃속에서도 괴로워 내가 삶을 포기하지 않을까 생각했다. 돈이 없어 제대로 먹지도 못했다면서 막걸리와 커피 살 돈은 있었나 보다. 하도 토하고 속이 울렁거려 담배까지 배워 피웠다. 내가 태어난 후 고등학교 때까지 어머니가 담배를 끊지 못한 걸 보면 어머니 속 문제지 내 문제는 아닌 것 같다. 사춘기 때 내가 피울까 봐 선수 친 걸까.

어머니 뱃속에서 나는 이런들 어떠하리 저런들 어떠하리 하며 잘만 놀더란다. 내가 태어난 그 날, 나는 어머니의 사지를 비틀어 놓았다. 내가 복수라도 한 것 같지만, 어머니는 먹을 게 없어 도저히 힘을 줄 수 없었다. 내 머리는 바깥세상에 있고, 몸통은 안쪽 세상인 따로 국밥이었다. 집이라 의사도 없었다. 목이 졸려 캑캑대는 내 모습 보니 어머니는 뱃속에서 지우려 했던 나쁜 마음들이 한순간에 떠올랐단다. 어머니가 미안해할까 봐 하는 소리인데, 막말로 나는 그렇게 질긴 년으로 이 세상에 나왔다.

태어난 후 우리 집은 17번 이사했다. 기억력의 한계로 초등학교 이후 집만 소개한다. 초등학교 때는 계단이 땅속으로 향하는 지하실 방에서 살았다. 방 하나는 어머니의 미싱 작업 공간이고, 다른 방은 네 식구의 생활 무대였다. 아버지는 글만 쓰다 이렇게 풍월을 읊을 때가 아니란 걸 뒤늦게 눈치챘다. 급한 대로 철판 자르는 일을 구했다. 같은 서울 하늘에서 산 고모부로부터 일감을 받은 것이다. 바깥에서 철판 자르는 일이라 망정이지 그것마저 엄마처럼 재택근무였다면 내 거처는 마당이 될 뻔했다.

하루는 네 식구가 윷놀이처럼 나란히 누워 자는데 어디서 사각거리는 소리가 났다. 사과 깎는 소리라면 유쾌하기라도 하지, 머리털이 쭈뼛 서는 사각 소리였다. 불을 켜고 보니 방 안에 쥐 한 마리가 들어온 것이다. 보아하니 먹잇감을 구하러 들어온 모양인데 네 새끼만 중요하냐 내 새끼도 중요하다는 일념 하에 부모님은 몽둥이를 찾았다. 자다가 봉창 두드리기 게임도 아니고 이른 새벽에 쥐 때려잡기 소동이 벌어졌다. 쥐는 어찌나 날쌔던지 창문을 타고 바깥으로 도망갔다.

그다음 날부터 누가 잡아가도 모를 정도의 수면은 졸업했다. 방을 나가면 신발 신고 다니는 집이라 그곳에만 쥐덫을 두었는데 괘씸 맞게 신도 벗지 않고 안방에 들어오다니. 그때부터 청각이 발달하고, 애완동물 중 고양이를 가장 좋아하게 되었다. 즐겨보던 만화인 '톰과 제리'는 당연히 톰 편이다. 가뜩이나 향수병 따위 염려할 필요 없이 이 집에 정이 없었는데 월세 계약 끝날 즈음 마침 주인아주머니도 우리를 밖으로 내몰았다.

다른 집으로 이사했다. 중학교 때까지 이 집에서 살았다. 이번에는 아래로 향하는 계단이 아닌, 쪽길 따라 지상으로 향하는 계단 집이다. 계단보다 담벼락이 한참 덜 컸다. 계단을 오르면 지나가는 사람들에게 '나 여기 삽니다'라며 대번에 들키는 구조다. 쥐와 동거하지 않는다는 사실에 쾌재를 불렀다. 방이 어정쩡하지만 그래도 2개다. 하나는 부모님 방, 또 하나는 오빠와 내방이다. 전에 넷이 함께 쓰던 안방 크기에 가운데 벽 문을 단 모양새다. 방 구조가 어릴 적 짝꿍이 넘어 올까 봐 책상 한가운데 선을 그은 딱 그 꼴이다. 이 집에서 신경 써야했던 일은 연탄불 꺼뜨리지 않기, 외출할 때 현관 앞 약탕기에 열쇠 넣기였다. 가족 중 최연소인 만큼 가장 먼저 귀가하는 사람은 늘 나였다. 나름 두 가지 일을 잘 신경 썼다. 특히 번개탄과 밀당(밀고 당기기)하며 연탄불로 가족들을 맞이한 일은 최고 성과였다.

두 번째 미션인 열쇠 넣어두기 건은 어설퍼 눈이 휘둥그레진 사건 하나가 있었다. 미션을 거꾸로 수행한 것이다. 가는 날이 장날이라고 그날 일이 벌어졌다. 외출할 때 약탕기에 열쇠를 넣은 게 아니라 집에 들어갈 때 열쇠로 문을 따고는 약탕기에 도로 집어넣은 것이다. 그날도 평소처럼 하교 후 혼자 밥을 차려 먹고 있었다. 어디서 달그락달그락 소리가 났다. 청각은 발달했으나 내 몸은 소리에 부응하지 못했다. 소리를 무시하고는 흰밥에 김치 얹어 다시 아작아작 씹었다. 달그락거리는 소리가 멈추더니 갑자기 현관문이 슬로우 모션으로 빠끔 열린다. 문을 연 사람은 남학생으로 보였다. 눈싸움하듯이 그의 눈과 내 눈이 딱 마주쳤다. 현관문 열자마자 바로 보이는 방이라 그 눈을 외면할 수도 없었다. 다람쥐가 도토리 뺏길까봐 양 볼 한가득 부푼 것처럼 내 볼은 김치 싼 밥으로 터질 지경이었다. 입에 김치 국물 묻은 채로 쳐다봐서 그런지 상대는 화들짝 놀라 뛰어 도망갔다.

아무도 없는 줄 알고 물건을 훔치러 들어온 건지 다른 의도인지는 잘 모르겠다. 중요한 건 엉큼한 생각을 불러일으킬 만한 몰골이 아니라 넘어갔다는 점이다. 그 후로도 어둑어둑한 귀갓길에 수상한 남성이 내 뒤를 밟는 경험을 했다. 내 앞모습을 못 봐 쫓아온 것 같다. 사십 평생 살면서 모르는 남자가 말 건 적 한번 없는 걸 보면. 이 역시 발달한 청각 덕에 냅다 달려 위기를 모면했다. 달리기가 주특기라 집

대문까지 쫓아오는 것을 재빠르게 차단했다. 헐레벌떡 대문 안으로 골인해 영화 속 한 장면처럼 대문을 잠갔지만 생각할수록 아찔하다. 난 그때 당시 100미터 달리기 선수였다. 타고난 재능이 날 살렸다.

그때 당시 다니던 학원이 없어 하교 후에는 대체로 혼자 보냈다. 초등학생 때는 압력밥솥에 밥도 짓고, 반찬으로 감자조림도 했다. 술을 좋아하는 아버지 안주로 김치부침개도 만들었다. 중학교 들어가서는 심심풀이로 교과서를 예습 복습했다. 학원도 문제집도 없으니 시간이 남았다. 그야말로 공부하고 싶을 때 공부 했다. 음악을 듣고 싶으면 라디오 켜고 따라 부르다 이따금씩 몸을 흔들었다. 이때가 앞에서도 말한 어머니에게 훈장 달던 그 시기다. 중학교 때 2년간 임원하고 반에서 1등 했던 그 시기.

주인집 아들과 같은 학년, 같은 반이라 그 아이 집에 세 들어 산다는 사실은 거의 다 알았다. 이 사실을 모두가 안다 한들, 꼴찌에서 맴돌던 주인집 아들이 불편할 일이지, 앞 등수에서 놀아나는 내가 불편할 일은 아니었다. 이 집은 주인집을 비롯해 동네 아주머니들의 아지트였다. 이들의 등장은 커피 대접이란 무의식 신경을 건드렸다. 간혹 어른들 이야기에 끼어 개그 다과까지 접대했다. 그럴 때면 아주머니들 사이에서 센스장이라는 평가를 곧잘 받았다. 기쁨을 내어 주고,

인정을 회수한 꼴이다. 사는 게 그리 불편하지는 않았다. 이 집은 정이 들었다. 굳이 불편한 걸 하나 꼽자면 바퀴벌레와의 동거였다. 쥐보다는 낫지만, 내 일거리가 늘어 그게 불편했다.

내가 연탄 아궁이를 따뜻하게 지펴 그런지, 향기 좋은 밑반찬을 만들어 그런지, 그 집은 바퀴벌레가 들끓었다. 바퀴벌레 알도 포착되어 하교 후 집에 들어오면 촛불부터 켰다. 다큐멘터리 현장 같은 이 사실은 가족도 모른다. 사방에서 기어 나오는 바퀴벌레들 배 속 새끼까지 태워 죽일 셈이었다. 나의 노랫소리나 춤 동작이 없으면 아무도 없는 줄 알고 바퀴벌레들은 슬슬 기어 나왔다. 나는 정면을 바라보지만 백미러가 달려 뒤에서 기어가는 놈까지 꿰뚫어 본다. 그놈들은 절대로 나를 피하지 못한다. 물건 틈을 향해 전력 질주하는 놈에게 재빠르게 촛농을 투하한다. 바퀴벌레가 달리는 속도와 촛농이 떨어지는 속도 사이에 빈틈이 없다. 조준 사격을 마치고 나면 방바닥은 바퀴벌레 화석 박물관이 된다. 스릴러 영화처럼 사체를 처리하면 사건은 종결된다. 그때 이후 시야는 넓어지고 촉은 깊어진 것 같다. 이런 촉으로 주인아주머니 환심도 사 이 집에서 오래 살 줄 알았다.

어느 날 주인아주머니가 집을 새로 고치고 싶다 했다. 8만 원 월세 집에서 나와 길에 나앉게 생겼다며 사정사정하는 어머니 뒷모습을 보았다. 어머니의 애원은 허사였다. 결국 이사를 갔다. 이왕 갈 거면 이제 고등학생도 되었으니 옛집이라도 좀 번듯한 집이었으면 했다. 이사할 집은 그동안 산 집들의 평균으로 수렴했다. 쥐 나오던 하층 집과 바퀴벌레 나오던 상층 집의 평균 지대였다. 계단 없는 반지하다. 쥐와 바퀴벌레는 뜸했다. 담벼락은 평균 신장의 성인 남성만 볼 수 있는 높이였다. 화장실이 좀 멀긴 하지만 함께 쓰는 가구 수가 세 가구로 줄었다. 방이 2개라도 주인집과 떨어져 있고, 두 방도 서로 떨어졌다. 담벼락 높이가 그래서 그런지 성인 남성에게 결국 도둑을 맞긴 했다. 주인아주머니가 월세를 적게 받아 잃은 돈이 그나마 도둑에게 기부할 정도는 됐다. 요조숙녀로 둔갑한 고등학교 시절은 그렇게 보냈다.

대학 한창 다닐 무렵 부천 신도시 주공아파트에 당첨되었다. 또 이사해야 했지만, 이런 건 열 번도 더 할 집이었다. 이 집은 명색이 아파트다. 화장실이 집 안에 있어 자다 깨 신발 찾을 일도 없다. 우리 집 전용 화장실이라 경쟁의식으로 공포의 새벽 시간대를 택할 일도 없다. 거실과 부엌이 버젓이 있고 맨발로 다녀도 된다. 보일러가 돌아가니 불 꺼져 잠을 설칠 필요도 없다. 내 방이란 둥지가 생긴 건 복권에 당첨된 것 같았다. 학교 성적은 하락세라도 사는 환경은 상승세니 삶이 상쇄된다. 어릴 적 그 좁은 방을 다 같이 쓸 땐 노래와 춤이 절로 나오더니, 막상 내 방을 소유한 뒤로는 흥이 주춤했다. 잦은 이사로 그 끼도 오락가락한가 보다. 법정 스님이 무소유를 외친 이유가 다 있다.

학창시절에는 사는 집이 비좁고 내어줄 간식도 변변찮아 생일파티 등 친구들을 초대한 적이 없다. 비록 동네 어른들에게는 특별 초대석으로 예술과 개그를 대접했지만. 예술적 재능은 어느 정도 물려받았고 눈치와 분위기 감각은 어릴 적 환경이 키운 것 같다.

헬렌 켈러는 [사흘만 볼 수 있다면]에서 "들을 수 있다는 게 얼마나 고마운지 아는 사람은 귀머거리뿐입니다. 볼 수 있다는 것만으로도 얼마나 다채로운 축복을 누릴 수 있는지는 소경밖에 모릅니다. 특히 후천적인 이유로 청각이나 시각을 잃어버린 사람이라면 더욱 감각의 소중함을 절실히 깨닫습니다. 나는 앞을 볼 수 없기에 촉감만으로 흥미로운 일들을 수백 가지나 찾아낼 수 있습니다. 운이 아주 좋으면, 목청껏 노래하는 한 마리 새의 지저귐으로 작은 나무가 행복해하며 떠는 것을 느낄 수도 있습니다."라고 했다.

나는 보고 듣는 감각을 이미 선물 받았다. 오감이 업그레이드되는 환경에서도 자랐다. '어릴 적 자화상' 이라는 특수 학원에 다닌 셈이다. 돈다발을 한 트럭 갖다 바쳐도 다닐 수 없는 그런 학원을.

03:

내가 가진 것들

　　어릴 적 자화상을 보면 내가 가진 역량 중 예체능이 한자리를 차지했다. 아이도 예술 방면에 점수가 높게 나오는 걸 보면 물보다 진한 피로 내 역량이 확고해진다. 어릴 적부터 내가 끼고돌던 것도 음악이다. 작은 실로폰에 절대음감을 결합시키는 것이 주된 소꿉 놀이었다. 그러다 보니 다 커서 합창을 하더라도 비교적 화음 넣기가 수월하다. 샵(#)과 플랫(♭)이 덕지덕지 붙은 악보를 아래위로 넘나들 정도는 아니더라도 그 음을 즐길 줄은 안다. 박자와 리듬감이 예의 차릴 정도는 되는 편이다. 바른생활 정박뿐 아니라 옆 길로 새는 변박도 가능했다. 내 흥에, 사람들 흥에 취해 변타를 즐겼다. 여든 넘은 외삼촌은 마흔 넘은 내게 아직도 그 박자를 주문하곤 한다. 사물놀이 공연 때 치던 변타와 '허이허이' 외치는 신호음은 그야말로 별미였다. 어른이 되어 난타를 배울 때도 제법 진도가 빨랐다. 춤으로는 장기자랑과 노래방에서 존재감을 드러냈으니 부연설명이 더는 불필요할 것 같다.

이왕 말 나온 김에 자화자찬 좀 더 보태본다. 보고 그리기를 곧잘 했다. 창의적으로 꾸미는 시간도 좋아했다. 조별 활동에서는 포스터를 담당할 정도로. 학창시절에는 서예반 활동과 함께 칠판 글씨를 책임지는 서기도 맡았다. 가만 보니 머리보다 몸 쓰는 일을 대체로 잘한다. 달리기는 어릴 적 내 뒤를 밟은 수상한 남자를 따돌릴 정도라 100m와 계주 선수로 뽑히곤 했다. 운동신경이 발달하긴 한 모양이다. 자전거는 어려서 환상만 품다가 대학 MT 때 처음 접했다. 초보 운전 경력을 숨기고 싶었는지 막상 페달에 발을 얹으니 그런대로 잘 굴러갔다. 엄밀히 말하면 다들 주변 풍경 보며 자전거 탈 때, 나는 내 몸을 풍경 삼아 타긴 했다. 배드민턴과 탁구, 포켓볼 초보 딱지도 이런 식으로 뗐다.

TV에서 가장 즐겨 봤던 프로는 '개그콘서트'와 '웃찾사'였다. 내가 임신했을 때 태교로 삼을 정도로 유머를 좋아한다. 어려서부터 잘웃고, 웃음을 참지 못했다. 개그 프로 대사를 만들거나 성대모사로 기름칠을 했다. 친구들이 곧잘 웃어 주니 신이 나 물건을 계속 찍어냈다. 학창시절 별명은 '또 상상'이었다. 상황 상황마다 그다음 이미지가 연상되어 표정에서 대번 들켰다. 피식대는 모습에 "또 상상, 또 상상"이라는 말을 자주 들어 아예 별명으로 굳혔다. 장면을 재연하면 연기가 생생해 혼자 보기 아깝다는 말을 자주 들었다. 지금도 직원들이 연기는 좀 빼고 공지사항을 전달하라 한다. 어려서는 혼자만의 시간이 많아 상상하는 시간도 그만큼 길었다. 주변이 웃으면 파도타기처럼 나도 따라 웃었다. 그럴 때마다 상상했다. 예체능과 유머를 결합하면 대박 나겠다고. '웃긴 애', '재밌는 애', '반전 소녀', '언어유희 달인', '입 벌리면 깨는 애', '개그본능' 등등 나를 지칭하는 말들을 조합하니 '개그우먼'이 나왔다. 부모 눈치 보느라 구매까진 못하고 들었다 놓기만 한 그 상품 말이다.

'언어유희'는 같은 음 다른 뜻을 가진 단어를 이용한 일종의 말장난이다. 독서량이 저조해 딸리는 어휘력에 비하면 말장난은 자유자재로 하는 편이다. 부모님과 두 분의 친구, 친척, 동네 아주머니, 노인정 어르신 등등 어른들과 어울리며 흘린 대화 주워 먹은 결과가 아닌가 싶다. 말장난뿐 아니라 몸 장난도 잘했다. 어릴 적 오빠는 내 필통 속에 죽은 바퀴벌레를 넣거나 책가방에 잠옷, 인형, 주판 등 요상한 물건들을 몰래 넣은 적이 많았다. 나도 오빠 책가방에 동상이나 인형을 넣어 반격했다. 다락방에서 지나가는 오빠에게 물총도 겨누었다. 학창시절 긴긴 장난거리들을 기억에 다 소장하지 못한 것이 아쉬울 따름이다. 그 장난기는 지금도 가족, 상사, 직원, 지인 등 남녀 노소 관계없이 발현된다. 세 살 버릇 여든까지 가게 생겼다. 남도 못 주는 개 버릇 욕심쟁이다.

남의 집에 세 들어 살면서 키워진 역량 중 하나가 눈치코치다. 상대의 표정, 머리스타일 등 외관상 틀린 그림을 잘 찾는다. 눈치껏 아니다 싶으면 빠지고, 괜찮다 싶으면 끼어들어 멘트 하나씩을 곧잘 날렸다. 눈칫밥 배불리 먹어 그런지 웬만한 음식은 거의 소화한다. "무슨 음식 좋아해요?" 보다는 "못 먹는 음식 있어요?"라고 질문하는 게 서로 편하다. 음식 남는 꼴도 못 봐 사람들 머릿속에는 '게걸스럽게 잘 먹던 애'로 기억된다. 눈치작전은 언뜻 보기에 센스 있는 사람으로 내비치기 일쑤다. 하지만 남 눈치 보느라 발걸음을 떼지 못하는 역기능도 있다. 이때부터 민폐 될 일은 경계하게 된 것 같다. 내 기준에 민폐 아닌 일이 상대에게는 민폐일 수도 있는 것을. 지금 생각하면 나 자신에게 민폐 끼치기 싫은 것일 수도 있겠다. 그놈의 민폐가 양의 탈이 될지, 늑대의 탈이 될지도 모르면서 걱정을 사서 했다. 지불할 게 없어 어디 이런 것까지 사나. 지불의 대가는 일을 혼자 끌어안는 것이었다.

어릴 적엔 홀로 아리랑 같은 시간이 많았다. 그에 비해 마음은 여리고 정이 많은 편이다. 고립 길로 들어설까 봐 사람들과 어울린 기회가 만든 성격 같다. 상대가 울면 함께 울고, 웃으면 함께 빵 터진다. 내 유전자와 환경의 결합상품이다. 여린 성격은 예체능 끼와 절충했다. 활동적인 편이라 터프한 기질도 빠질 수 없다. 이런 기질이 없었으면 눈물이 많아 우산 챙기기 바빴을 게다. 나를 반쪽만 아는 사람은 여리게만 보거나 터프하게만 보는 오류를 범한다. 아무리 요리조리 뜯어봐도 나는 순백의 우뇌형인 것 같다.

이제까지의 문맥 흐름상 고등학교 때 문과나 예체능 분야를 선택할 법도 한데 이과를 택했다. 수학 과학 점수가 나름 높았기 때문이다. 수학 정석을 종일 끼고 사니 성적이 잘 나올 수밖에. 수학은 언어계열과는 달리 음악과 함께 할 수 있는 과목이었다. 음악을 좋아하니 수학도 베스트 과목이 되었다. 수학 성적 상위권의 비결이다. 원인도 모르고 선생님과 부모님은 내가 이과형 두뇌라 판단했다. 그들의 요구대로 이과 반에 들어갔다. 바흐가 음악의 아버지라면, 내게 음악은 수학의 아버지인 셈이다. 참 희한하다. 우뇌형은 예술적 기질로 통상 외모도 예쁘게 가꾸는데, 나는 게으른 기질로 꾸미기가 젬병이니 생긴 것도 이과스러웠다.

학교 다닐 때 모범생들이 자주 하는 말이 있다. 공부가 가장 쉽고 좋았다고. 나도 늘상 말했다. 교복이 가장 쉽고 좋았다고. 머리카락이 빨리 자라는 게 반갑지 않고, 주말에 교복을 입지 않는 게 서운했다. 치장하고 다니는 외형만 봐서는 이과 길을 택한 것이 하나 어색하지 않다. 학원 학부모 설명회 때 내 모습을 보고는 딱 이과 형 어머니란다. 이과 전부의 성향이 아닌 내 기준으로 하는 말이다. 모름지기 이과생인데 논리력, 수리력, 분석력은 좀 있어야 하지 않나. 내가 보기에 이 재능 모두 낙제점 같다. 무늬만 이과생으로 살아야 할 판이다.

고등학교 때 국어, 역사, 사회, 도덕 등 인문사회 과목에 재미를 못 봤다. 간 크게도 뭐 하나만 잘하면 먹고사는 데는 문제없다 생각했다. 음악 등쌀에 못 이겨 고층빌딩 성적 같던 수학이 문과 과목들을 먹여 살렸다. 사람들 재밌게 해 주고, 너도 좋고 나도 좋은 분위기만 만들면 되지 않을까. 외모 가꾸기는 귀찮아해도 그리 불쾌감 주는 외형은 아니지 않나. 이런 생각에 젖어 팔자 좋은 독백을 늘어놓았다. 과목들이 도토리 키 재기하듯 다 고만고만했다. 그렇다고 더 들여다볼 생각도, 키울 생각도 하지 않았다. 구태여 내키지 않는 영역까지 뭐 하러 개발시켜야 하나 싶었다. 다니는 학원도 없고 잔소리도 없었다. 그 어떤 통제권에서도 벗어난 비무장지대에 살았다. 이미 발달한 기질을 더 업그레이드 할 수 있는 환경이었다. 담임선생님은 개미 같은 학생들 사이에서 베짱이 같은 내가 안타까웠을 수도. 머리 크고 부모 되어 보니 역지사지에 놓인다.

나이 마흔을 넘어섰다. 20년 전과 현재를 대입하니 절묘하게도 딱 반반이다. 편 가르듯이 경험이 20년씩 양 갈래로 갈라진다. 그 경험들을 한데 뭉쳐 내 인생 40년이라는 카테고리에 넣어 보았다. 지난날을 회상하고 남은 60년을 바라보았다. 내가 가진 것들을 주섬주섬 챙겨봐야 할 것 같다. 물 한 모금 마시고 하늘 한번 쳐다보듯 과거와 미래도 도리도리해가며 비교해본다. 내가 가진 기질에, 살면서 얻은 옵션이 결합하니 사람이란 동물이 참 신비롭다. '신비한 동물의 세계'는 동물이 사람을 찍어야 할 것 같다. 나쓰메 소세키의 [나는 고양이로소이다]에서 고양이가 인간 세상을 관찰하는 것처럼. 나의 소유물과 존재를 관찰할 때가 왔다.

사람이 쓰던 근육을 반복해 사용하면 보기 좋은 육체미가 된다. 생전 쓰지 않던 근육을 갑자기 사용하면 통증이 온다. 이 통증은 시간 지나면 결국 종전에 쓰던 근육으로 흡수되어 육체미를 더한다. 어릴 적 자화상은 큰 통증 없이 쓰던 근육 가동 범위 안에 있었다. 예술적 재능은 타고나는 분야라 여겼다. 그 타고난 사람 중 나도 끼었거니 했다. 이 재능을 믿는 구석 삼아 살면서 무기로 사용했다. 재능은 있으니 누군가가 키워주면 그 길로 가겠거니 착각도 했다. 자신은 아무런 노력도 하지 않고 환경이 다가와 주기만을 바랐다. 기회가 찾아오기를 기대하며 목만 빼고 두리번댔다. 내가 좋아하는 분야에서 즐기며 사는 것이 인생이라 생각했다. 다른 분야에서 안 쓰던 근육은 비곗덩어리로 여겼다.

매도 먼저 맞는 게 낫다. 어린 시절은 보존에만 그친 우뇌 박물관을 세운 격이다. 수박 겉 핥은 경험으로 아는 만큼만 보인 것이다. 좁아터진 프레임으로 재능을 섣불리 단정 지었다. 뷔페 음식을 다 맛본 후에야 비로소 가장 맛있는 음식을 논할 수가 있다. 몇 개 찍어 먹어보고는 그 과정을 간과했다. 모든 음식을 다 먹을라치면 도중에 실패 음식들도 속출한다. 그런 꼴 안 보려고 내 입에 맞는 음식만 더 갖다 먹은 셈이다. 나를 알아가는 과정이 삶이라 한다. 이제라도 알려고 달려든 게 어딘가. 자신이 뭘 잘하는지도 모르거니와 꿈이 없는 사람도 많다. 내가 가진 재능과 좋아하는 맛을 보았으니 반은 해결되었다. 나만의 착각과 합리화 속에서 어린 시절은 그렇게 구름처럼 흘러갔다.

04 :

그렇게 살아갈 줄은

어느 날 아이 학교 가방을 정리하다가 에니어그램(사람을 9가지 성격으로 분류하는 성격 유형 지표이자 인간이해의 틀, 출처: 위키백과)이라는 성격 진단지를 발견했다. 진단 결과는 9번 평화주의 유형이었다. 중재와 조정, 남을 돕는 유형으로 링컨 대통령이 여기에 속한다. 재미 들려 하나를 더 시켜 보았다. 이번에는 MBTI(융(Jung)의 심리 유형론을 토대로 고안한 자기 보고식 성격 유형 검사, 출처:심리학 용어사전)라는 진단 도구다. 아이는 잔 다르크 형이라 불리는 INFP 형에 속했다. 이는 성실하고 이해심이 많으며 자기신념이 강한 유형이라 한다. 마찬가지로 링컨 대통령이 이에 속한다. 유형에 포함된 인물이 숱하게 많은데도 굳이 링컨 대통령만 꼽으니 나도 참 속 보인다.

그 외 아이는 학교와 진로체험, 학원, 청소년수련관에서 다중지능 검사(가드너의 다중지능이론에서 말하는 언어지능, 논리–수학지능, 시각–공간 지능, 음악지능, 신체운동지능, 대인관계지능, 자기성찰지능 및 자연탐구지능, 출처:상담학 사전)라는 것도 접했다. 공간 지각력과 음악적 재능이 상대적으로 높았다. 상대적은 고사하고 평균보다도 월등히 높았다. 결과를 보고 나니 평소 아이 행동이 이해가 되었다. 마치 긴가민가했던 증상에 병명을 확진 받은 환자처럼. 그 방면에 관련된 이야기라도 들리면 왠지 뭔가 더 시켜야 할 것만 같았다. 살면서 수시로 바뀌는 게 꿈이라지만 아이는 진단유형과도 걸맞게 선한 영향력 있는 교수와 뮤지션을 번갈아 꾸고 있다.

나는 아이 학업성적에는 이 정도까지 관심을 보이지 않는다. 성격과 재능 검사에는 왜 이렇게 억척스러운 극성 엄마가 되는 건지. 그런 나는 검사하면 무슨 유형이 나올까. 어머니는 내 유형을 알기나 할까. 아이 성향을 접한 뒤로는 하루하루 주어지는 시간이 당연치 않았다. 반복된 일상으로 주워 담던 시간들이 딴 생각으로 어질러졌다. 자문자답이 꼬리에 꼬리를 물었다. 별별 생각이 다 들었다. 나이 들었다는 징조인지 어릴 적 보상심리인지 모르겠다. 성향이 생긴 대로 살고 있는 건지 짚고 넘어가야겠다. 그게 안 되면 당장 내일 떠오르는 해조차도 맞이하기 곤란할 것 같았다.

나는 간호학과를 전공했다. 이 과는 빠른 취업을 보장한다. 강력한 취업 담보를 위해 부속병원이 5개나 되는 학교를 지원했다. 간호사의 대명사인 나이팅게일이 누구인지, 그가 어떤 선서를 했는지도 모른 채 무턱대고 간호사가 되었다. 학생 때 병원 실습을 나가기 전에 나이팅게일 선서식을 하지만 형식적으로 임했다. 간호사 생활 3년 하니 3교대 근무가 불편했다. 아침 근무, 저녁 근무, 밤 근무인 3교대 체제. 이 틀은 어떠한 돌발 상황도 허용되지 않았다. 아침 근무는 7시, 저녁 근무는 오후 2시, 밤 근무는 밤 9시가 시작 시간이었다.

잠자는 패턴대로 내 정신 상태도 시시각각이었다. 사람들이 즐기는 밤거리를 비집고 출근할 때는 사촌이 땅을 산 것 같았다. 밤 근무 중 행사라도 겹치면 이틀을 꼬박 새우고 다시 출근했다. 물론 어느 직장에나 돌발 변수는 있게 마련이다. 그러나 밤 근무 자체가 싫으니 이런 돌발도 늘 있는 일 같다. 그나마 환자나 동료들 생각해 3교대 스케줄은 세상이 무너져도 지키려 했다. 스케줄이 족쇄라 느껴지니 간혹 나이팅게일은 실존이 아닌 소설 속 영웅 같았다. 본질도 모르고 직업을 택하면 언젠가는 티가 나는 모양이다. 그 와중에 단 하루도 지각과 결근을 하지 않았으니 그저 신기할 따름이다.

스케줄이 무료해지면서부터 근무시간보다 퇴근 후 시간에 관심이 더 쏠렸다. 염불보다 잿밥 보고 출근한 적도 있었다. 아침 근무 때는 오후 4시에 끝나고 어디를 갈까. 저녁 근무 때는 밤 10시에 끝나고 뭐 먹을까. 밤 근무 때는 오전 8시에 끝나고 어떻게 보낼까. 퇴근 후 시간은 일을 더 열심히 하려는 게 아니라 일을 망각하기 위해 설계되었다. 친구나 직장동료와 노느라 체력싸움 했다. 어릴 적 예술적 끼는 퇴근 후에 악용되었다. '흥'이라는 끼가 '유흥'으로 연출되었다. 오락실, 노래방, 음주 등으로 노동의 대가를 치렀다. 구멍 없는 스케줄, 큰 실수 없던 근무 태도가 할 일을 다 한 것 마냥. 음악적 끼와 유머, 인간관계의 강점이 병원 밖에서 발휘되었다. 결국 이 업의 수명은 오래 못 가고 3년 지나 이직했다.

옮긴 회사는 현재 다니는 공공기관이다. 밤 근무를 피하고 싶던 터에 마침 먼저 이직한 선배 간호사의 제안이 있었다. 술과 노래방 등 잿밥을 함께 즐긴 선배다. 이직을 결심한 계기는 선배의 제안 이외에도 법정 공휴일의 휴식, 밤 근무와의 결별이었다. 여기는 여러 이해관계자들을 고객으로 두고 정부 일을 지원하는 곳이다. 기준을 잘못 적용하거나 수치 하나만 틀려도 민원이 쇄도한다. 업무와 마주하는 순간 사막을 거니는 것 같았다. 머리가 지끈지끈했다. 이런 계통의 잔머리는 평소 하기 싫어 덮어 둔 분야였다. 멀고도 먼, 까마득한, 우주로 느껴지던 그 분야.

간호사일 때는 앉을 새 없이 돌아다녀 의자 생활이 마냥 부러웠다. 이곳은 종일 컴퓨터와 눈싸움을 한다. 검토 자료를 후벼 파는 일이라 의자왕으로 군림하기 일쑤다. 의자에 꽁꽁 묶인 생활로 눈꺼풀은 중력을 이겨내지 못했다. 머리와 가슴은 바짝 군기 잡혔다. 데드라인이 있는 업무라 어떻게든 그때까지 일을 끝마쳐야 한다. 자칫하면 간호사 3교대 스케줄 꼴 난다. 늦게 남아 저녁 근무를 뛰든, 집에서 밤 근무를 뛰든, 일찍 출근해 아침 근무를 뛰든 매듭은 지어야 했다. 어딜 가든 꽁꽁 묶인 새끼줄 같은 스케줄은 존재하는구나. 여기서도 직장동료들과 맛집, 술집을 드나들며 자체 보상했다. 보상 사유는 전과 마찬가지로 결근, 지각 한번 않고 시킨 일의 완수다. 일 마치고 회포 푸는 코스로 직행하는 건 받을 돈 받는 일로 여겼다.

간호사 때는 그렇게나 밤 근무만 아니면 뭐든 다 할 사람처럼 굴더니 정작 남들 쉴 때 쉬는 직장에 와서도 생활은 여전했다. 사람 간에 흥 돋우는 일은 얼마든지 하겠다. 반복되는 스케줄에 계산하고, 분석하고, 논리까지 따져대니 일이 고역이었다. 물가에 끌려 온 말이 따로 없었다. 비상금으로 환경이 개발시킨 후천적 재능을 써먹기로 했다. '눈치 잘 보기'와 '민폐 끼치지 않기' 재능 말이다. 울며 겨자 먹기로 업무에 활용했다. 근무시간에는 약점을, 이후 시간에는 강점을 채찍질했다. 남들 쉴 때 쉬어 좋다던 그 휴일은 야영지가 아닌 휴게

소로 전락했다. 평일에 약점과 강점을 찬물 더운물 드나들 듯이 해 휴일은 피로로 마사지를 했다. 도대체 휴일은 일을 열심히 하기 위해 존재하는 건지, 일을 열심히 했기 때문에 존재하는 건지. 줘도 제대로 챙겨 먹질 못했다. '열심히 일한 당신, 떠나라' 보다는 '열심히 일하려면 쉬어라'에 가깝게 지냈으니 말이다.

직장 생활 20년을 돌아보았다. 대부분의 시간이 기계처럼 겉돌았다. 나는 왜 간호사 직업을 택했을까. 지금의 회사로 옮긴 이유는 무엇인가. 통상 직업이라면 꿈과 소명을 갖고 임하는 곳이 아니던가. 난 도대체 무슨 목적으로, 어떤 마음으로 이 직업 앞에 섰을까. 간호사는 단시간에 돈벌이가 가능했다. 대학 4학년 때 취직했으니 목적은 이룬 셈이다. 현 직장은 밤 근무 회피가 목적이었다. 한마디로 남들 놀 때 놀고, 잘 때 자는 것이 명분이었다. 이 역시 일찌감치 목적을 달성했다. 20년이면 강산이 두 번이나 변하고도 남을 시간인데 고작 사욕 담긴 목적이 전부라니. 간호사로서 나이팅게일 사명은 온데간데없었다. 공공기관 직원으로서 국민을 향한 비전은 안중에도 없었다.

이 일을 왜 하는지 고민도 없이 시키는 일만 하면 된다 생각했다. 그 당시에 적성검사를 받았다면 예술형도 아닌 생계수단형이 나왔을 것이다. 업의 본질이 아닌 다른 데 흑심 품은 것이 낯 뜨겁다. 굳이 밝히지 않았다면 한눈판 사실도 구렁이 담 넘어갔을 것이다. 자신을 위로하는데 에너지와 시간을 낭비했다. 이 후회가 부모님 원망으로 투사되기도 했다. 소명에 뜻을 두지 않은 장본인은 나인데 그런 환경에 내몬 장본인은 부모라 생각했다. 이런 발상은 마치 바다에서 내 손만 놓으면 될 상황을 남들 손까지 잡아끌어 같이 물에 빠지는 꼴이다. 내 자식이 이런 생각을 했으면 그 즉시 머리 위로 손이 번쩍 들렸을 게다.

어릴 적 부모님은 늦은 시간까지 종일 일하며 아이들이 건강하기만을 외치던 분이다. 오빠와 내가 혼자 밥 차려 먹고, 학원도 못 보낸 사실을 두고두고 재탕 삼탕한다. 그 덕에 음악에도 취해보고 하고 싶은 일도 자유자재로 해 놓고는, 어버이 은혜를 기려도 부족할 판에 물귀신 작전을 펴다니. 어려서는 그야말로 상상력과 흥으로 주체사상을 펼쳤다. 그 시절과 사회생활이 극과 극이다. 현실과의 괴리가 잠시 부모와의 괴리로 나타났나 보다.

이렇게 원망과 용서를 설왕설래하며 지냈다. 내가 아이에게 시킨 거창한 진단검사는 아니더라도, 무엇을 좋아하고 싫어하는지 부모님용 도구지라도 좀 만들지 하는 원망 말이다. 내가 택한 직업은 '흥'

을 수신 차단한 줄 알았다. 억지 춘향이로 물가에 내놓은 탓에 올챙이배가 되도록 사회 물을 마셔댔다. 당연하게 흥청망청 시간을 허비했다. 이러다 조상 탓까지 가게 생겼다. 현재의 일을 계속하는 상황이라면 내 탓, 남 탓, 진단검사 같은 건 다 부질없는 짓이다. 오히려 좋아하는 것을 재능으로 착각한 게 더 문제다. 검사가 맞는다는 보장도 없다. 좋아하는 것과 잘하는 것은 별개 문제다. 주어진 일이 하기 싫은 것이지 재능과 다른 길이라며 끌어다 붙인 꼴이다. 빠져나갈 구멍으로 합리화 도구 하나 만든 셈이었다.

앤절라 더크워스의 [GRIT (그릿)]에서는 IQ, 재능, 환경을 뛰어넘는 열정적 끈기의 힘이 그릿이라 소개하며 재능 신화를 버려야 한다했다. 재능에만 집착하면 나머지 모두를 가릴 위험이 있고, 그릿과 재능이 별개라는 사실이 연구에서도 드러났다고 한다. 잠재력을 갖고 있는 것과 그 잠재력의 발휘는 별개라는 것이다. 재능을 명확하게 규정하지도 못할뿐더러 삶에 중요한 건 재능이 아닌 그릿이었다. 부모와 환경이 내가 좋아하는 일을 지원했더라면 쓰던 근육만 평생 사용했을 것이다. 비정상적으로 한쪽 부위만 발달했을 테고. 그 모습 상상하니 내 몸이 닭처럼 오돌댄다. 근육 장애를 떠안고 그게 세상의 전부인 양 바보로 살 뻔했다.

급히 뛰어든 취업전선은 정반대의 역량을 필요로 했다. 예술적인 우뇌로 20년, 분석적인 좌뇌로 20년을 보냈다. 어릴 적 안 쓰던 근육을 어른이 되어 쓰고 있다. 생전 안 쓰던 근육을 자극하는 것이 불쾌한 통증만 유발하는 일은 아니었다. 자극된 그 근육이 자리를 잡으면 종전 근육과 다를 바 없는 멋진 근육질이 된다. 20년의 새 경험이 없었다면 나의 잠재력은 명함도 내밀지 못했다. 부모님과 환경은 삶의 균형 쿠폰을 부여한 셈이다.

2018년 9월 12일 자 통계청 발표 자료에 따르면, 40대 이하 연령층의 취업자가 일제히 감소해 실업자 수가 113만 명으로 늘어났다고 한다. 국제통화기금(IMF) 외환위기 이후 최악의 수준이라 했다. 적성이나 꿈을 운운하는 것 자체가 113만 명들을 두 번 죽이는 일이다. 지난날의 경험이 감사하다면 실업의 아픔과 공진화할 수 있도록 생각이 자라야 한다. 일에 대한 의미와 가치로 하루를 꾹꾹 눌러 담아야겠다. 일 속에서 끼를 발휘하면 되지 않겠는가. 졸고 있는 잠재력을 깨우기에도 바쁘다.

05:

다 커서도

경험 40년이 던진 한마디는 '좋아하는 것과 잘하는 것은 별개'라는 것이다. 깨닫고 나니 얹힌 속이 좀 뚫린 것 같다. 이 한마디를 건지기 위해 비포장도로도 갔다가, 목록에 없는 물건도 샀다가 여기까지 흘렀다. 비록 몇 글자 되지도 않지만 그 보따리 안에는 이런저런 의미들을 꽁꽁 담아 두었다. 줄줄이 풀어헤쳐 보면 이렇다. 좋아하는 일은 꼭 잘할 필요가 없다는 것이다. 더 잘하는 사람이 될 필요도 없다. 하다 보면 잘하거나 즐길 수 있다. 좋아하는 일을 간직하는 것만으로도 삶이 달라질 수 있다. 결국, '좋아하는 마음' 씨앗만 심었다면 '삶의 흥'으로 싹은 튼다. 이런 생각들이 무의식 속에 자리했는지 어릴 적 흥이 몸집 다 자라도 고스란히 나타났다. 마치 물이 새는 바가지 구멍을 손으로 막아오다 거센 압력에 못 이겨 손이 밀리는 모습 같다. 참았던 흥이 밖으로 샜던 현장을 스케치해 본다.

처음 발현한 건 상견례 자리였다. 남들이 그렇게 살 떨린다던 상견례 자리에서 나는 흥에 겨워 몸을 떨었다. 지금 생각하면 철딱서니도 어지간히 없다. 철이 용서되는 나이에 결혼해 다행이다. 결혼 상대는 대학교 1학년 때부터 알고 지낸 친구다. 내가 간호사로 근무할 때 그 친구가 병원 복도를 스쳐 지나갔다. 병원에 실습 나온 학생 신분이었다. 스쳐 지난 인연이 내 손을 잡아끌어 25살에 대구까지 내려가 상견례를 하였다. 어색하고 엄숙한 자리였다. 더욱이 두 집안은 보수적인 편이다. 하지만 끼를 어떻게 숨기랴. 식사를 마친 후 달리 할 것도 없었다. 어색함에 숟가락만 들었는지 식사는 유난히 빨리 끝났다.

밥만 먹고 서울로 바로 올라가기도 참 정떨어지는 행동 같다. 마침 아버지 고향도 대구인지라 편안한 마음이겠거니 생각하며 노래방 이야기를 슬그머니 꺼냈다. 팔은 안으로 굽는다고 부모님이 거들었다. 다행히 저쪽도 수락했다. 이해는 안 되지만 식사 시간에 어색했던 분위기는 음악이 나오자 반전됐다. 나야말로 물 만난 고기처럼 끼를 발휘했고 진정한 나를 시어른에게 보일 수 있었다. 겉으로만 봐서는 좋아하던 눈치였다. 생각은 자유니 뭐. 배우자가 된 그 친구도 노래뿐 아니라 음악에 일가견이 있었다. 그 친구는 이미 학교에서 음악 동아리로 활동한 전력이 있다. 부뚜막 위 얌전한 고양이였던 셈이다. 누울 자리 보고 다리를 잘도 뻗었다.

결혼 후 아이 낳고 4년이 흐른 어느 날이었다. 아이보다 1살 먼저 태어난 질녀도 한집에 살아 어디 갈 때면 늘 두 아이 손을 잡고 다녔다. 명절 때도 시댁에서 함께 보내고 친정으로 돌아왔다. 제사 음식 기름기가 몸에 밴 것 같아 어머니와 아이들을 데리고 목욕탕에 갔다. 동네에서 가장 큰 사우나 시설이었다. 기름때 벗기고 오는 것이 목적이었다. 목욕탕 들어가는 입구 벽에 뭔가가 붙어 있었다. 어지간해서 벽에 붙은 광고는 주마간산이거늘 그 벽보만큼은 가던 길을 되돌아오게 만들었다. 사우나실 무대에서 노래자랑이 있다는 소식이다. 가는 날이 장날이다. 행사는 이미 시작했다. 기름때 벗길 틈도 없이 온 가족을 끌고 사우나실로 갔다. 어차피 노래자랑에 나가면 땀 때가 겹으로 쌓인다. 일단 진행 상황부터 확인하자는 일념하에 잰걸음으로 건너갔다.

무대 앞에 앉은 사람들만도 200명은 거뜬히 넘어 보였다. 접수대에 가 보니 내 앞에 여러 명의 신청자가 대기 명단으로 등록되어 있었다. 나도 곡을 신청했다. 사회를 본 개그맨 김종국의 입담으로 구경꾼들은 점점 더 몰려들었다. 내 차례가 되었다. 얼마 만에 올라가는 무대인가. 어머니는 원래 앉았던 우리 자리인 저만치 뒤에서 지켜보고 있었다. 아이들은 한창 나만 졸졸 따라다닐 나이였다. 내 차례가 되어 무대 코앞까지 가서 아이들 양손을 놓고 무대 위에 올랐다. 어머니가 가장 좋아하는 트로트를 부르고 리듬에 몸을 맡겼다. 내 앞 출연자들까지는 '오늘만을 위해 준비했다'는 기세였다. 가수 뺨치는 노래 실력으로 청중들을 사로잡았다. 감미로움에 눈을 감을 테면 감으라지, 나는 아랑곳하지 않았다.

못 먹을 음식 잘못 먹은 것 마냥 내 순서에 분위기가 반전되었다. 관중석은 뒤집어졌다. 사회자는 무대 바로 옆에서, 두 아이들은 무대 맨 앞에서, 동굴 입으로 나를 응시했다. 하품 파노라마로 입 다물 새가 없다는 듯 내 눈이 그들 입과 마주쳤다. 노래 반주가 끝나자마자 부리나케 내려갔다. 김종국 사회자는 나를 불러 세웠다. 마이크 잡고 한마디 한다. 생긴 것과 달라 놀라고, 격렬한 춤에 놀라고, 아이들을 무대 앞에 세우고 올라온 것에 놀라고, 관중을 빨아들이는 힘에 놀라고, 끝난 후 수줍음 많은 소녀로 돌변해서 또 놀랬다고. 결국, 사회자가 뽑은 스타상으로 10만 원 마사지샵 상품권을 받았다. 그날 이후부터는 할 일 다 한 사람처럼 평소대로 때만 밀러 다녔다.

현재 다니는 회사는 본원과 각 지역의 10개 지원이 있다. 직원 전체가 모일 기회가 없어 한 곳에서 체육행사를 한 적이 있다. 17년 근무 중 이런 행사를 크게 3번 치렀다. 현재는 직원이 3천 명 넘지만 그당시에는 7개 지원이라 2천 명 정도 모인 것 같다. 3번 모두 장기자랑 코너가 있었다. 첫 장기자랑 때는 입사 새내기라 현장에서 부서 사람들 추천으로 무대에 섰다. 평소 집에서 하던 대로 노래하고 흔드니 지난날의 사우나 반응이 또 나타났다. 독무대는 그만 접고 사내 댄스 동아리에 가입했다. 일주일에 한두 번 모여 연습했다. 직원들이 맛있게 점심 먹는 동안 나는 리듬을 폭풍 흡입했다.

두 번째 체육행사 장기자랑 때는 댄스동아리 홍보도 할 겸해서 의상도 짜 맞추고 무대 위에 섰다. 댄스곡 3곡을 준비해 춤을 췄는데 혼자 하는 것보다 훨씬 수월했다. 지난번 장기자랑 때는 솔로 무대를 라이브로 하려니 여름철 강아지 호흡이었다. 세 번째이자 마지막으로 한 체육행사는 토요일 나들이 삼아 어머니와 아이 둘도 함께했다. 어머니는 직장생활 하는 내가 자랑스러워 호기심에 쫓아 왔다. 아이 둘은 주말에 놀아주지 못하는 안쓰러움에 내가 끌고 왔다. 점심시간에 부서원들과 가족이 함께 도시락을 먹었다. 그때 몇 직원들이 나에게 황급히 달려오는 것이다. 점심 직후에 장기자랑이 있으니 우리 실에서도 출전하라는 실장님 어명이 있었단다. 동반 가족이 있고 연차도 어느 정도 쌓여 무명으로 지내려 했건만 기어코 나에게 와서 부탁을 했다.

그 말을 들은 후부터 밥이 코로 들어가는지 입으로 들어가는지 구멍 감각도 잃었다. 입으로는 부끄럽다 빼면서 머리로는 장기자랑 기획에 분주했다. 그 당시 우리 실은 4개의 부가 있었다. 각 부마다 인턴 사원들이 배치되었다. 인턴 여직원들은 한창나이라 그런지 합동 무대 제안에 흔쾌히 승낙했다. 명심보감 효행 편이 생각난다. '아버지 날 낳으시고 어머니 날 기르시니 슬프고 슬프도다.' 학창시절 장기자랑이 날 낳으시고 사우나 장기자랑이 날 기르시니 웃프고 웃프도다. 경험은 또 다른 경험을 낳았다.

준비 시간이 부족해 과거로 필름을 돌렸다. 여직원들을 데리고 짜는 모습은 대학교 동아리 장기자랑에서 후배들과 급히 짰던 딱 그 상황이었다. 어머니와 아이들 관중석은 사우나 노래자랑 때 장면과 오버랩 되었다. 그래, 중견 과장으로서 후배 키우는 마음으로 무대를 즐겨 보자. 팀명은 '이지0과 맑은 눈빛' 이었다. 가족들은 회사 분위기 보러 왔다가 졸지에 하이라이트 장면까지 보게 됐다. 어머니는 그날 이후 직장 다니는 딸을 더 자랑스럽게 생각한다. 일하는 모습을 보여주지 않은 게 다행인 건지. 그 시절 인턴이던 직원은 정식 직원으로 입사해 아직도 마주치면 7년 전 그때 이야기를 한다.

마지막 장기자랑에 나섰던 그 날은 체육행사 오프닝을 맡은 날이
기도 했다. 댄스동아리 이후 사물놀이 동아리를 만들어 운영하던 때
였다. 사물놀이 경험자로서 총무를 맡아 동아리 사람들과 일주일에
한 번씩 모였다. 퇴근 이후 흥을 한데 모아 가락을 연습했다. 나보다
높은 계급인 차장, 부장, 실장이 있지만 사물놀이로서는 내가 한참
선배다. 총무 권한으로 '회사' 꼬리표는 떼버렸다. 업무보다 악기들
의 조화가 중요하니까. 그 핑계로 연습 시간만큼은 은근슬쩍 계급장
을 내려 두었다. 가락과 흥이 있으면 말도 굳이 필요 없다. 대학 시절
손가락에 피 철철 흘리며 뛰었던 그 사물놀이. 사회생활이 끼어들어
결별인 줄 알았는데 이렇게 재회하다니. 마음도 악기처럼 네 가지를
얻은 것 같았다.

다시 그 흥에 빠져들었다. 허벅지가 걸을 적마다 양 손에 구타당
했다. 덩기덕 쿵기덕 박자 따라 신나게 얻어터졌다. 추억과 가락으로
가슴이 부풀었다. 이스트 넣은 빵처럼 부푼 마음을 행사에 활용했다.
회사에서 사물놀이 공연을 여섯 차례 했다. 아이가 다니던 유치원에
서 일일교사도 지원했다. 사물 악기와 관련된 동화를 찾아 동화구연
을 연습하고 포스터와 모형도 만들었다. 회사에서 사물 악기 4개를

집까지 끌고 와 유치원 아이들 모두 체험하게 했다. 직장 어른들도 그렇게 좋아하더니 유치원 아이들에게도 흥은 제대로 먹혔다.

쩍쩍 갈라지던 땅에서 비를 기다리던 심정이었는지 회사 생활에 힘을 보탰다. 다 커서도 발현된 흥은 경직된 직장에서나 처음 간 유치원에서나 세대 차를 극복했다. 새로운 소통 방식으로 작용했다. 좋아하는 일을 굳이 집이나 회사 등 장소로 구분할 필요가 없었다. 말이 통하지 않는 세계인들이 하나가 될 수 있듯 내가 좋아하는 것을 공용어로 활용하면 되었다. 있는 그대로 표현하고 함께하는 것에 의미가 있었다. 본업에 좋아하는 일이 가미되니 업무에 시너지가 났다.

어디서건 양면성은 공존한다. 체질에 맞지 않는 분석적 업무로 좋아하던 일을 못 해 심장이 한쪽으로 기우뚱했었다. 이렇게 새 길이 트여 기울기가 균형을 잡아갔다. 마음이 답답할 때 동전을 앞뒤로 생각 없이 돌렸었다. 만지작대던 그 동전도 무심코 넘겨보지 않고 이젠 음과 양으로 보인다. 생소한 업무로 뻘쭘했던 시기를 낯익은 흥이 다독였다. 세상은 안 좋은 일만 덩그러니 존재하지 않는다. 하고 싶은 일을 못 한다며 툴툴댄 지난날이 멋쩍다. 지금 순간이 좋은 일이면 어디서 또 반대 일이 도사리고 있을지 모른다. 그러고 보면 어느 상황이든 마냥 웃거나 마냥 울 일만은 아니다.

장자도 말하지 않았던가. 지금 쓸모없는 것이 나중에 쓰임이 될 수 있고, 여기서 쓸모 있는 것이 다른 곳에서는 쓸모없을 수 있다고. 불용과 유용 말이다. 성경에 등불을 켜서 바가지로 덮어두는 사람은 없다고 했다. 덮어둘 바에는 불을 켤 이유가 없을뿐더러 덮어두어도 빛은 새기 마련이다. 끼도 마찬가지다. 억눌러도, 발현할 시간이 없어도 때를 만나면 잠재한 끼가 부활하게 되어있다. 부모님은 일흔 넘어 외국어 공부를 시작했다. 아버지는 중국어를, 어머니는 영어를. 말하고 쓰고 듣는 모습을 옆에서 지켜보니 부모님도 지금이 때인 것 같다. 세상 서두르거나 조바심 낼 일 하나 없다.

06:

도대체 어떤 사람

일 본 의 노부유기 카야하라(Nobuyuki Kayahara)는 '회전하는 무용수 검사(Spinning dancer test)'를 만들었다. 아마 이 그림은 지나가다 다들 한번쯤 봤을 게다. 무용수 여성이 시계 방향으로 돈다고 본 사람은 우뇌형(청각/공간적/예술적/감성적)으로 보고, 반대 방향으로 돈다고 본 사람은 좌뇌형(시각/언어적/수학적/이성적)으로 본다. 좌뇌-우뇌 테스트로 유명하다. 아직도 내 눈에는 이 그림이 시계 방향으로만 도는 것 같다. 사회에서 해온 일은 그 반대로 도는 방향인데 말이다. 처음에는 이 반대 방향으로 쓰지 않던 날개를 펴기가 여간 쉽지 않았다. 한쪽 날개는 좋아하는 일로, 다른 쪽 날개는 해야 할 일로 삐그덕 거리기도 했다. 20년간 일하면서 나의 내면은 적성도 운운하고 문화 이질감도 따져댔다. 이방인의 날개처럼 접었다 펴기를 수차례 했다. 그나마 책임감이란 불씨가 살아 있어 날개를 완전히 접지는 못한 채 시간을 흘려 보냈다.

삶에는 좋아하는 일과 해야 할 일이 공존한다. 그동안 나는 직장 업무를 '해야 하는 일'로 규정했다. 삶 메뉴에서 일의 편식이 심했다. 정작 좋아하는 일은 반복되는 스케줄에 떠밀려 썰물처럼 멀어져 갔다. 입맛 당기는 달달한 음식은 식탐만 간직한 채 몸에 좋다는 쓴 음식만 잔뜩 베어 문 꼴이다. 그러다 보니 '하고 싶은 일'과 '해야 할 일'의 경계가 모호해졌다. 좌뇌는 "너 혼자 사는 세상 아니니 '해야 할 일'에 우선권을 부여하라."고 한다. 우뇌에 채찍을 가한다. 좌뇌 말 듣지 않으면 불안해서 다른 일도 보지 못한다. 소심한 심장을 뇌가 제대로 간파했다. 직장생활은 '해야 할 일' 투성이다. 피할 수도 없는 현실이다. 두 가지 일을 듀엣 시킬 수는 없을까. 하고 싶은 일은 사무실 밖에서만 이루어지는 건가.

해야 할 업무를 하면서 좋아하는 일을 결합해 보았다. 어려서부터 음악을 끼고 자랐고, 한때 꿈이 개그우먼 아니었던가. 직장에 양념 한번 쳐 보자는 생각을 했다. 내가 공부, 연구 이미지가 아니라는 정도쯤은 잘 안다. 직원 시절, 사무실에서 일할 때는 학생 분위기고, 사무실을 벗어나면 그 사람이 이 사람인가 싶게 오락부장이 되어 있었다. 사내 동아리를 3개나 경험했다. 방구석에 가만히 앉아 있는데 상품 주문 들어오듯 동아리는 전부 주변에서 옆구리를 찔러댄 것이다. 그중 2개는 총무라는 왕관까지 얹으면서. 뇌가 소심한 심장을 알아 채듯이 사내 지인들은 거절 못 하는 성격을 알아본 모양이다. 댄스 동아리와 사물놀이 동아리, 종교 동아리였다.(현재 사물놀이는 독서모임 으로 전환한 상태다)

문제는 엄숙한 종교 동아리임에도 다른 동아리에 준하는 태도다. 동아리 이름만 다르지 하는 짓은 별반 차이가 없었다는 뜻이다. 성가 대였던 나는 매월 한번 점심시간에 드리는 미사에서 진땀 빼며 얼굴 이 홍당무가 된 적이 있었다. 사람들에게 특송을 들려주는 시간에 갑 자기 웃음보가 터진 것이다. 다른 직원과 딸랑 둘이 알토를 맡아 목 청껏 소프라노를 받쳐주어도 부족할 판에 웃겨서 소리를 낼 수가 없 었다. 이 거룩한 분위기는 어쩔 것이며, 눈 감고 음미하는 저분들은 또 어째. 성가곡은 4중주 화음, 내 몸은 이성과 감성의 불협화음 상 태였다. 온갖 슬픈 생각들을 끌어모아 간신히 웃음을 참았다. 아픈 것만이 식은땀 나는 고통은 아니라는 사실을, 학창시절 버릇이 직장 생활에서도 튀어나온다는 사실을 알아차린 사건이었다.

또 직원 시절 이야기다. 조직의 우두머리인 원장과의 소통 자리가 있었다. 부서에서 대표로 몇 명 직원만 참석해 원장과 식사하는 것이다. 나로서는 원장보다 중요한 것이 맛깔스러운 점심이기에 먹는 자리에 발탁된 것이 고마웠다. 주인공은 가장 늦게 나타난다는 말이 이럴 때 쓰이는 말인가 보다. 식사 장소에 시간 맞춰 갔는데도 다른 부서 직원들이 일찌감치 도착해 원장님 바로 앞자리만 빈칸인 것이다. 졸지에 가장 중앙에 원장님과 마주 앉게 되었다. 나는 예술성에 잘 취하듯 음식 맛에도 꽤나 잘 취하는 편이다. 아마 식당 발탁인사가 거행된 것도 평소 먹는 이력이 뒷받침했으리라. 그 집 밥맛이 좋아 게걸스레 먹고 있을 때 원장님이 말문을 열었다.

"제 나이는 33살에서 멈췄습니다. 언제 어느 상황에서건 33살처럼 생각하고 살려고 하지요."

말이 끝나기가 무섭게 나는 먹던 숟가락을 내려놓고 술잔으로 잽싸게 교체해 맞받아쳤다.

"우리 동갑이었네. 반가운데 친구끼리 한잔하지."

그날 이후부터 비서실에서는 나를 볼 때마다 친구 지나간다는 농담을 했다. 해를 거듭할수록 학창시절 장난기가 증폭되었다. 이듬해에는 걷기대회 행사를 홍보하는 사내모델 자리가 비어 얼떨결에 그 자리도 채웠다. 모델 외모라기보다는 시급한 일정으로 부서가 가까워 눈에 든 것 같다. 이유가 어찌 됐건 홍보대사 조재현 배우 옆에서 발 템포를 맞추는 영광도 얻었다.

현재 다니는 직장은 여성 직원이 70%를 넘는다. 직속 상사, 직원 모두 여성이다. 여자 중학교, 여자 고등학교, 간호학과, 간호사라는 여성 코스에 이어 현재의 꽃밭까지 이르렀다. 내 안에 남성 유전자 칩이 있는지 여성시대에서 인기가 좀 있었다. 군인들이 초코파이와 아이돌 여가수 볼 때 입이 벌어지는 것처럼 그런 눈으로 나를 바라본 건 아닌가 싶다. 글이라고 망상 심술을 부리나 하겠지만 이 부분은 어느 정도 객관성을 담보했다 친다. 회식과 체육행사 무대를 지켜본 사람들의 동공 운동 폭으로 단정 지었다. 한 부서장은 내 자리로 와 "어떻게 참고 이렇게 쥐 죽은 듯 조용히 일할 수가 있느냐."고 했다. 이러다 신분 숨기고 결정적 순간에 거미 옷 입고 활개 치는 스파이더 맨이 되지 싶다.

이왕 이렇게 된 거 학창시절 끼를 근무시간에도 재연하기로 했다. 호봉과 직급이 올라갈수록 얼굴 근육이 두꺼워졌다. 웅크렸던 우뇌도 기를 펴기 시작했다. 굳이 각오하지 않아도 뇌의 긴장감은 서서히 야들야들해졌다. 때와 장소를 가리지 않고 기질이 깜짝 출현했다. 공공기관 조직은 경직되기 십상이라는 논리를 의식했다. 구부리면 부러지는 막대기는 되지 말자, 연체동물 기질을 발휘해 보자 생각했다. 특히 이성적 판단을 요하는 업무라 사무 환경에는 감성적 장식품이 필요하다. 회사가 죽도록 출근하기 싫은 곳, 벗어나고 싶어 미칠 곳

이라는 최악의 상황까지는 아니더라도 적어도 세대 간, 상하 간 갈등
은 나타나지 않기를 바랐다. 샌드위치처럼 '해야 할 일'과 '하고 싶
은 일' 사이에 마냥 끼어 있고 싶지는 않아서다. 나처럼 좌뇌와 우뇌
가 좌충우돌하는 직원이 어딘가에 또 있을 것이기에.

　비슷한 생각을 가진 직원들을 만난 건지, 나에게 물든 건지는 모
르겠다. 내가 조원들과 나누던 대화를 옆 조의 한 직원이 간간이 엿
들은 모양이다. 내게 다가와 한마디 했다. 웃음을 참지 못해 애써 진
지한 척 일한 적도 있었다고. 그 직원이 얼마 전 퇴직하면서 건네주
던 쪽지에는 이렇게 적혀 있었다. '차장님의 유머는 잊지 못할 겁니
다.' 현장감은 떨어지지만 직원들과 오간 대화 중 기억에 남는 몇 컷
재연해 본다. 한 직원에게 "얼굴에 꿀광이 흐르네. 주말에 잘 쉬었
어?"하니 "차장님, 저 칭찬할 것 그거 딱 한 개죠? 애써 쥐어짜지 마
세요."라 되받았다. 이번에는 직원이 "차장님, 옷 새로 사셨어요? 회
의용 옷 입은 김에 아예 제 것까지 다 발표하실래요? 전 옷이 변변찮
아서요."라고 말을 이었다.

　내가 출장 가던 날이었다. 직원들에게 "클리어 파일 가지고 있는
사람, 하나 주면 안 잡아먹지."라고 하니 신입직원이 손을 번쩍 들었
다. "차장님, 저요. 엄청 많이 있어요. 몇 장 드릴까요?" 신규 옆에 앉

은 멘토 직원이 "그거 차장님 그냥 다 드려. 필요할 때마다 우리 쪽으로 자주 오시지 않게. 여러 번 말 걸라."했다. 직원들의 표정과 어투가 버무려지지 않은 점과 지면이 부족해 더 큰 건을 담지 못하는 것이 아쉬울 따름이다. 직원과의 대화가 궁금해 방앗간을 그냥 지나치지 못하는 부장님도 한몫했다. 마침 내가 직원들에게 장난치던 타이밍에 이웃집 기웃거리듯 내 자리로 왔다. 직원들이 "부장님, 저희 차장님 오늘 이상해요."라고 말하니 부장님이 한마디 했다. "무슨 소리야? 너희 차장은 원래 이상해. 이제 안 거야?" 직원들과의 해프닝을 말하면 지인들이 좋아한다. 곧이곧대로 믿고 한 사례 더 끼워 본다.

위원회가 열리는 날이었다. 위원회는 정부, 소비자, 공급자, 학계 등 각계 전문가들과 상정 안건에 대해 합의 과정을 거쳐 의사 결정하는 기구다. 직원이 안건 보고를 한 후 위원들 의견과 질문이 쇄도했다. 가만히 듣고 있다가 다른 관점에서의 아이디어가 번뜩 떠올랐다. 나는 돌다리 두드리는 심정과 호기심으로 마이크 잡고 다른 경우의 수 발언을 했다. 회의를 마친 후 직원들이 내게 다가왔다.

"차장님, 위원회에 엑스맨이 참석한 줄 알았어요. 차장님 주변으로 다들 '푸읍' 입 모양 하며 웃음 참던 분위기였는데 아셨어요? 혼자만 모르시는 것 같아 사진 찍으려다가 다 보이는 자리라 꾹 참았습니다. 엄숙한 분위기 확 깨 주셔서 감사합니다."

그 순간 직원들이 담당 차장으로 나를 만나 해준 말이 떠올랐다. '차장님은 정상이 아니신 듯해요.' 라고 한 말. 어쩌면 '또라이' 라는 단어가 기분 좋은 말일 수도 있겠다. '또라이 = 특별함' 으로 의역하면 되니.

가는 말이 고와야 오는 말도 곱다. 가는 장난이 있어야 오는 장난도 있다. 누가 먼저랄 것도 없이 사무실은 개그콘서트 현장이 되었다. 누군가가 이런 장면을 두고 시트콤이나 콩트 현장을 보는 것 같다 말할 때는 내 꿈 절반이 실현된 느낌이다. 어릴 적에 '좋아하는 일' 날개를 퍼덕거린 후 어른이 되어 '해야 할 일' 날개를 개발시켰다. 어쩌면 '하기 싫은 일' 이 '해야 할 일' 로 둔갑했는지도 모른다. '좋아하는 일' 앞에 '해야 할 일' 이 떡하니 서있어 김샌 것일지도 모른다. 의도와 과정이 어떻든 간에 두 가지 맛을 수십 년 경험했다. 두 맛은 일과 사람을 동시에 볼 수 있도록 했다. 사람이 눈에 들어오니 서로의 공통 언어도 포착할 수 있다. 상대에게 직접화법으로 굳이 표현하지 않아도 관심사의 공통 언어로 소통이 가능하다. 그 언어를 재미로 포장하면 긴말이 필요 없다. 마음도 전달된다.

해야 할 일이지만 해 본 적이 없다고, 못하는 일이라며 뒤로 발뺌했다면 어땠을까. 이 두 가지 맛을 곁들일 수 있었을까. 아마도 '나'

라는 사람이 전혀 다르게 정의되었을 게다. 몸의 균형처럼 삶의 균형은 더없이 중요하다. 감성에 치우칠 때는 이성이 잡아 주어야 했다. 절대 여성 조직에서는 남성성이 잡아 주어야 했다. 정수기 물통에 물 떨어질 때 직원들이 나를 정수기 아저씨 쳐다보듯이 말이다. 직원들이 내 혈액형으로 쑥덕댄 적이 있었다. 혈액형 종류별로 다 언급되다 한 직원이 마무리했다. 하는 행동 봐서 AB형이라고. 정답은 아니지만 두 가지 성향 존재로 의역하며 만족해했다. 직원들은 혈액형을 비롯해 내 겉모습과 행동에 물음표를 이따금씩 표출했다.

알다가도 모를 사람이 된 것 같아 입꼬리가 올라간다. 만일 한쪽 날개만 사용했다면 직원들의 이런 이야기가 왜곡되어 들렸을지 모른다. 기질상 난 어떤 사람이라고, 내세우고 설명하려 애썼을지도 모른다. 양쪽 날개 경험이 천사 모습처럼 신비감을 준 것 같아 날아갈 지경이다. '나' 자신을 음흉한 사람, 다중인격자라 곡해하지 않고, 다양성의 수용체로 해석했다. 그런 나를 스스로 쓰담쓰담한다. '나'를 이러쿵 저러쿵 단정 지을 필요가 없다. 성향을 규정지을 필요도 없다. 상황마다 시간마다 다른 것이 사람이니까. 달라야만 하는 것이 사람답게 사는 것이니까. 어제와 오늘이 동일 인물이면 인생 재미없으니까.

턴의 미학

전혀 다른 삶

사람이 혼자 사는 동물이었다면
이 세상에 선과 악은 없을 것 같다. 드라마에 등장하는 악역은
어쩌면 선한 주인공이 만들어 낸 배역일 수도 있겠다.
공모전 지원으로 호랑이 굴을 스스로 기어들어간 대가인지
입사 5년 차에 자격지심이란 싹이 텄다.

01:

백의 천사 여정

고등학교 때 수학 점수는 상위권이었다. 수학의 정석(I/II) 표지가 딱딱하지 않았다면 책이 알몸이 될 뻔했다. 수학 문제를 하도 많이 풀어 정석 책장을 열면 너덜너덜 어머니 속옷 같았다. 수학과 함께 시작한 인연 하나가 있다. 바로 음악이다. 음악만 들으면 멜로디, 리듬에 흠뻑 취한다. 그 느낌을 방해하지 않는 과목이 수학이었다. 음악을 틀어 놓아도 얼마든지 문제를 풀 수 있었다. 아니, 연필도 신이 나 더 잘 풀렸다. 수학을 이렇게 활용하니 과학 점수도 덩달아 높아졌다. 수학, 과학 빛에 가려 비록 사회, 역사 등 문과 과목은 점수를 차별받았지만. 이러한 배경하에 이과의 길을 걷게 되었다. 이과 중에서도 취업 고민은 없겠다 싶은 간호학과를 지망했다.

대학 3학년 2학기 때 병원 실습을 나갔다. 4학년 1학기까지 1년간 병원 진료 과를 두루두루 다니며 임상실습을 했다. 학생 신분이라 해당 과에서 일어나는 작은 일을 돕거나 관찰하는 정도였다. 어려서부터 내 심장은 그리 두꺼운 편이 아니었다. 시뻘건 피를 보면 심장 박동이 요동쳤다. 내가 고등학생 때 오빠 머리가 찢어진 적이 있었다. 터진 틈으로 흘러나오는 빨간색을 보고 내 심장도 터지는 줄 알았다. 투우가 빨간 깃발 보고 내달리듯 심장이 뛰었다. 또 TV나 주변에서 불치병 환자라도 보면 그날은 눈이 팅팅 부푸는 날이 되곤 했다.

정신건강의학과 실습 때는 환자들 덕에 내 탁구 실력이 늘었다. 마음이 아픈 환자들에게 말동무 못지않게 중요한 게 몸 동무라, 머리털 나고 탁구채도 처음 잡았다. 나의 잠재력을 발견하는 시간이었다. 응급실이나 외과 처치가 이루어지는 곳에서 환자들의 적나라한 상처를 보면 내 피부는 어느새 닭이 되었다. 이렇게 실습을 마치면 보람찬 하루 의미로 친구들과 저녁 자리가 이어졌다. 때로는 집에서 음악에 취하기도 했다. 감성 구름다리로 연결되어 환자들과 라포(rapport) 형성에 수월했던 것 같다. 병원 실습 마지막 날에는 스쳐 지난 간호사들에게 편지도 주고 안부 차 방문도 했다. 요즘처럼 취업에 각박한 대학생이 아니라 그런지 그때까지만 해도 '감성'이란 게 내 마음속 아랫목을 차지하고 있었다.

1년 병원 실습 후엔 군대 다녀온 것 마냥 4학년 2학기 복학생이 되었다. 이 시기는 간호사 국가고시 준비 기간이다. 내게는 한창 옆에 끼고 놀던 사물놀이 악기를 매만질 수 있는 기간이기도 했다. 공부 한번 악기 한번, 이렇게 리드미컬하게 바람이 스치듯 지나갔다. 4학년 2학기 10월경 부속병원에 특별채용(특채) 공고가 났다. 1시간 거리지만 그나마 집에서 가장 가까운 병원을 지원했다. 11월에 면접 보고, 12월에 합격 통지서를 받았다. 합격통지서가 월급명세서로 보여 사회인 환상에 젖었다. 공부를 안 해도 되니 입꼬리가 씰룩댔다. 더군다나 졸업 후 정기 입사도 아니고, 특채로 합격하다니. 괜히 사람까지 특별해진 것 같아 미소가 수그러들지 않았다. 이듬해 1월부터 일을 시작했다. 아뿔싸, 공부 안 하는 사회인이자 방학 없는 사회인이구나.

특채 입사자로서의 미소는 바람에 불 꺼지듯 했다. 방학이 짧기도 하거니와 국가고시 합격 발표도 나기 전에 일을 하니 썩 편치만은 않았다. 대부분 시험에 붙겠지만 '내가 떨어진다면'이란 가정법이 일하는 내내 머릿속을 떠나지 않았다. 나이 숫자만큼 마음 크기도 작아 그때는 지금보다 훨씬 소심했다. 딴 일에는 구두쇠이면서 걱정 사는 일은 사치스러웠다. 이러다 백의의 천사에서 졸지에 날개 잃은 천사 신세로 전락하면 어쩌나. '시험성적으로 두 번 다시 볼 수 없는 간호사' 라는 드라마 한편을 가슴에 품고 다녔다. 특채 입사는 정형외과 병동으로 했다. 중환자가 많은 부서에 배치하면 질질 짜느라 건성으로 일할까 싶어 성향 하나는 제대로 파악한 인사다. 국가고시 합격자 발표 전이라 그런지 취직에 대한 열망이 간절했다. 합격통지 이후 오리지널 간호사 길을 걸었다.

환자를 최우선 가치로 여기며 3교대 톱니바퀴는 바삐 돌아갔다. 근무하면서 간호과장, 간호감독, 수간호사, 책임간호사, 팀 간호사, 정형외과 교수, 레지던트, 인턴, 약사, 각종 검사실 분들, 간병인과 자원봉사자, 그리고 주인공인 환자들을 만났다. 사회에 첫발 들이고 이리 많은 사람들을 접하니 들뜬 기분이었다. 마치 내가 입사하기만을 다들 모여 기다린 것만 같다. 관계 중심적 사고체계로 눈치와 몸놀림이 날렵하다는 이미지를 각인시켰다. 하지만 그들과의 세계가 그리 만만치는 않았다. 조직의 쓴맛을 봐야 한다던 그 흔한 말처럼 '조직' 맛을 이렇게 간 보았다.

내 한 몸만 신경 쓰면 되던 학생 때와는 천지차이였다. 사회는 촉감지 더듬이를 몇 개씩이나 더 달아야 했다. 학생 때는 스포츠 경기를 관중석에서 보고 즐기는 것에 불과했다. 이젠 필드로 나가 직접 뛰는 선수가 되었다. 경기에서 지면 큰일 날 일이다. 의료사고로 이어지는 상황이니 말이다. 환자들에게 힘을 주려면 절제가 요구되었다. 학생 때는 공부하다 힘들면 사물 악기 한판 두드리고, 하늘의 구름도 좀 쳐다보다, 졸리면 '에라 모르겠다'가 가능했다. 그 생활과는 판이하게 달랐다. 다른 일은 뭐 그렇지 않느냐마는. 병원 일은 힘들고 자시고, 마음이 아프고 자시고를 따질 상황은 아니었다. 내 마음 따윈 기다려 주지 않았다. 다 필요 없고 일을 그르치지만 말라고 시간이 재촉했다. 환자 생명이 달린 일이라 개인을 내세워서도 안 된다. 이 또한 어느 조직이나 다 그렇지만.

그래도 정형외과 병동이라 얼굴은 멀쩡하고 팔다리가 성치 않은 환자들이 많았다. 병실 따라 환자들도 수십 명이었다. 긴급 사안이 터지면 환자 개개인 요구를 즉각 들어주지 못하는 경우도 있었다. 저녁 근무 당번이던 어느 날이었다. 간호사실을 비울 수 없어 근무자들끼리 돌아가면서 재빠르게 식사를 했다. 다른 한 팀이 식당에 먼저 내려갔다. 그 사이에 50대 남성 환자가 할 말이 있으니 주치의를 불러 달라 했다. 담당 주치의에게 연락했다. 당장 연락이 닿지 않았다. 주치의도 더 큰 불 끄고 나면 나타나겠거니 했다. 참고로 그 환자는 평소 '다리'보다도 'VIP 신드롬'이 병명 같이 느껴졌었다.

아니나 다를까 갑자기 휠체어를 타고 병동 스테이션을 향해 전력

돌진하는 것이 아닌가. 휠체어에 꽂혀 있는 링거액 거는 봉(pole대라 부른다)을 꺼내 우리 쪽을 향해 냅다 집어 던졌다. 다행히 맞은 사람은 없었다. 그 후 거친 욕을 하며 병동 안을 헤집고 다녔다. 그때 내가 여자라는 사실을 처음 인지하게 되었다. 말도, 힘도 다 역부족이었으니까. 어떻게든 진정시키고, 주치의와 연결해 만나게 했다. 조금 전까지 내 눈앞에서 갈기를 휘날리던 사자 모습은 어디로 간 건지. 그 환자는 의사의 하얀 가운에 물들었는지 하얗디하얀 양으로 돌변했다. 그런 일들을 겪으면서 '조직' 세계를 한두 발짝 더 들어갔다.

자식 여럿 둔 부모가 흔히 하는 말이 있다. 모든 자식이 속 썩이는 게 아니라서 그럭저럭 살아간다고. 간호사 생활도 마찬가지였다. 구름만 낀 건 아니었다. 보람으로 갠 날도 많았다. 얼굴 형체를 알아보기 힘들 정도로 상반신에 화상 입은 남성 환자가 있었다. 화상 흉터가 심하게 가려워 밤낮이 거꾸로 된 환자였다. 늘 새벽에 병원 복도를 뱅뱅 돌았다. 이럴 때 "오늘도 잠이 오지 않나요?"라며 처방된 수면제를 기계처럼 내어 주기는 뭐 했다. 내가 그리 인정머리가 없지는 않으니. 그 환자에게는 가장 긴 새벽이었을 게다. 나는 수면제 한 알을 더 처방받아 주는 대신, 이야기 들어주는 쪽을 택했다. 다리가 부러진 7살 남아 환자는 내가 첫사랑이라며 병실 인사를 나눌 때마다 선물을 주었다. 또 어느 날은 밤 근무 중 라디오 작가로부터 새벽에 전화를 받았다.

"OOO 분이 간호사님 사연을 보냈는데요. 방송 인터뷰에 응하시겠습니까."

인터뷰에 응하지는 않았다. 불친절 간호사가 아니라는 사실을 안 것만으로 만족했다. 이들을 통해 나는 누군가에게 무엇이 될 때 행복해하는 사람이란 사실을 얻었다.

조직 밖에 있을 때는 이곳에 그렇게 들어오고 싶어 안달하더니만, 구심력이 닳으니 이젠 원심력이 작용했다. 내키지 않는 부분은 3교대 스케줄이었다. 특히 밤 근무. 아침 8시가 넘어 퇴근했다. 집에 돌아오는 버스나 지하철에서는 매번 졸음신이 찾아왔다. 머리카락이 버드나무가 되어 바람 없이도 좌우를 흔들대고 난리였다. 버스가 급정거를 한 것도 아닌데 창문에 버드나무가 수차례 부딪쳤다. 유리를 하도 잘 닦아 뚫린 줄 알고 들이받는 새와도 같았다. 집 정류장은 매번 지나쳤다. 종점까지 가는 날은 되돌아오느라 시간 외 근무를 하게 되었다. 병원 행사와 겹친 날은 이틀 밤 부엉이 신세였다.

출퇴근 시간이 도로가 뻥 뚫린 시간대라 러시아워 피해 좋지 않느냐고 하면 할 말은 없다. 허나, 내 마음은 이 직업에 단점 기울기 폭이 더 컸다. 오히려 한창 즐기는 밤거리가 러시아워로 보였다. 땅을 잔뜩 산 사촌들 틈바구니를 헤집고 출근하는 심정이었다. 부러움에 복통이 일었다. 주말과 공휴일 근무는 더욱 장이 꼬였다. 주말 인파를 헤치고 출근할 땐 흐르는 강물을 거슬러 올라가는 연어 같았다. 그때 오죽하면 나중에 자식 낳으면 간호사는 시키지 말아야겠다는 생각을 다 했을까. 내가 환자로 입원했을 때 군소리 않고 착한 환자가 된 데에도 다 이유가 있다.

신입직원 숫자가 늘어나면서 입사 1년 만에 밤 근무 책임을 맡았다. 밤을 책임지는 수호천사로 승진한 것에 웃어야 할지, 울어야 할지. 말이 쉽지 그때 당시에는 스케줄 표를 받는 순간 아기가 아기를 책임지는 느낌이었다. 간밤에 병실에서 사고라도 날까 봐 겁이 털컥 났다. 밤 근무는 이전 근무자에게 인계받는 시간부터 다음 근무자에게 인계 주는 시간까지 최소 11시간이 소요되었다. 다른 건 몰라도 야식 하나만큼은 철두철미하게 책임졌던 것 같다. 야식이 밤 근무 성패를 좌우한다는 나만의 원칙. 이제는 한 조각 추억으로 남았다.

활동성으로 봐서는 간호사 직업이 내 성향과 맞다. 밤 근무 도피 목적에서 3년 4개월로 간호사 생활을 졸업했다. 사회라는 조직에 첫발 디디며 관계 맺은 의료진과 환자와의 소통, 업무대처 능력, 3교대 근무 등 그 경험을 고스란히 챙겨 이직했다. 의도는 회피성이지만,

병원에서의 경험과 과정은 곳곳에 스며있다. 그때 그 시절, 그들의 표정 하나하나가, 호흡 하나하나가 어제 일 같다. 현재의 경험 프로세스는 내일의 또 다른 시스템을 맞이하는 밑거름이다.

스티브 잡스도 모든 순간은 알 수 없는 흐름을 타고 미래로 연결된다고 하지 않았던가.

02:

드라마 같은 결혼

　　통상 가보지 않은 길은 두렵다고들 한다. 한 번이라도 밟아 본 길이어야 안심하고 그 길을 또 선택하게 마련이다. 하지만 어느 길이건 처음이 아닌 길은 없다. 모르는 길인데 어찌어찌하다 더 잘 갈 수도 있다. 알고 있던 기존 틀 없이 멋모르고 가는 경우다. 가끔은 나를 아는 사람보다 모르는 사람이 더 편한 것처럼 말이다. 이런 일은 직장에서도 흔히 볼 수 있다. 가령, 골치 아픈 업무가 생겼을 때 기존에 일하던 직원은 한 발 빼고 새로 온 직원이 졸지에 떠맡는 경우가 그렇다. 돌아가는 과정을 뻔히 아는 사람은 재탕할까 봐 피하고, 모르는 사람은 막연하게 다 모르니 얼떨결에 받는 식이다. 이처럼 '멋모르는 도전'이 '가지 않은 두려움' 보다 우세할 수가 있다.

결혼이 그랬다. 세상 물정 하나 모르고 26살에 결혼했다. 대학 졸업 후 약 4년간 벌어들인 돈을 몽땅 결혼에 투자했다. 5천만 원 조금 모자란 금액이었다. 돈을 떠나서 간호사 3년 반에 현직 반년을 보탠 정도라면 사회 물 좀 먹은 어른이려니 했다. 부모 손길 없이 둘의 힘으로 결혼했다. 돈이 좀 부족해도 사랑으로 채울 일이라며 결혼 준비도 대수롭지 않게 생각했다. 학창시절 사춘기가 나 몰라라 하고 가출도 꿈에서만 등장해 평소 출가의 로망이 있었다. 사랑의 힘을 쏟 대상이 나타나면 흑기사가 따로 없겠거니 했다. 사랑 욕구와 탈출 욕구가 불꽃 튀겨 후다닥 결혼했다.

대학 졸업 후 병원에서 간호사 2년 차로 일할 무렵이었다. 복도와 병실을 분주히 돌아다니고 있었다. 병실 옆 복도 계단으로 누군가가 우르르 내려갔다. 마치 큰 비둘기가 날아가는 것 마냥 하얀색 형체가 순식간에 휘리릭 지나쳤다. 그쪽으로 고개 돌린 내 눈과 내 쪽으로 올려다본 그의 눈빛이 서로 마주쳤다. 졸업 앨범 속 동창 사진을 보는 것 같았다.

"야, 너 오랜만이다. 병원 실습 나왔어?"

얼굴 본 지 5년도 넘었는데 어제 본 것처럼 내가 먼저 아는 척을 했다.

"어. 오랜만이다. 이 병원 실습 중이야. 너 쉬는 날 밥이라도 먹자.”

놀란 눈에 귀까지 솔깃해 스케줄을 잽싸게 확인했다. OFF라고 적힌 날을 찍어 약속을 정했다.

이 친구와는 대학교 때 인사만 주고받던 사이였다. 대학 3학년 때 우리 집 근처에 볼일 보러 왔다가 한 번 만난 적은 있었다. 아무튼 이렇게 스친 인연이 전부다. 신비감 비중이 헤비급 상태다. 약속 날이 되었다. 그날은 만나서 식사하기까지 우연 이벤트 대잔치였다. 그 당시 나는 영어 학원에 다니던 때라 퇴근 후 학원에서 수업을 받고 있었다. 그 친구는 학원 근처에서 피자와 스파게티를 시켜 놓고 날 기다리고 있었다. 한참 허기진 시간에 처음 가보는 유명 피자집, 그것도 바로 먹을 수 있도록 미리 주문까지 했다. 자리에 앉자마자 피자를 한손에 들도록 했으니 일단 첫 단추가 부드럽게 끼워졌다.

그 친구는 식사 후 선물을 주섬주섬 꺼냈다. 음악을 직접 수록한 CD 한 장과 목걸이 펜던트, 수입 과자 한 상자였다. 간호사 일에 요긴한 물건들만 쏙쏙 담았다. 감각과 섬세함에 두 번째 단추도 끼웠다. 나중에나 안 사실인데 그날 그 친구는 나를 만나기 전에 지갑을 잃어버렸다. 나 같으면 큰일 난 사람처럼 그 말부터 했을 것이다. 동요되지 않고 태연하게 나중에서야 고백하는 모습에 세 번째 단추도 끼웠다. 지갑 잃은 상실감도 끌어올릴 겸 해서 오락실로 향했다. 전공이 전자오락과라 해도 믿을 만큼 고수였다. 오락실에서 홍학이 뛰놀듯이 두각을 나타냈다. 네 번째 단추마저 호감으로 채웠다. 패키지 상품을 맛본 것처럼 첫 데이트는 그렇게 지나갔다. 나를 좋아하는 상품이려니 하고 김칫국 한 사발 들이켰다.

선물 받은 물건들을 금세 활용했다. 음악 CD는 밤 근무 때 판이 뷜 정도로 들었다. 담긴 음악은 분위기 있는 가요부터 팝, 영화음악까지 골고루 였다. 음악은 근무가 지루하지 않도록 디제이 역할을 톡톡히 했다. 수입 과자 역시 처음 맛본 신세계였다. 오며 가며 그 한 통을 뚝딱 먹어 치웠다. 나는 액세서리에는 감각이 마비된 사람이다. 펜던트도 신기해 냉큼 목에 붙였다. 유대인들은 책에 꿀을 발라 아이들이 독서에 흥미를 갖도록 한다. 독서 하면 꿀의 달콤함이 연상되도록 하는 원리다. 이 선물들도 꿀 효과를 노린 건 아닌지.(공주병은 뭣하니 김칫국 병으로 명명한다). 선생과 학생이 아닌 사회인과 학생으로 그렇게 만났다.

그 친구는 3교대 스케줄 그 어떤 시간대라도 집까지 배웅해 주었다. 퇴근길 배가 출출할 땐 요리 솜씨로 꼬르륵 소리를 잠재우기도 했다. 나는 밤 근무를 마치고 아침에 퇴근할 때 이따금씩 오락실에서 PUMP 게임을 즐겼다. 이 게임은 화면에서 나오는 음악과 발 리듬에 맞춰 바닥의 스텝을 밟는 게임이다. 어느 날 이 친구와 오락실을 갔다. 그 친구는 그동안 내가 쌓던 실력을 무색하게 했다. 사부가 내 앞에 섰다. 고난도 레벨 음악도 발이 보이지 않을 정도로 소화했다. 발뿐 아니다. 손으로 화면 음악에 맞춰 드럼 치는 게임이나 피아노 건반 치는 게임 모두 누가 보면 이게 본업인 줄 알 정도였다. 그 친구 집에서 우연히 책과 노트를 열어 봤다. 한때 서기였던 나보다 글씨도 더 예쁘다.

이번에는 노래방을 제안했다. 대학 다닐 때 그 친구는 음악 공연을, 나는 사물놀이 공연을 한 전력이 있다. 임창정의 '날 닮은 너', '소주 한 잔', 포지션의 'I LOVE YOU', GOD의 '촛불 하나', 김범수의 '보고 싶다' 등등 웬만한 남자들이 범접하기 어려운 곡을 가수 뺨치게 불렀다. 발라드면 발라드, 댄스곡이면 댄스곡, 랩이면 랩, 성대모사까지 모두 가능했다. 이 분야도 내가 확 밀린다. 섣불리 예술적 끼를 운운했나 보다. 그 당시 영어 학원 다니던 사람은 나인데, 영어 실력까지 초등학생이 과외 선생님을 만난 격이었다. 그림과 만들기는 더 장관이다. 그 친구는 학창시절 미대를 추천받았는데 경제적 여건으로 할 수 없이 의대를 갔단다. 잘 노는데 공부까지 잘하고, 의대를 할 수 없이 들어가다니.

대학 다닐 때 그 친구 이미지는 찢어진 청바지에 노란 파마머리,

스쿠터를 탄 모습이었다. 한마디로 날라리로 봤다. 외모와 달리 언행은 겸손하고 순수미까지 있었다. 이런 종합 예술인이 나를 좋아하다니. 괜한 허송세월을 보낼 필요가 없었다. 만난 지 6개월 만에 자기 집에 가자했다. 집은 대구다. 부모에게 인사시키고 사는 모습을 보여주려는 건가. 그 친구는 내려가기 전에 어머니가 좀 무서울 수 있는데 괜찮은지를 물었다. 어려서부터 어른들에게 인기가 있던 터라 대수롭지 않게 생각했다. 종합 예술인을 배출시킨 부모와 환경이 하도 궁금해 서둘렀다. 여름휴가를 이용해 대구 집에 내려가 며칠 묵었다. 더운 지역으로 내로라하는 대구를 한참 여름 성수기에 내려갔다. 첫 대면에 잘 보이고 싶었다. 평소에 나다닐 때 내 발은 땅과 가까이 붙어 지낸다. 그날만큼은 굽 높은 샌들을 신었다. 점잖아 보이려고 그 더운 날 분홍빛 니트도 걸쳤다.

대구 집에 도착하는 순간 나는 깜짝 놀랐다. 내가 중학교 때 살았던 집의 구조와 비슷했기 때문이다. 지나가는 사람들 누구에게나 보이는 철문 현관이며, 부엌에서 신발 벗고 들어가면 연달아 붙어 있는 방 두 칸이며, 어릴 적 살던 집과 흡사했다. 그래도 화장실은 집 안에 모셔와 이 집만 썼다. 방문을 여니 허리가 90도로 구부러진 할머니가 도라지를 까고 있었다. 할머니는 그날처럼 도라지를 까서 이 친구 의대 등록금에 보탰다고 했다. 그 친구 어머니는 다음날 일찌감치 백숙을 해 놓고 일을 나갔다.

7월 대구는 처음이었다. 숨이 턱턱 막히는 열기에 이곳도 우리나라가 맞나 싶었다. 선풍기 한 대가 고개를 도리도리하는데 나를 향할 때는 얼마나 반가운지 모른다. 내 등줄기를 타고 물이 질질 흘렀다. 저녁에는 이 친구 아버지가 하드 너덧 개를 사 들고 왔다. 서울에서도 엄연히 똑같이 파는 하드인데 대구에서 먹으니 더 꿀맛이었다. 조카가 서울에서 내려왔다며 외삼촌도 한걸음에 달려왔다. 한 방에 할머니, 아버지, 어머니, 외삼촌, 그 친구와 내가 옹기종기 모여 있었다. 인구밀도가 기온을 보탰지만 종합 예술인이 탄생한 집인데 이쯤은 참아줘야지.

밤이 되자 그 친구 어머니가 아버지와 함께 팔공산 갓바위를 가자고 했다. 종합 예술인 제작자이니 어디든 선뜻 따라나서야 할 것 같았다. '갓바위'도 가보지 않은 새로운 길이라 두려움보다는 멋모르고 바로 실행했다. 이름처럼 갓 모양의 바위 하나 덩그러니 있겠거니 했다. 가볍게 쫓아갔다. 대구 내려올 때 신던 굽 높은 샌들과 점잖은 옷 연출 그대로. 막상 가보니 내 차림새로 올 곳이 아니었다. 계단은 눈치 없이 많기도 많다. 부모님보다 뒤처지면 며느릿감으로 감점 될까 싶어 1년 쓸 다리근육을 한 방에 날렸다. 갓바위에 오른 사람들 중에는 고3 수험생을 둔 부모들이 제법 보였다. 그들처럼 이 친구 부모님도 아들 앞길을 빌었을까. 내가 마음에는 들었을까. 아무런 말은 없었지만 계단 미션은 일단 통과했다. 다리가 뻐근해지니 오기 전에 그 친구가 한 말이 생각났다. "어머니가 무서울 수 있는데 괜찮겠느냐". '안 괜찮으면 우얄라꼬. 다리근육 마이 먹었다 아이가.'로 화답하고 싶었다.

종합 예술인 끼와 사는 모습을 솔직히 보여준 점, 내가 살아온 환경과 비슷한 점, 할머니와 외삼촌까지 느껴졌던 가족 간의 정 등등을 종합해 보았다. 갓바위가 'God바위'로 느껴졌다. 신이 허락한 관계랄까. 그동안 우리 집은 술이 무단 침입하면 새벽에 울어대는 닭장이 되기 일쑤였다. 날 끄집어내어 단란한 가정으로 인도할 것 같았다. 그 환상에 젖어 결혼이 기다려졌다. 데이트 비용과 시간도 절약할 겸 한 지붕에서 보겠다는 일념하에 만난 지 2년 만에 서둘러 결혼했다. 결혼 개념도, 결혼 준비물도 알아볼 겨를 없이 둘이 번 돈 탈탈 털어 결혼했다. 함 대신 빚을 잔뜩 등에 지고서. 나와 그 친구의 사회생활 근속년수(4+1) 동안 번 돈을 합쳐 새 가정을 꾸렸다. 함께 있는 공간이 결혼의 조건이라 생각하면서.

결혼이란 과업은 가보지 않은 길, 멋모르던 일로 실행이 속전속결이었다. 결혼 생활 중 유일하게 오붓했던 때라 그런지 잠깐 타임머신 타고 다녀온 것 같다. 치매 환자가 최근보다 오래된 과거를 더 잘 기억하듯 뇌 속의 폴더도 그 기능을 실행한 것 같다. 시간이 흐르고 상황과 역할이 달라지면 생각도 연륜이 쌓인다. 어린 나이에 결혼해 그런지 어째 아이 같은 생각이 쑥쑥 자라지는 않은 것 같다. 그때보다 껑충 뛴 나이가 되고 보니 인생은 단막극이란 생각이 든다.

그때와 지금, 그사이에 많은 일이 있었다. 시간도 추억 부를 틈을 좀처럼 주지 않는다. 다행인지 불행인지 수많은 경험들이 번호표 뽑고 대기하고 있다. 그때는 그때대로 가치 있는 문화재처럼 보존하련다. 이후 상황으로 덮어쓰기가 되지 않을 만큼만. 멋모르고 하던 결혼, 이젠 좀 알 것 같다. 연애의 고수가 아닌 나다움의 고수여야 한다는 사실을. 아무 일도 하지 않았다면 모르고 넘어갈 뻔했다. 드라마 한 편을.

03:

신혼 분위기

현 직장에 이직함과 동시에 결혼도 했다. 히딩크 감독하에 우리나라를 뜨겁게 달궜던 월드컵 그 해다. 나도 그 열기와 맞먹는 우승컵을 거머쥐었다. 남편이 거머쥐었다고 치자. 결혼 전 각자 사귀던 친구의 수비수를 제치고 골인했으니 공동우승컵이기도 하다. 연애 때는 남편의 전방위적 데이트로 나는 없던 병이 생겼다. 바로 왕비 병이다. 그 불치병으로 멋모르는 나이에 결혼했다. 결혼하면 매일 집까지 배웅한 두세 시간만큼 더 놀아줄 줄 알았다. 결혼 전에 차려준 요리처럼 상 받을 일이 많을 줄 알았다. 퇴근 후 함께 외식하면 귀가의 효율성으로 피곤함도 없을 줄 알았다. 그렇게 나에게 해줄 것만, 받을 것만 생각하고 도둑놈 심보로 신혼을 맞이했다.

우리 둘은 결혼과 직장 모두 새내기였다. 나는 나대로 새로 옮긴 회사에 긴장감이 있었다. 남편은 남편대로 새로 전공하는 레지던트 1년 차라 긴장이 더했으리라. 동병상련이니 더 잉꼬부부처럼 의지하면 되겠거니 했다. 신혼의 마력인지 둘 다 직장 내 스트레스를 언급한 적은 없었다. 남편은 평소 불평 없는 성격이라 절로 따라쟁이가 되었다. 당직 서는 날은 병원에서 보냈다. 당직과 퇴근이 풍당풍당 번갈아 있었다. 신혼집은 신축 다가구 주택이었다. 새집이라 신혼 분위기에도 딱이었다. 작은 방 2개와 부엌, 화장실로 둘이 살기에 아늑했다. 남편 당직으로 혼자 있는 날에는 잠들기가 무서웠지만, 어마어마하게 큰 집이 아니라서 공포 강도는 그리 높지 않았다.

남편이 들어오는 날에는 기분 좋아지라고 청소를 해 놓았다. 일찍 퇴근해 집안 바닥을 닦고 또 닦았다. 음식을 만들어 놓았다. 빨래는 마르는 즉시 보이지 않는 곳으로 들여놓았다. 기다리다 침대에서 깜빡 잠이 들면 벌떡 일어나 시트와 이불의 주름살을 말끔히 펴 주었다. 누가 봐도 신혼을 연상하게끔 집안과 옷매무새에 신경 썼다. 남편이 들어오던 어느 날이었다. 아침에 일어나 보니 부엌 창문이 횅하니 열려 있었다. 안방에는 브랜드 있는 남편 바지만 없어졌다. 화장대 서랍 안 폐물들도 싹 사라졌다. 간밤에 외벽 배수관을 타고 부엌 창문으로 도둑이 들어왔던 것이다.

물건들이 사라지는 동안 세상모르고 잤다. 잠든 것 확인하고 값나가는 물건들만 골라 훔쳐 간 모습을 그리니 소름이 돋았다. 남편 없이 혼자 자고 있었으면 어쩔 뻔했나. 생각만 해도 아찔했다. 어릴 적 자라다 만 키처럼 담벼락이 부실했던 집에서 도둑맞은 기억이 되살아났다. 아끼고 고이 모셔 둔 물건들이 없어지니 가슴도 쓰렸다. 폐물 팔아 빚이나 갚을걸. 이런 혼잣말을 듣기라도 한 듯 남편 병원 동료들로부터 반지 선물을 받았다. 남편은 내가 혼자 자는 날은 위험하니 친정에 가 있으라 했다. 가뜩이나 자주 못 보는데 밤마다 그날이 상상되어 일단 친정으로 피신했다. 무서운 기억이 희미해질 때까지 지내다 왔다. 며칠 머물렀는지조차 희미하다.

집에 오자마자 옆집 새댁과 안면을 텄다. 외로움과 무서움이 비집고 들어 올 틈이 없도록 옆집과 잘 지냈다. 잊을 만하니 이젠 거실 겸 부엌 천장에서 물이 샜다. 그 바람에 김도 샜다. 그 건물 여덟 가구 중 우리 집만 샜다. 꼭대기 층에 사는 주인집의 늑장 대응도 한몫했다. 우리나라 지도 같던 천장 젖은 부위는 세계지도만큼 넓어졌다. 떨어지는 물을 바가지로 받치다 대야로 교체했다. 회사에 출근해서도 똑똑 떨어지는 물방울이 신경 쓰였다. 법정 스님의 [무소유]에서는 집에 두고 온 '난'에 그리 마음이 쓰였다는데 '난'은 예쁘기라도 하지. 나는 물바가지를 소유한 나머지 차고 넘쳐 바닥까지 물을 소유할까 봐 여간 신경 쓰이는 게 아니었다. 주인아주머니에게 전화하면 바로 위층 바닥이 문제일 거라며 추측만 잔뜩 늘어놓았다. 진상을 밝히고 조치를 취하는 일은 뒷전이었다. 부엌 꼴이 그 모양이라 밥은 통 해 먹을 수가 없었다. 주인아주머니 집 초인종도 눌러 봤지만 소용없었다. 나는 좋은 게 좋다는 성향이기도 하지만, 말싸움 과목은 영 취약했다. 특히 나이 많은 사람에게는 주눅이 들었다. 남편이 주인아주머니와 여러 차례 장시간 통화했다. 남편은 물이 새는 현상과 원리, 사후 조치까지 일목요연하게 설명하고 따졌다. 주인아주머니 생각과 행동이 변화될 때까지 추진했다. 결국 천장은 원상태가 되었고 내 마음도 복구되었다.

이전에도 안방 베란다에서 물난리가 난 적이 있었다. 세탁기 두는 장소가 안방 베란다였다. 베란다는 안방 가로길이만 해 넓은 편이 아니었다. 천장에 걸린 빨랫줄이 베란다 가로와 맞먹을 정도였으니까. 베란다는 천장도 낮아 빨래를 널 때는 웨이브 춤 동작이 절로 나왔다. 널은 빨래에 머리가 닿지 않으려면 말이다. 그런 베란다에 물난리가 났으니 얼마나 빨리 물이 차올랐겠는가. 상황은 이랬다. 퇴근 후 밤에 세탁기를 돌렸다. 빨래가 다 돌아갔나 싶어 가보니 바닥에 물이 찰랑찰랑했다. 놔두면 얼어붙게 생겼다. 겨울맞이 결혼선물치고는 최악이다. 슬슬 내 가슴은 싸늘해지고 머리는 들끓었다. 그땐 주인집에 연락도 하지 않고 남편이 만능 기술자 맥가이버를 자처해 그냥 넘어갔다. 남편은 대학 다닐 때 인테리어 아르바이트를 했다. 내 눈에는 보이지 않는 도면이 그의 머릿속에는 생생했다. 연애 때 종합 예술인으로 바라봤던 요소에 메뉴 하나 더 추가! 그럴수록 남편에게 더 의지했다.

우리는 신혼집의 하늘땅인 천장과 바닥의 물세례를 경험했다. 자식뻘 되는 우리들에게 대하는 주인아주머니 태도에 괘씸죄를 적용했다. 한산하고 아늑하게 보였던 신혼집이, 그런 일 겪고 나니 외지고 어두컴컴한 유령 집으로 보였다. 2년 전세 계약이 만료되기도 전에 그 집에서 나왔다. 몇 정거장 떨어진 인근으로 이사했다. 재래시장을 통과하는 4층짜리 빌라였다. 이번에는 주인집이 아래 3층이고, 우리 집이 꼭대기 4층이었다. 옥탑이지만 방도 3개고, 거실 겸 주방도 널찍했다. 빨래는 신을 신고 바깥 베란다로 나가 탕비실에서 하는 번거로움이 있었다. 넓은 베란다에서 빨래집게에 매달려 썬텐하는 빨래라면 그 번거로움 정도는 눈 감아 줄 수 있었다. 그 동네는 시장 오가는 사람들로 북적여 무서움 탈 새도 없었다. 4층까지 계단 오르기 운동도 되었다. 시장 접근성으로 집에서 요리하는 횟수도 늘었다. 꼭대기 층이라 거실 벽에 에어컨도 붙어 있고 이전 집처럼 낮에 형광등 켤 일도 없었다. 평수가 넓어진 만큼 은행 빚도 늘었지만 그만큼 신혼 분위기도 확장되었다.

집이 넓어 손님도 초대할 수 있었다. 이 집에서 친구들에게 신고식도 했다. 지방 출장 날 집들이 일정이 잡혔다. 남편이 직접 요리를 다 했다. 시부모님은 정작 신혼집에 자주 오지 못했다. 대신 명절 때 우리가 대구에 내려갔다. 명절 연휴 5일을 남편 없이 시부모와 함께 지내기도 했다. 시어머니와 오붓하게 음식을 준비하며 이런저런 이야기가 오갔다. 시어머니가 먼저 운을 띄웠다.

"니, 갸가 5대 독자인 줄은 아나? 갸가 말 안 하드나? 아버지는 4대 독자라 군대도 7개월 했다 아이가."

처음 듣는 이야기다. 독립투쟁하다 훈장 받은 사람처럼 특별하게 들렸다. 시어머니와 앞산도 놀러 갔다. 시아버지 사업 실패 이야기, 아이들 셋이 강원도 막내 고모 집에서 학교 다닌 이야기, 그 집에 아들이 없어 신세를 많이 졌다는 이야기, 대구 큰고모들 집안 이야기 등등을 들었다. 남편은 이런 이야기를 잊어버렸거나 더 중요한 이야기에 순번이 밀려 할 필요가 없었나 보다.

어느 날 막내 시누이가 학교 방학이라 우리 집에 놀러 왔다. 시어머니에게 들은 특종 소식 중 막내 시누이 부분 필름도 돌려 본다. 막내 시누이는 집에 보탬이 되고자 상업고등학교를 진학해 일찌감치 취업했다. 우리가 결혼할 무렵 뒤늦게 대학교에 들어갔다. 나와 같은 간호학과에. 방학이나 주말에는 우리 집에서 지냈다. 우연인지는 몰라도 시누이가 있을 땐 남편 요리 솜씨가 뜸한 것 같았다. 막내 시누이는 학교를 졸업하고 안방에 터를 잡았다. 방학 때 한집에 있을 때는 동생 보는 것 같았다. 그 맛에 대학교 등록금을 보태 주기도 했다. 오빠의 빈자리도 채워주어 상부상조였다. 막상 함께 산다고 하니 기분이 좀 묘했다. 5대 독자 정보만큼 시누이와의 동거 사실이 뉴스거리로 다가왔다.

남편은 이런 얘기들을 왜 미리 못 했을까. 어머니에게 마이크 양보? 나 혼자 외로이 지낼까 봐 깜짝쇼? 6대 독자 대를 이을 부담? 강원도에서 지낸 3남매 끈끈한 정은 비밀? 말할 필요가 없거나 까먹어서? 내 마음이 바다인 줄 착각? 머릿속은 꼬리잡기 놀이에 한창이었다. 남편이 집에 들어온 날 늘어진 꼬리도 자를 겸 큰맘 먹고 이야기를 꺼냈다. 남편 대답은 이랬다. "시부모를 모시는 것도 아니고, 직장 일도 그리 힘들어 보이지 않는데 뭐가 대수라고..." 이유를 물었어야 했는데 서운함이 전달됐으니, 이런 소통 지진아 같으니라고. 힘들게 일하고 당직 아닌 날, 좋다고 들어 왔는데 나도 참 타이밍 하나 끝내주게 맞췄다. 다 받아주던 약발만 생각하고 투정을 부렸으니 원. 싸움은 그때부터 시작했다. 꺼진 불도 다시 보고 싶게 불을 지핀 셈이다. 뭐가 그리 고생이냐가 주제였던 것 같다. 남편의 고생은 산맥이고, 내가 하는 고생은 앞산인데 내가 바꿔치기라도 했나. 다음 날 출근 걱정과 좋은 게 좋다는 성향으로 사과를 했지만 엎질러진 물에 바닥은 이미 젖은 상태였다. 안 하느니만 못했다.

남편의 상기된 목소리가 나를 응시했다. 부모님 싸움 소리에 부엉이 눈으로 새벽을 맞고 출근한 지난 기억이 교차했다. 아버지 언성이 고음 발성일 때 심장이 콩닥댔던 추억까지. 그 기억 속에는 누군가가 화를 내면 무서워서 찍소리도 못하는 내가 서 있었다.

"피곤할 테니 우선 자고 내일 다시 얘기하자. 내가 잘못 생각했어."

나는 당황한 나머지 대화의 본질은 생각 못 하고 옆길 이야기만 늘어놓고 있었다. 그게 더 화난 모양인데 뭐라고 표현해야 할지 새치가 머릿속에 나는 것 같다. 드러누운 내 등을 건드리며 뭘 잘못했는지 묻는 모습에 내 심장이 벌렁댔다. 다 받아주던 그 남자가 이 사람 맞나. 말주변도 없고 눈치도 없는 나 자신이 한없이 작아 보였다. 얼마나 지쳤으면 다 받아주던 배역에서 이런 모습이 튀어나왔을까.

막내 시누이가 안방에 사니 적적해 그런지 첫째 아가씨도 들어왔다. 3남매와 식사도 하고 영화도 봤다. 다들 순수하고 재미있고 속도

깊은 편이다. 남편과의 오붓한 시간이 줄어드는 게 서운할 뿐, 지내는 데 그리 불편하지는 않았다. 남편과 둘이 살 땐 친구들도 만나고 대화도 많았던 것 같은데 괜히 그 부분이 쪼그라든 느낌이었다. 주로 밥은 주말에 차리고 밥상에 수저 몇 개 더 두면 되었다. 평일도 시누이들 저녁 일정을 챙겼다. 하루쯤 단둘이 데이트할 법도 한데. 자식들이 모두 서울에 있으니 시부모님도 종종 서울로 올라왔다. 이 집의 평수가 넓고 방이 3개인 이유가 어쩌면 우리가 주인공이 아닐 수도 있겠다. 안방에서 생활하는 시누이들, 작은 방에서 컴퓨터 게임 하는 남편, 침대 방에서 홀로 쉬는 나. 윤동주의 '별 헤는 밤'이 생각났다. 별 하나에 추억과 별 하나에 사랑과 별 하나에 쓸쓸함 말이다. 방 하나에 시누이, 방 하나에 남편, 방 하나에 내가 있는 신혼집. 아, 낭만은 어느 방에 있단 말인가.

신혼(新婚)이란 갓 결혼함 또는 새로 결혼함이란 뜻이다. 결혼(結婚)은 남녀가 정식으로 관계를 맺는다는 뜻이다. 그렇다면 신혼은 남녀가 정식 관계를 맺어 이제 막 결혼한 시기이다. 방점을 '이제 막'이 아닌 '남녀'에 찍어 뜻을 풀이했으니 내 시선도 개념 없다. 신혼은 결혼한 남녀 둘만 살라는 개념이 아니다. '이제 막', 따끈따끈한 타이밍의 의미이지 아이 낳기 전까지 주구장창의 기간이 아닌 것이다. 내가 아는 만큼, 보이는 만큼, 개념의 크기도 달라진다. 지금 보니 내

개념 사전은 꽤나 얇다. 자식이 크면 부모와 당연히 멀어지니 부모 찾는 시기에 잘해주라고들 한다. 오히려 시누이들과 함께 사는 시간이 하늘의 별 따기만큼 사기 어려운 것이었음을. 더 잘해주지 못한 것들이 도미노로 되돌아온다.

상대가 먼저 시시콜콜 말해 주기만을 바랐다. 나도 입이 있는데 본질을 먼저 꺼내 긁어줄 생각을 못 했다. 내 애먼 다리만 긁고 상대 속만 긁은 것 같다. 남자는 군대를 가 봐야 철이 들고 여자는 아이를 낳아 봐야 철이 든다 했다. '철' 결핍 빈혈인 나를 두고 보완책으로 나온 말 같다. 그 와중에 하늘이 보완책 선물로 아이를 내려보냈으니 희망을 걸 만하다.

04:

축복받은 임신

　　어려서부터 아기를 좋아했다. 아기를 가만히 보고 있노라면 내가 아기가 된다. 누구 집 아이랄 것도 없이 아기만 보면 입꼬리가 자동 상승한다. 어른은 거울신경세포 덕에 웃는 표정을 짓는데, 아기는 그 어떤 표정을 지어도 내 눈은 어김없이 초승달이 된다. 세상 근심이 다 풀어진다. 머릿속은 그 어떤 기준도 존재하지 않는 순백 상태가 된다. 지나가다 아기가 보이면 만져 보고, 까르르 넘어가게 만들어야 직성이 풀렸다. 이제는 합법적 결혼까지 했으니 옆집 아이가 아닌 내 아이에 만족할 수 있게 되었다. 스쳐 지나가는 아이도 이리 예쁜데 내 자식은 오죽할까. 결혼 후 상상 임신한 사람 마냥 아이를 그렸다. 질녀가 태어난 후부터는 마른 장작에 불이 붙었다.

결혼 2년차에 임신 진단기기의 두 줄을 얻어냈다. 그 세로 두 줄이 아기 초승달 눈으로 보였다. 그때 당시 나는 직장에서 현지에 나가 조사하는 일을 맡았다. 노트북과 책, 각종 서류를 들고 2주간 여러 기관을 방문하는 일이었다. 임신 초기에 임신 사실을 발설하면 유산될 확률이 높다는 미신을 믿고서 출장 팀원들에게는 이 사실을 숨겼다. 잔심부름하는 팀 막내이다 보니 상사들을 신경 쓰이게 하고 싶지도 않았다. 말 못 한 설움인지 출장 기간 내내 아랫배가 요상하게 굴었다. 송곳으로 긁어댔다. 하혈도 있었다. 출장지가 친정과 가깝기도 하고 통 먹지를 못해 친정에서 다녔다. 엄마 되는 고통이려니 하며 송곳을 품고 다녔다. 드디어 출장 마지막 날, 유종의 미로 송곳 체크 좀 해볼 겸해서 이른 아침 문 연 개인병원에 들러 출근했다. 유산 기가 있다며 조심하라 했다. 임신도 출산만큼의 고통이 따르는구나.

출장지에서 아래, 위 어금니가 악 물린 상태로 일을 했다. 식은땀이 났다. 애 낳을 때 하늘이 노랗다더니 임신 초기에 벌써 찾아오나. 반갑지 않은 증상이 반칙을 저질렀다. 이 상황에서는 내가 그 유명한 욕쟁이 할머니가 될 것만 같았다. 몇 시간 후면 출장도 마무리되니 그 김에 말을 꺼냈다. 같은 팀원들도 아이를 낳아 본 사람들이라 더욱 용기 내었다.

"저, 배가 많이 아픈데요. 아침에 병원 들렀더니 유산 기가 있대요. 지금 참기 좀 그런데..."

침묵이 흘렀다. 예민한 조사 업무인 데다 확인서 도장 받는 날이라 집중들을 했나보다. 상사 반응을 기다렸다. 이젠 만삭처럼 앉을 수도 걸을 수도 없었다. 여전히 묵묵부답이었다. 뱃속은 송곳에서 칼로 갈아타 긁어댔다. 내 이성까지 함께 긁혔다. 아니, 2주를 버텼는데 도저히 못 참겠다. 아이를 낳아 본 사람의 공감 능력보다는 여자의 적은 여자라는 생각이 지배적이었다. 아는 사람이 더 무섭다더니. 애 낳을 때 아내가 남편 머리털 잡고 욕하는 것처럼 속으로 그들을 마구 욕했다.

당장 사무실에 전화했다. 차라리 애를 못 낳는 사람이 받아주겠다 싶어 담당 차장 자리로 연락했다. 그 당시 차장과 부장은 남성이었다. 빨리 병원에 가 보라는 반응을 확인하고는 그 길로 남편이 일하는 대학병원으로 갔다. 응급실로 직행했다. 주치의가 초음파를 확인하더니 자궁외임신이라 했다. 자궁 안에 아기가 착상되어야 하는데 오른쪽 난관에 착상된 것이다. 아기가 더 자라기 전에 난관 자르는 수술을 하자 했다. 외길 인생도 아니고 한쪽 난관만 갖고 살 생각을 하니 이 상황이야말로 난관이었다. 남편도 일이 손에 잡히지 않았나 보다. 일하다 말고 달려와 난관 수술을 처방한 주치의를 붙잡고 뭔

이야기를 하는 걸 보니. 소크라테스와 플라톤이 토론하는 장면 같았다.

흰 천 두른 두 사람이 고민에 빠졌을 때 다른 모퉁이에서는 위아래 어금니 사투가 또 벌어졌다. 처치실에서는 나의 생살을 잡아 뜯는 조직검사 장면이 오버랩 되었기 때문이다. 마취 없이 이루어지니 이 역시 송곳이었다. 처치를 마치고 입원 수속을 밟았다. 수술이 아닌 항암요법 치료를 위해서다. 앞 장의 신혼집 물 샌 사건처럼 이번 건도 남편은 설득에 성공했다. 주치의는 난관을 절제하지 않으면 자궁외임신이 재발할 수 있다는 주장이었다. 남편은 난관을 자르지 말고 항암제로 착상된 난관을 청소하자는 입장이었다. 남편의 압승이다. 주치의는 처방을 변경했다. 20여 일간 입원해 MTX(항암성종양제)라는 약물을 투여받았다. 여러 사이클로 주사 맞으니 평소 간 기능 수치가 30대였는데 그보다 10배 높은 300대까지 올랐다. 축축 가라앉는 내 모습에, 남편도 뭐가 그리 고생이냐 내뱉었던 지난 말을 가라앉히는 분위기였다. 그러고 보니 이 상황들이 그리 나쁜 것만은 아니었다.

아기에 대한 내 집착이 불러온 결과인가. 그래도 아이 낳고 서너 가족이 함께 사는 꿈은 그대로 모셔두었다. 남편은 준비 없이 결혼해 아이만큼은 경제적 기반을 갖춘 후에 낳기를 바랐다. 남편 생각을 확고하게 만든 계기가 되었다. 남편의 이런 신념은 한 바퀴 꼬여 받아들여졌다. 나와 2세의 순위가 시누이들에게 밀린 느낌이랄까. 마음속 창틀로 외풍이 들이닥쳤다. 찬바람이 기어들어 오지 못하게 주말이면 종종 친정을 문풍지 삼았다. 조카를 보기 위해서다. 생후 5개월 때 부모님 손에 맡겨졌다. 친정 가는 목적이 분명해졌다. 집으로 돌아올 때는 질녀 사진을 잔뜩 집어와 내 방 화장대에 진열했다. 아기에 대한 미련을 버리지 못하는 모습이 옆에서는 얼마나 꼴불견이었을까. 그의 신념에 반하는 행동거지였으니.

질투의 신이 나타났다. 소가 뒷걸음질 치는 사건이 벌어졌다. 질녀와 함께 놀고 사진 보고 통화하다 보니 은근히 샘이 났던 모양이다. 내게도 아기가 생겼다. 그것도 이번에는 제집 안에 제대로 들어섰다. 이 아름다움과 감사함도 그리 오래가진 않았다. 입덧으로 임신 3개월까지 밥을 통 먹질 못했다. 이 몸은 이래봬도 술 마시고 토한 적도, 음식 먹고 체한 적도 단 한번 없던 사람이다. 주변 임신한 사람들은 여느 때처럼 잘도 지내더니만 내 속은 유난을 떨었다. 들어간 것도 없는데 약 오르게 회사와 집 화장실에서는 구토하기 바빴다. 어머니가 나를 이렇게 낳았구나.

내 곁에는 나를 임신한 그때 그 시절 엄마만 있는 것 같았다. 모전 여전으로 입덧은 10달 동안 성실하게 임무를 완성했다. 남편은 그만큼 임신 호르몬이 왕성하단 뜻으로 아이에게는 특효약이라 했다. 누구를 위로하는 건지 모르겠다. 출퇴근 전철 냄새, 집안 음식 냄새, 사무실 서류 냄새 등등 냄새 먹는 하마가 따로 없었다. 입덧에 심통까지 나는지 남편과 시누이는 식욕 떨어질 날이 없는 것처럼 보였다. 그래, 내가 섬김을 받으려면 그들이라도 잘 먹고 기운 내야지. 선과 악이 오르락내리락했다.

남편은 입덧 호르몬이라는 특효약에 권한을 위임한 것 같았다. 아니면 뭔가 해주지 못해 미안해 죽겠어서 게임으로 마음을 달랜 건지. 서운함이 있더라도 한 지붕 밑 시누이들을 의식해 착한 올케 이미지를 굳혔다. 시누이들도 내게 뭔가를 해줄 수 없어 안방에서 TV와 함께 지낸 것 같다. 이제 보니 올빼미형 남매와 새벽형인 내가 만나 하나가 되었다. 임신 기간 동안 잠을 설쳤다. 양 한 마리, 양 두 마리... 세고 또 세도 잠은 쉬이 들지 않았다. 평생 셀 양들, 그때 다 센 것 같다. 새벽에 내 곁을 지킨 건 울렁거림, 피부습진, 뒤틀린 코끼리 다리, 두 동강 난 허리, 옆구리 통증이었다. 날이 밝아 출근할 때 늘 점검하던 버릇이 하나 생겼다. 몇 시간이나 잤을까. 나와 관계없이 아이는 잘 잤을까. 길을 걸으며 아이에게 중얼댔다.

초음파로 아이의 심장 소리를 들을 때는 아이에게 웃음과 감동, 아름다운 것만 전달하자 생각했다. 실생활로 돌아오면 그런 선한 의도에 마음이 반항을 했다. 마치 성당, 교회, 절 안에 있을 때는 회개와 해탈의 시간을 보내다 문밖을 나서면 사탄과 놀아나듯 말이다. 그리 선한 기질도 아니면서 임신을 빌미로 이참에 착해지려 했나 보다. 서운함, 외로움, 분노 등의 부정적 마음이 비집고 올라오는데 우아한 태교 한답시고 자태를 취하면 아이도 '척' 인 줄 '척' 알아챌 것 같다. 엄마의 가식에 뭣이 옳은 건지 혼란 겪으며 질풍노도의 시기를 예습할 수도 있겠다. 아이에게만큼은 솔직히 고백하기로 했다. 그 고백은 10달 동안 아이와의 대화 일기로 이어졌다. 일기 노트는 임신 소식을 듣고 사 둔 책이다. 책 제목은 '아빠가 쓰는 임신일기' 였다. 남편에게 살짝 들이밀었는데 태어나면 잘하겠다는 말에 도로 집어넣은 책이다. 남편처럼 설득의 기술도 말주변도 없어 두 번 권할 것도 없이 바로 책장에 꽂았다.

표지에 차곡차곡 쌓인 먼지, 일기 쓰느라 털게 됐으니 오히려 잘 됐다. 책이나 나나 쌓인 먼지가 털려 나가니 환상의 짝꿍이다. '아빠가 쓰는 임신일기' 라는 책 제목은 '임신 열 달 고해성사' 로 변질되었다. 이 노트 안에는 아이 초음파 사진과 내 감정이 고스란히 녹아 있다. 어딘가에 떨구고 나니 내 감정도 '강약중강약' 부드럽게 리듬 탔다. 음악을 즐기는 자로 둘째가라면 서러운 사람이 또 나다. 전에는 감정 구름에 가려진 리듬이었다. 일기를 쓰고 나니 클래식, 재즈, 가요 할 것 없이 리듬과 멜로디가 생생히 들렸다. 태교 음악 듣기평가에 출전해도 손색없을 정도로 귀가 뻥 뚫렸다. 평일 태교는 직장업무, 음악 감상, 일기 쓰기, 집안일로 했다. 주말 태교는 동화구연과 문화생활로 아이와 접선했다.

임신하고 몸무게가 22kg 늘었다. 가만히 못 있는 태교 생활을 보면 몸무게가 이렇게까지 범람하지는 않을 텐데 어느새 뒤뚱대는 몸이 되었다. 집안의 기대주인 6대 독자답게 장군만 한 아이가 태어날 징조로 여겼다. 집 근처 시장에서 슬리퍼를 3번이나 갈아 치웠다. 임신 전 230의 귀요미 발 사이즈가 250의 아재 사이즈로 돌변했다. 22kg 늘은 건 아무리 생각해도 미스터리다. 임신 10달 동안 자궁의 혹으로 누워만 지낸 올케는 13kg 증가했으니 말이다. 올케보다 더 누워 지낸 거로 오해할까 봐 이쯤에서 굳이 해명 좀 늘어놓는다. 22kg는 여러 가지를 무색하게 만들었다.

우선, 10개월간 음식을 먹은 건지 울렁거림을 먹은 건지 모르게 오심이 함께 했다. 친정에서 출퇴근한 시간은 왕복 3시간이었다. 분만 휴가 들어가기 전까지 그해에 쓰지 못한 휴가도 10개나 되었다.

승용차가 없어 대중교통으로만 다녔다. 막달에는 맞는 옷이 없고 임신복을 사기도 귀찮아 배 나온 친정어머니 홈웨어를 매일 손빨래하며 출근했다. 임신 후기에는 시어머니와 함께 걷기와 산행도 했다. 결국, 22kg은 욱신거리는 무릎과 세계지도처럼 튼 살, 애드벌룬 바람 빠진 자글자글 피부를 만들었다. 임신 축복으로 받은 상이다.

먹은 게 없고, 공주처럼 편히 지낸 게 아니라서 22kg를 의심했다. 이렇듯 인간의 뇌는 자신이 만든 착각 속에서 사는 것 같다. 내가 정한 '기억'의 바다에서 헤엄치게 마련이다. 분명 맛있는 음식을 다양하게 먹었을 테고, 남편, 시누이, 시부모의 축복 속에서 웃고 떠들었을 텐데 말이다. 높은 일 하나, 낮은 일 하나만 덩그러니 존재하는 인생은 없다. 오르내리는 굴곡 속에서 살아내는 것이 삶이다. 이런 삶의 원리를 보면 분명 긍정적 기억이 자리했다. 뇌의 속성을 긍정 기억 20%, 부정 기억 80%로 설정하는 데 활용했다. 주변은 돌아보지 않고 왜곡된 뇌 속성의 늪에만 빠진다면 사기극이 벌어질 일이다. 자칫하면 임신이 부정 기억 100%로 도배될 수도 있겠다. 일명 가짜뉴스가 될 뻔했다.

그때 당시 80% 부정으로 내몰았던 기억들은 아름다운 추억으로 자리 잡았다. 추억은 주변 당사자들이 억울해할 일도, 내 자신이 서운해할 일도 아니다. 그 자체로 존재가치가 있다. 이런 특별한 임신이 아니었다면 소중함과도 연이 닿지 않았을 테니. 임신은 거쳐 가는 한 과정으로 파묻힐 수 있다. 그러나 생애주기 앨범에 특별 코너로 꽂힐 일이다. 각자의 삶이 소중하고, 태어난 생명은 더없이 소중하다. 임신을 의무적으로 만나든, 피치 못할 사정으로 만나든 인생 여정의 하나로 두지는 말자. 각자 인생에 특별 보너스다. 보너스가 짜든, 싱겁든 간에 언제 어디서 쓰일 딴 주머니로 간직할 만하다. 국보급 문화재다.

05 :

여행 같은 출산

직장에서 받을 수 있는 출산휴가는 3개월이다. 요즘이야 출산휴가에서 육아휴직으로 직행하는 추세지만, 나 때만 해도 육아휴직까지 쓰는 경우는 흔치 않았다. 물론 월급 끊어지는 것을 수돗물이나 전기 끊기는 거로 여기는 사람인지라 휴직은 꿈도 안 꿨지만. 그렇게 치니 출산 후 아이와 함께 지낼 시간은 3개월이었다. 최대한 보내려면 사무실에서 진통 겪고, 그 길로 병원 가서 아이 낳는 시나리오이어야 했다. 3개월에서 출산일 하루만 빠진 날짜로 아이와 함께 보낼 날을 계산했다. 임신 마지막 달은 친정에서 출퇴근했다. 남산만 한 배로 왕복 3시간을 전철로 다녔다. 이 운동량으로는 내 각본이 맞아떨어질 것 같았다. 바로 전 달에는 시어머니와 산도 타고 동네 마라톤 코스도 돌아 자신 있었다. 출산예정일은 2005년 8월 4일이었다.

22kg 불은 내 몸이 부담스러운지 하루는 담당 차장이 나를 불렀다. 일을 하다 갑자기 손이 바뀌면 업무에 차질이 생긴다 했다. 차장은 내가 7월까지만 출근하고 8월부터는 다른 직원이 내 업무를 맡길 바랐다. 각본은 7월31일에 아이가 태어나야 될 판이었다. 주변 사람들 보니 첫 아이 출산은 예정일보다 2주 정도 빨랐다. 예정일 넘긴 사람이 한 명도 없으니 어느 정도 승산은 있겠다. 아이도 초음파를 찍는 족족 예정보다 몸집이 한 달 빠르다 했다. 7월31일을 목표로 시큰거리는 무릎 무시하고 틈나는 대로 걸었다. 아이가 미끄러져 잘 나온다던 삼겹살은 질리도록 먹었다. 7월31일이 되었다. 사무실 출근 마지막 날, 대망의 그 날은 어제와 똑같았다. 아이가 발로 차는 일만 있을 뿐 아무 일도 벌어지지 않았다. 축구 경기에 승부수가 나지 않은 건지 원. 시원하게 헤딩이나 해서 머리를 밖으로 들이밀었으면 좋으련만.

8월 첫날. '도대체 진통이 뭔 감각이길래 이리 뜸 들이나' 안달복달하며 집에서 빈둥대고 있었다. 마치 시골에서 뭐 재미난 일 없나 뒷짐 지고 동네 어슬렁대는 어르신처럼. 8월 둘째 날. 날씨는 후덥지근하고 남산 배와 아기 열기가 더해져 용광로를 끌어안은 것 같았다. 집에서 쉰 지 일주일이 흘렀다. 뱃속은 외부 상황은 아랑곳 않고 어쩜 그리 유유히 헤엄만 치고 있는지. 깜깜무소식이다. 열흘이 흘렀다. 뱃속은 축구 시합에 져서 이길 때까지 슈팅을 하는 것만 같았다. 2주가 흘렀다. 속은 타들어 가고 살다 살다 가장 뜨거운 여름을 맞이했다. 가뜩이나 우리 집이 아니라 눈칫밥인데, 어머니는 전기세 아낀답시고 에어컨 옷은 벗기지도 않았다. 작년에도 어머니는 자연 바람이 좋다느니, 맞바람 쳐서 선풍기만으로도 충분하다느니 하며 에어컨을 떠받들어 모셨다. 내 배를 보고도 전기세가 떠오를까. 눈치 뿌리치고 에어컨 옷을 과감히 벗겨 바로 밑 거실 바닥에서 누워 지냈다. 노숙자는 집 밖에만 있는 게 아니라는 듯이.

8월 17일. 분만예정일이 2주나 지났다. 병원에서는 유도분만을 하자 했다. 결국 임신 42주째에 입원했다. 통상 임신하면 열 달을 연상하듯 40주까지는 괜찮다고들 본다. 그 기간이 넘어가면 아이가 위험하다. 마냥 순리 타령만 하고 자연적 탄생을 기다릴 수만은 없었다. 서둘러 짐 싸 어머니와 함께 전철을 탔다. 남편이 레지던트로 일하는 대학병원에 도착했다. 남편은 어차피 그날 당직이고, 아이가 태어나는 장면을 생생히 볼 수 있어 일거양득이었다. 진통이 오면 바로 이동하도록 분만실 바로 앞 침대에 입원했다. 곧바로 자궁수축제를 투여해 유도분만을 시도했다. 나는 금식 상태지만 가족들에게는 편히 저녁 식사하고 오라며 손짓을 했다. 이런 마음이 드는 걸 보니 아직은 제정신이다. 그날 밤은 길기도 길다. 주치의는 수시로 드나들며 물리적 압박을 가했다. 압박을 가하는 손짓에는 제발 길 좀 뚫리고 문 좀 열리라는 힘이 실린 듯 했다. 그 모습에 아파도 찍소리 못했다. 이 역시 아직도 제정신이란 소리다.

8월 18일. 아이는 어제보다 하강했다. 하강까지는 좋았는데 내 골반에 끼었다. 매달 보던 초음파에서 듣던 소리가 "아이 머리가 커서 엄마가 고생이겠네요."였다. 말이 씨가 되었다. 그때야 세상 밖으로 아이가 머리를 들이밀 때 힘들겠거니 하는 소리였을 게다. 이렇게 내 골반을 아작 내며 씨가 될 줄이야. 통상 말하는 산도 열릴 때 그 출산의 진통은 고사하고, 골반 통증은 인간이기를 포기하라는 신의 계시 같았다. 아이의 하강 속도와 압력이 나의 엉덩이 둘레를 짓눌러 으깼다. 그때의 느낌은 눈에 뵈는 것 없이 세상을 살아도 될 만했다. 그 어떤 두려움도 모조리 떨쳐버릴 수 있는 인증시험 같았다. 어떤 자세를 취해야 할지 안절부절못했다. 아이가 세상 밖으로 나오는 게 더 늦어지면 위험했다. 운동이라도 하자. 으스러지는 골반을 이끌고 워커라는 지팡이에 기대어 걷기 운동을 했다. 한발 한발 내디딜 때마다 하늘은 더 노란 잿빛이 되었다. 명암이 짙어지더니 식은땀 비가 쏟아졌다. 호흡이 가빠졌다. 침대에 눕자마자 내 코로 산소 줄이 들어왔다. 골반이 분해되어 가루가 될 것 같았다. 하는 짓이 사람처럼 안 보였는지 남편이 내 허리에 무통 주사를 놓아 주었다. 그 와중에 무통 주사 약물이 아이에게 괜찮은 건지 의심들 건 또 뭐람. 입원한 지 이틀 지나니 서로 눈치싸움만 하다 내내 참아왔던 단어가 북받쳤다.

두 번째 날은 시어머니, 시누이들 모두 있었다. 담당 교수까지 모두 여성이다. 모인 김에 입을 열었다.

"교수님, 저 도저히 안 되겠어요. 당장 배 갈라 주세요. 제발 좀 수술 시켜 주세요."

교수님은 황당하다는 표정을 지으며 단호하게 대답했다.

"아니, 이제까지 잘 참아 놓고 무슨 수술이에요. 자연 분만형 골반인데 기다려 봅시다."

성형외과 교수는 얼굴형을 보고, 산부인과 교수는 골반형을 보나? 내가 아파 죽겠다는데, 제왕절개수술 시켜달라는데 골반도 관상을 보느냐 말이다. 몇 번 더 말해보았지만 씨알도 안 먹혔다. 지켜보던 시어머니 역시 얘가 무슨 소리를 하냐는 듯 황당하다는 표정이었다.

"그러길래, 무통 주사는 뭐 하러 놓노? 다 그거 때문에 얼라가 늦게 나오는 거 아이가. 참말로..."

골반 통증을 겸비한 분만 경험은 나에게만 주어진 특별한 혜택이었나 보다. 이렇게 내 편 하나 없는 이야기만 늘어놓는 걸 보니.

3일째 8월 19일 오전 10시 40분, 3.61kg의 남자 아이가 태어났다.

드디어 문이 열렸다. 기우제를 그렇게 지내도 소용이 없어 하늘에서 댐 문을 개방한 것 같았다. 분만실로 이동했다. 도착하자마자 힘 좀 주니 아이는 바로 나왔다. 댐을 개방하자마자 물이 콸콸 쏟아지듯 출산 과정은 속전속결이었다. 남편이 탯줄을 자르니 분만 과정은 얼추 마무리되었다. 난 그 즉시 자리에서 벌떡 일어나 옆에 놓인 입원실 침대로 폴짝 뛰어 넘어갔다. 나를 부축해 주러 왔던 간호사들은 눈이 휘둥그레진 채 말했다.

"아이 낳은 사람 같지 않아요. 3일간 물도 못 마시고 금식이었는데 어떻게 그런 기운이 나세요?"

그냥 웃었다. 미소를 지을 수 있는 동물은 사람뿐이라 하지 않았던가. 이제 사람이 되었다. 그 미소 속에는 2박 3일간의 여정이 서려 있다. 가을까지 기다린 농부가 땀 닦으며 들이켠 막걸리라고나 할까.

자연분만이라 나는 날아갈 듯했지만 아이에게 좋은 상황만은 아니었다. 아이 나오는 문의 개방 시간이 지체된 나머지 아이는 뱃속에서 자신의 대변을 먹은 것이다. 아이 몸속의 독소를 빼내기 위해 신속히 항생제 치료에 들어갔다. 내 골반에 이틀 동안 끼어 있어 아이 머리는 로켓 탄두 미사일 모양이었다. 아이의 삼각형 머리에 주삿바늘을 꽂아 링거액을 맞혔다. 몰딩이라 불리는 로켓 머리를 하고 치료 받는 아이를 보니 안쓰럽기는 한데 미안하리만치 웃겼다. 그렇게 고

집 피우던 자연분만의 특혜로 난 3일 만에 퇴원했다. 아이는 항생제 치료와 황달 치료로 일주일 뒤에 퇴원했다. 먼저 퇴원해 배신감이 들었는지 나 없이 치료받던 아이는 100cc까지 분유를 들이켰단다. 막걸리에 대작인 건가.

나 혼자 친정으로 돌아왔다. 아이가 올 날을 그리며 5일을 보냈다. 출산휴가 받은 지 19일 만에 아이가 나왔는데, 5일을 또 깎아 먹게 생겼다. 역시 임신과 출산은 사람 의지대로 되는 분야가 아니다. 우주가 개입하는 영역이라 한 생명이 그리 소중한가 보다. 아이와 지낼 날 중 한 달이 날아갔다. 1억을 사기로 날린 것처럼 속이 쓰렸다. 아이와의 시간도 그렇거니와 내 몸 추스를 날도 줄어든 셈이다. 나의 출산 후 미션은 산후조리원과 분윳값을 제로로 만드는 것이었다. 가뜩이나 그런 계획인데 친정으로 찾아온 시어머니는 말을 이었다.

"산후조리원은 믿을 게 못 된다 카이. 사고도 많데이. 우야둥동 소젖을 먹여서도 안된데이. 그러게 임신 때부터 젖 잘 나오도록 신경 좀 쓰지 그랬나."

아이와 함께 퇴원 못 한 탓도 있지만, 쥐어짜도 잘 나오지 않는 모유를 보고 걱정되는 모양이었다. 100cc를 먹는 손주인데 어미는 겨우 20cc를 짜내니 그럴 만도 했다. 그건 그렇고 병원에서 좌욕 기계

쓰다 집에서 물 데워 세숫대야로 할라 치니 이것도 귀찮았다. 아이 낳은 날 어떻게 그런 기운이 나느냐는 간호사 말이 생각났다. 생후 19개월 된 조카까지 키우는 친정어머니 도움을 받고 있자니 기운을 낼 수밖에 없었다. 산후조리원도, 분유도 상상 속에 묻어두고 두 달을 보냈다. 육아를 위한 엄마 모습이 아닌 출근에 최적인 몸을 만들면서.

이제 와 생각하니 주변의 모진 시선들은 나를 더 강하게 만들기 위한 신호였다. 내 뜻대로 했으면 제왕절개 수술을 했을 테고, 산후조리원에 몸을 맡겼을 테고, 분유 유혹에 홀라당 빠졌을 게다. 조정래의 [시선]에서는 "인문학을 통해 인간을 발견한다는 것은 나와 당신의 존재를 동시에 인식한다는 의미입니다. 이 문제는 '인간은 혼자서는 살 수 없다.' '인간 세상이란 너와 내가 합해진 우리로 이루어져 있다.' 하는 기본 상식을 회복하고 재인식하는 것입니다."라고 했다. 나만 잘되면 그만이라는 의식을 넘어서서 상대가 있기에 내가 잘된다는 것이다. 혼자 살기 힘든 세상이란 말은, 어쩌면 상대 없이는 어제보다 나은 내가 될 수 없다는 말일지도 모른다.

요즘은 출산휴가에 3년 육아휴직까지 사용하는 분위기다. 꼰대처럼 굴려고 말한 건 아니다. 요즘 세대들의 키워드가 자기주도와 여행이라 신세대와 연결하고 싶어서다. 여행 같은 2박 3일의 출산은 '자기주도 산후조리'를 낳았다. '임신-출산'의 여정은 다음 단계를 가기 위한 도움닫기였다. 두 발 딛고 걷고 있는 인생 여정에 밑거름이 되었다. 급변하는 시대와 맞물려 아이를 애타게 기다리는 사람들이 늘고 있다. 육아휴직 못지않게 불임으로 인한 휴직도 증가추세다. 그들에게 2박 3일 여행 분만이 팔자 좋은 소리로 들리지 않기만을 바랄 뿐이다.

06 :

직장 모유 수유

아이를 낳으면 여성호르몬으로 인해 누구나 젖이 콸콸 쏟아지는 줄 알았다. 임신에 대해서만 책을 얄팍하게 봤지 출산 후 정보는 무방비 상태였다. 중간고사 범위까지만 공부한 채 기말고사를 치른 셈이다. 출산 후 아이와 함께 집에 가는 통상적 시나리오는 이미 어그러졌다. 내가 퇴원할 무렵 아이는 몸 안의 독소를 빼내는 치료를 받고 있었다. 모유 배달이라도 할 작정으로 유축기를 샀다. 유축기는 깔때기 모양의 컵을 가슴에 대고 전원을 켜면 압력이 가해져 펌프질하면서 모유가 딸려 나오는 기계다.

한참 짠 것 같은데 고작 눈금 20cc를 가리켰다. 아이가 병원에서 치료받으며 분유 100cc를 먹는다는데 집에 오면 어디 성이나 차겠나. 워낙 물려받은 가슴이 없어 모유도 들어설 자리가 없는 건지 첫 경험이 영 신통찮았다. 여성들이 유방암 검사를 받을 때 눈물이 찔끔 찔끔 난다고들 한다. 가슴 위아래를 햄버거 형태로 짓눌러 방사선을 촬영하기 때문이다. 유축기로 모유 짜는 일도 만만찮았다. 괜히 우유를 제공하는 젖소까지 걱정되었다. 거짓말 조금 보태면 비행기 조종사가 상공을 날 때 얼굴이 찢어지는 그 느낌이랄까. 아파서 기계 압력을 좀 낮추면 모유는 한두 방울 똑, 똑, 세월아 네월아 했다.

친정이 산후조리원을 자처해 작은 방을 내가 차지했다. 아이가 퇴원해 오기 전까지 그 방에서는 아침, 점심, 저녁, 새벽 쉴 틈 없이 기계 돌아가는 소리가 났다. 방문에 모유 생산 공장이란 팻말을 걸어둘 정도로 틈만 나면 유축기를 돌렸다. 산후조리원 원장 역할을 맡은 친정어머니는 이따금씩 문을 열고 한마디 했다.

"그만 좀 해라. 넌 나 닮아 밥그릇이 작아 안 되는겨. 두 달 후면 출근하는데 왜 그리 사서 고생을 한다냐. 그냥 분유 먹이자."

어머니 눈에는 손주의 영양 보다 딸의 고생이 더 커 보였나 보다. 정말 난 모유 수유가 안 되는 걸까. 분윳값도 무시 못 한다. 그 당시 지출 비용이라고는 기저귀 값이 유일했다. 분유도 레벨에 따라 값이 천차만별이다. 이왕 먹이려면 좋은 것 먹여야 하고, 그럼 또 값이 비싸다. 모유는 공짜면서 영양도 좋다. 모유 수유에 성공하면 시어머니

소원도 풀 수 있었다. 나만 잘하면 만인이 행복하다. 이마에 띠 두르고 결심했다. 모유 수유 사전에는 불가능이란 없다!

아이가 퇴원해 집으로 돌아왔다. 애가 뭘 알까 싶지만 간절한 마음 담아 속삭였다.

"너 없는 동안 간신히 쥐어짜서 1회 유축 량이 40cc야. 너도 살고 나도 살려면 유축기보다 강한 압력을 엄마에게 선사해야 해. 우린 동업자나 마찬가지야"

아이는 역시나 양이 안 차는지 먹다가 밑천 떨어졌다 싶으면 자지러지게 울었다. 한번 먹일 때마다 양쪽 가슴에 국물 한 방울 남김없이 싹싹 비웠다. 먹어 치운 밥그릇만 곱빼기지 거기에 담긴 양은 1인분도 채 안 되었다. 속은 게 억울한지 울음소리가 한 옥타브 더 올라갔다. 내 손바닥을 밀대 삼아 밥그릇에 들러붙은 방울들을 싹싹 비워내도 소용없었다. 먹은 것 같지 않다는 울부짖음이 집안 떠나갈 듯했다.

애나 어른이나 우는 소리라면 질색팔색하는 어머니는 그럴 때면 여지없이 쪼르르 달려왔다. 이미 멀리서부터 거 보라는 표정으로.

"애 성질 버리니 고집 좀 그만 피우고 모유 수유 당장 그만둬. 너도 고생, 애도 고생이야."

막상 모유 수유 관두고 내 월급에서 분윳값까지 나가면 나도 고생, 애도 고생이다. 아이 흡인력에만 의지할 수 없어 모유 수유 공장을 풀가동시키기로 했다. 모유 분비선이 넌덜머리 날 정도로 마구마구 자극했다.

아이가 울 때마다 젖을 물렸다. 울음의 의미가 여러 가지겠지만 '배고파'로 일관했다. 아이가 잘 땐 2~3인용 대접에 미역국 한가득 담아 하루 다섯 끼를 먹었다. 운동선수만큼 물을 마셔댔다. 유즙 분비를 촉진하는 두유, 캐모마일 차도 마셨다. 한바탕 투입(input)되고 나면 유축기로 산출(output)하는 시스템이었다. 매일 악기 연주하듯 먹고 짜고, 먹고 짜고, 도돌이표 리듬이었다. 비상식량도 만들 겸, 유즙분비 자극도 줄 겸해서 말이다. 리드미컬하다가도 손목과 허리 통증이 모유 수유 의지를 훼방 놓았다. 여자가 한을 품으면 오뉴월에도 서리가 내린다지. 초유를 먹지 못한 엄마의 한은 그 어떤 허들도 뛰어넘게 했다. 시간이 흐르면서 밥통도 연륜이 쌓였다. 곳간 채워지는 재미가 쏠쏠했다. 장사가 잘되니 몸도 분주해졌다. 매 끼니마다 아이도 먹여야 하고 출근 후 아이가 먹을 모유도 비축해 놓아야 했기 때문이다.

모유수유는 만능이었다. 모유 양이 아이 요기할 정도가 되니 자식 키우는데 이것만큼 편한 도구가 없었다. 분윳값 아낀답시고 시작한 것이 무색할 만큼. 내 몸에 장착된 밥통 하나만 있으면 만사 오케이였다.모유 수유는 낮이고 밤이고 아이가 보채면 울음 달래는 장난감이었다. 자다가 배고프다 울면 굳이 벌떡 일어나 분유 탈 일도 설거지할 일도 없었다. 누운 채로 밥상 차리면 되니. 아이가 태어난 지 한 달쯤 되어 이사할 집도 보러 다니고, 동해에 사는 시고모 집에도 다녀왔다. 버스와 전철로 이동했지만, 아이가 울어도 만능 밥통 하나면 다 해결되었다. 공공장소에서 아이 울음소리 틀지 않아 좋고, 분유 가방 들지 않아 좋았다.

아이가 품에 안겨 모유 먹는 동안에는 아이 눈이 거울이 되었다. 그 눈 속에 내 얼굴이 존재하기 때문이다. 어차피 모유 먹느라 입도 벌리지 못하거니와 식사할 때 말 걸면 애나 어른이나 똑같이 성가실 테다. 눈 맞춤보다 더 좋은 소통은 없었다. 아이의 두 눈이 내 눈만 응시하는 걸 보니 왠지 커서도 한눈팔지 않을 것만 같다. 아이와 서로 눈 맞추던 장면은 아직도 내 폰에서 숨 쉬고 있다. 먹는 내내 나를 쳐다보기에 '순간'이 아닌 '포착'인 셈이다. 내가 세상모르고 곯아떨어졌을 땐 아이가 배고프면 스스로 밥을 찾아 먹었다. '독립심'과 '정'이라는 한국인 정서를 그때 다 심어준 것 같다.

출근 일주일 남기고 아이에게 젖먹일 때였다. 갑자기 울음이 왈칵 쏟아졌다. 아이는 매 끼니를 내 품에서 해결했는데, 일주일 뒤부터는 생소한 젖병을 물어야 했다. 엄마 젖과 달라 먹지 않고 젖병을 내동댕이치면 어쩌나. 냉동실에 얼려 둔 모유가 해동될 때까지 기다릴 수 있을까. 해동시킬 때 온도를 못 맞춰 영양가 쏙 빠진 맹물이 되지는 않을까. 유난히 배고픈 날, 회식하듯 먹어 치워 비상식량이 똑 떨어지면 어쩌나. 내 체온과 눈빛 없이 젖병과 잘 지낼 수 있을까. 이런저런 염려에 눈물이 하염없이 흘렀다. 출근 전날은 아이가 모유 먹으며 어디서 소낙비가 떨어지나 착각했을 게다.

출산휴가가 종료되었다. 새벽 5시에 일어나 집에 굴러다니는 빨간색 아이스박스를 어깨에 메고 출근했다. 가방 안에는 젖병 너덧 개와 깔때기, 얼음 팩 등등이 들어있다. 유축기계는 몸집이 커서 회사에 두고 다녔다. 회사에서 두세 번 유축해 젖병에 담아 오면 다음 날 끼니는 어느 정도 해결되었다. 출산휴가 때 비축해둔 비상식량(100cc 30봉지)은 아이 식욕에 역시나 금세 바닥났다. 회사에서도 모유에 좋은 음식은 수시로 마셔대고, 주구장창 씹어댔다. 짜고, 먹이고, 젖병 소독하고, 짜고, 먹이고...

밤이나 주말에 아이 안고 수유하면 아이도 회상에 젖는 것 같다.

내가 언제 젖병으로 먹었냐는 듯 밥통 회복력이 좋았다. 출산휴가가 두 달이라 젖 먹는 입보다 내 입이 더 튀어나와 보인 건지. 선수 쳐서 밥 투정은 하지 않았다. 아이도 평일 젖병 생활이 피곤했는지 주말에는 내 품에 안겨 젖 먹다 머리가 뒤로 넘어갈 정도로 졸았다. 아이는 아이대로 나는 나대로 서로 졸다 머리가 충돌해 화들짝 깨기도 했다. 아이의 앞니가 자라면서 먹다 졸 때는 내 살갗이 까뒤집어졌다. 마치 밥그릇이 깨져 이 나간 꼴이다. 피가 흘러 중간에 닦고 다시 줄 정도였다. 살이 까진 건 쓰라리지만 젖 먹이는 행복은 연고 역할을 했다.

생후 24개월, 2살이 지나니 이젠 모유를 끊는 게 더 문제였다. 시어머니가 대구에서 상경해 아이를 봐주고 나 혼자 친정에서 지내는 분리 방법을 시도했다. 아이는 일주일 후 내 품으로 돌아왔다. 귀소 본능인지 나를 보더니 본래 자세 취하며 좀 전에도 본 것 마냥 모유를 먹었다. 도루묵 되었는데 분리 불안이 내가 더 컸는지 그리 아쉽지가 않았다. 젖을 끊는다는 건 눈물 없이 볼 수 없는 영화의 한 장면이다.

아이는 9시부터 저녁 6시까지 밥통 없는 시스템을 잘 인지했다. 퇴근 후 현관문 여는 소리에 강아지 꼬리 흔들듯 뛰쳐나와 안겼다.

그 모습도 안쓰럽고 내 몸도 피곤한 탓에 밤중 수유로 직행했다. 젖 끊는 일은 점점 건널 수 없는 강이 되었다. 아이가 생후 27개월 때 난 회사에서 호주출장을 갔다. 출산휴가 후 젖병에 바로 적응하듯 귀국 해서 보니 밥상 위에 차려진 오리지널 밥만 먹고 있었다. 천륜의 정은 억지로 안 되는구나. 애쓰지 않아도 이렇게 자연으로 돌아가는 것을.

아이는 금단증상 없이 딱 끊었지만, 그 시스템은 남아 있어 젖이 불었다. 짜내야 했다. 아이를 한참 수유할 때도 부서 회식 날이면 술 마시고 화장실에 앉아 손으로 짜냈다. 그날 밤 아이도 덩달아 회식할까 봐. 지금 생각하면 이렇게 떳떳한 일을 자랑은 못 할망정 왜 감추고 술을 마셨나 모르겠다. 얼마만큼 알코올이 들어가고 얼마만큼 모유로 희석되었는지는 모르겠지만 손목이 휘어지도록 짜서 버렸다. 수유 끊고도 그때처럼 한동안 비우는 일을 했다. 멈추면 비로소 보인다 했다. 비우고 나니 모유 수유에 필요한 건 '강인한 손목'과 '마음 비우기'란 것이 보였다.

아이는 엄마 뱃속에서 42주를 지내고 2박 3일간 골반 여행 끝에 세상에 얼굴을 내밀었다. 태어나서도 일주일 뒤에 모유 맛을 봤다. 기다림의 미학이 아이에게 영향을 미쳤는지 어려서부터 중2 현재까지 학교와 지인들로부터 줄곧 들은 말이 있다. 선비 또는 애늙은이 같다는 말. 한편으로는 듬직하고 또 한편으로는 아이답지 못해 안타깝다. 그래도 나잇값 못 하는 것보다는 백번 낫다.

모유 수유의 경험은 아이에게 사춘기가 들이닥치면 찬스 카드로 사용할 셈이다. 네게 27개월간 모유 먹일 때 회사에서는 아이스박스 메고 다니는 녹즙 아줌마로 알았노라고. 네가 먹은 엄마 밥통은 국가 유공자 마냥 변형과 흉터가 영광스럽게 남았노라고. 네가 엄마 품에 안겨 식사 중일 땐 서로의 눈빛으로 불꽃놀이를 했었노라고. 아이의 감성 자극용 카드로 안성맞춤일 것 같다. 백만 불짜리 카드로 오버하면서.

물이 철철 넘쳐나는 우리나라에 살다 보니 물이 부족해 고통받는 국가를 미처 생각하지 못한다. 모유가 철철 넘쳐났다면 그 한 방울의 의미를 몰랐을 것이다. 시간이든, 돈이든, 물건이든 자원이 생기면 마음도 뺏기고 행동 또한 분산되는 것이 사람 속성인 것 같다. 모유 수유가 문제로 인식되었을 때 나의 하루는 오로지 그 생각뿐이었다. 다른 일들은 절로 후순위 신세였다. '24개월 모유 수유' 목표는 이성으로 몰입하되, '중도 포기'라는 감성은 최대한 배제하려 했다.

황농문의 [몰입(Ⅱ)]에서 몰입의 효과를 보려면 몰입도를 올리는 것보다 몰입 강도를 올리는 것이 더 중요하다 했다. 돋보기로 햇빛을 모아 종이를 태울 때, 햇빛을 모으는 초점 면적이 좁을수록 효과가 강력하다는 것이다. 즉, 몰입하는 대상이 적을수록 문제를 해결할 확률이 더욱 올라간다 했다. 사람마다 크든 작든 문제 하나씩은 꼭 있다. 멀티 플레이어 보다 하나의 기술을 간파한 후 다른 기술로 갈아타는 것도 나쁘지 않다. 여러 대의 유축기도 지인들 손으로 넘어갔다. 갈아타고 보니 어느새 모유 수유 홍보대사가 되어 있었다.

07:

남들과 다른 특별한 삶

　　직장에 나가 있는 동안 아이는 친정에서 봐주기로 했다. 아이와 함께 친정으로 들어가 살게 된 계기다. 모유 수유 중인 데다 아이와 두 달만 보내고 출근했던 터라 최대한 많이 볼 작전이었다. 아이는 태어나 3살까지 바닥에서 잠을 자지 못했다. 살이 닿아야 잠을 자는 통에 가슴에 안기거나 등에 업혀 잤다. 생후 한 달부터 대중교통으로 바깥바람 쐬어 그런지 감기도 자주 걸렸다. 회사에서 일하는 동안 미리 짜 둔 모유를 중탕하여 아이에게 먹이는 절차도 까다로웠다. 돌발 업무가 발생해 퇴근이 늦어지면 아이를 데리러 가는 시간도 역부족이다. 이런 정황들을 고려해 친정에서 선뜻 애를 봐주기로 했다. 아이 보호자랍시고 그 김에 나도 친정에 눌러살게 되었다. 산후조리를 이 집에서 해서 그런지 내 친정인지, 아이 친정인지도 모르게 하나가 되었다.

결혼 후 아이 아빠의 당직, 신혼집 도둑과 물바다 사건, 임신과 출산 준비로 친정 드나들 일이 많았다. 그러다 육아와 모유 수유라는 명분하에 아예 얹혀살게 되었다. 동시대에 신혼집은 아이 아빠와 시누이들이 살았다. 결혼하면서 얻은 신혼집 빼고는 모두 애 아빠가 돌아다니며 집을 구했다. 내가 임신했을 당시 시누이들과 함께 살던 집은 얼마 후 이사해야 했다. 빌라 꼭대기였던 그 집은 남편과 내가 단둘이 살기에는 대궐 같긴 했다. 방이 3개에다 거실도 넓었으니 말이다. 시누이 둘 합치니 사이즈가 맞긴 했다. 전세 계약 2년이 끝나 신축 오피스텔로 이사를 했다. 결혼 전에 살던 친정집에서 아이와 함께 지내니 신혼집의 이동 경로와 크기가 피부에 와 닿지는 않았다.

아이는 생후 4개월 때 수두에 걸렸다. 전신이 붉은 반점이었다. 입속과 항문까지 퍼졌다. 그렇다고 직장에서 휴가 낼 상황은 아니었다. 친정어머니는 집안 살림에다, 아이보다 1살 위인 질녀 보기에도 힘에 부쳤다. 마침 아이가 보고 싶어 그전까지 친정으로 드나든 시어머니가 수두 걸린 아이를 보기로 했다. 당신 아들딸들이 다 서울 우리 집에 있고, 손주는 사돈집에 있으니 한 곳에서 모두를 만날 수 있는 기회이기도 했다. 어쩌면 수두 걸린 손주 보는 일이 그리 힘들지 않을 수도 있겠다. 아이와 내 짐을 싸 들고 새로 이사한 우리 집으로 들어갔다. 아이 아빠와 시누이만 살던 이 오피스텔은 시부모와 아이, 내가 들어가니 휑하던 여백이 임자 만난 크기가 되었다. 나 역시 아이 아빠와 한 집에서 살고, 아이도 아빠와 함께 사니 집 크기만큼 축복이 넝쿨째 들어왔다. 수두 걸린 아이를 돌보는 일도 예삿일은 아닌데 시어머니 노고까지 감사한 일이었다.

아이는 여행 기분을 타는지 나 없는 동안에도 새집증후군, 새로운 보육 가족들과 잘 지냈다. 우리 부부의 살아온 배경이 다르듯 양쪽 집안의 육아 방식도 달랐다. 아이는 육아 방식에는 아랑곳하지 않고 수두 걸린 자신 한 몸 거두기도 어렵다는 듯 잘도 놀았다. 오히려 내가 그간의 육아 방식에 책잡힐까 봐 긴장했던 것 같다. 시어머니 손길로 아이 수두도 기적같이 수그러들었다. 친정에 있을 때는 친정어머니가, 이곳에서는 시어머니가 밥상까지 책임져 직장 다니는 특혜를 톡톡히 봤다. 아이도 아이지만 한집에 살면서 아이 아빠와 함께 출근하니 내가 영화 속 주인공이 된 듯했다. 승용차로 회사까지 태워다 주는 건 한물간 영화고, 전철역까지 함께 걷는 여배우가 더 멋져 보였다. 엄마, 며느리, 올케, 딸, 직원 역할을 벗어던진 멋진 아내 역할이라니. 연애 때 그 남자가 소환되었다. 그렇게 한 달을 함께 지냈다. 한 달이란 짧은 데드라인이 연애 때 남자도 불러온 걸까.

아이의 수두 위기는 시어머니 덕에 모면했다. 아이와 나는 프로젝트를 마친 사람처럼 친정으로 복귀했다. '한 지붕 세 가족' 드라마처럼 '한 지붕 세 명 가족' 생활도 그날로 졸업했다. 한 달 만에 종영된 프로그램인 셈이다. 아이 아빠는 주말에 아이를 보러 왔다. 아이 낳고 한동안은 주말까지 쉴 틈 없이 일하느라 아이 얼굴을 제대로 보지 못했다. 주말에 교통이 불편한 지방까지 일을 다녔다. 시간을 조금이라도 줄여 볼 생각에 승용차를 장만했다. 내가 공주처럼 한 달 머문 그 오피스텔 집을 옮겨야 했다. 4번째 이사다. 이 집은 바로 이전 집과는 극과 극이었다. 반 지하 집으로, 존재감 없는 부엌에 작은 방 2개가 덜렁 있었다. 아이를 데리고 가는 주말에는 시댁 식구 다섯에 우리 둘 합쳐 7개 젓가락을 적당히 분배해 자야 했다. 이렇게 작은 평수 집을 택한 걸 보니 아이 아빠는 빚 갚느라 남모르게 허덕였음을 짐작케 했다. 몸은 불편해도 마음은 편했다. 내가 친정에 얹혀살아 정작 사는 사람의 속도 모르고 편히 말하는 건지 모르겠다. 그 집에서 제사 음식 준비와 상차림을 할 때면 시어머니 기교에 놀라지 않을 수 없었다.

또 5번째 이사를 했다. 이번에는 시부모님이 대구 집을 청산하고 아예 올라왔다. 이 집에는 대구 집 청산 비용이 녹아 들어갔다. 골목 끄트머리 2층 단독주택이었다. 4번째 집보다는 넓고, 방이 작지만 세 개나 되었다. 나름 부엌 겸 거실 모양새도 갖추었다. 안방은 시부모, 작은 방은 두 시누이가 생활했다. 가장 작은 방은 옷과 짐들로 가득 찼다. 아이 데리고 가는 날은 작은 방을 아이와 나에게 내어 주고 시누이들은 거실에서 잤다. 아이 아빠 방은 없었다. 그 당시 군 복무 중인 터라 시댁, 친정 식구와 다 같이 그 집으로 행진하기도 했다. 이렇게 아이가 머무는 곳이 만남의 기준점이었다.

내 신혼 가구 중 킹사이즈 침대만 친정으로 왔다. 그 밖의 신혼 가구들은 시누이들과 시부모님이 취사선택했다. 결혼할 때 내가 산 물건들이 다 있는지, 시부모님과 아가씨 물건들로 교체됐는지 살피지 않았다. 아이 키우는데 하등의 도움도 되지 않아 신혼 물건에 연연해하지 않았다. 포기할 수 없는 애착 물품 하나는 있었다. 열 달 동안 아이와 단둘이 대화했던 임신일기 책이다. 유일하게 내면을 바깥으로 분출했던 보물이다. 분수대 같던 그 시원한 물건이 아무리 뒤적여도 보이지 않았다. 그때서야 친정에서 아이와 함께 지내는 동안 혼수품의 변화가 많은 것을 알게 되었다. 킹사이즈 침대가 친정으로 온 걸 보면 시댁 식구들이 지내기에는 집이 비좁았겠다. 버릴 물건도 많았을 게다. 시부모님이 살던 대구 집을 이 집과 합쳤고 시누이 짐까지 보태졌으니 오죽할까. 내가 결혼하면서 해 간 물건이 없어지는 건 당연했다.

간신히 잠재운 내면에 악당이 쳐들어왔다. 결혼을 위해 호주머니 탈탈 털어 쏟아부은 혼수품인데. 그리움도 찾아왔다. 서바이벌 게임 하듯 물건을 탐색하기 시작했다. 안방에 농 있고, TV 밑에 거실장, 화장대, 침대 협탁 있고, 시누이 방에 콘솔 있고, 거실에 장식장이 있었다. '닭장 속에는 암탉이...' 노래도 아니고, 점검 나온 소독 아줌마도 아닌 것이, 이 집에 살지도 않으면서 답을 맞춘들 무슨 소용인가. 사는 사람들이 편한 게 장땡이지. 장땡 생각은 이성이 계획한 'must'에 불과했다. 막상 이곳에 와 생존 가구를 볼 때면 애잔함이 꿈틀댔다. 소유에 대한 상실보다는 신혼 가구를 들여놓기까지 아이 아빠와의 여정, 일기 속에 묻어둔 뱃속 아이와의 소통이 애잔함을 부추겼다. 사람은 유형의 존재보다 무형의 가치에 나약해지나 보다. 그 집에 있으면 생각이 과거에 머물렀다. 시댁은 현재와 미래를 신경 쓰기에도 바쁜데.

그 후로 아이 아빠는 서울로 근무지를 바꿨다. 근무지 따라 6번째 이사를 했다. 이 집은 깔끔해 보이는 오피스텔로 아늑했다. 그 사이 시누이들은 결혼도 하고 취직도 해 분가한 상태다. 아이 아빠는 시댁 경제를 책임지고, 시부모님은 자수성가한 아들을 수험생처럼 지원했다. 나는 친정 경제를 책임지고, 부모님은 나를 인턴직원처럼 지원했다. 주말은 우리 집에서 접선하든, 시댁에서 접선하든 번갈아 생활했다. 6번째 집을 이사하면서 신혼가구는 더 줄어 물건 비중 상 시댁이란 표현이 들어맞았다. 아이 아빠가 친정으로 올 때는 맞이하면 되고, 우리가 시댁으로 갈 때는 짐 보따리 메고 나그네 차림으로 가면 되었다. 시댁에 갈 때 눈치는 보이지만 함께 사는 질녀도 따라 붙었다. 간 김에 인근에 사는 올케언니와 상봉시킬 목적도 있었기에.

시댁에서 주말을 보내고 친정으로 돌아올 때 아이 아빠나 시아버지가 승용차로 데려다주었다. 어느 집에서 접속하든 삼대가 모이는 대가족 식사가 많았다. 그래도 친정에서 접선하면 세 명 가족 오붓한 날이 많았다. 육아 근무 섰던 친정 부모님을 휴가도 보낼 겸 해서 상부상조했다. 사는 집이 친정이다 보니 시댁까지 오붓함을 갖기는 어려웠다. 아이 아빠는 야행성이고, 나와 아이, 시어머니는 아침형이라 점심을 알리는 오후 시간에야 다 모인 식사를 했다. 아침 식사 때는 이 집 핏줄이 아닌 질녀가 행여나 반찬 투정하거나 아이와 싸우기라도 할까 봐 내가 보초를 섰다. 팔은 안으로 굽는 게 당연하니까. 어쩌면 상대는 아무 생각 없는데 자작 드라마에 제 무덤 판 눈치일 수도 있겠다.

이렇게 각자 집에서 각자 월급으로 각자 통장을 관리하며 살았다. 묻지마 관광도 아니고, 서로의 수입과 지출은 모른 채, 각자의 고민과 계획은 모른 채, 각자 집에서 살았다. 우리는 당장 돈 벌고, 빚 갚는 일이 우선이라 생각했다. 젊을 때 부지런히 해결하자 생각했다. 아이도 조부모의 정을 느끼며 사는 게 그리 나쁘지만은 않을 것 같았다. 우리가 양가 경제를 책임지니 조부모 육아가 당연한 보상이라 생각했다. 이리 사는 게 그리 유난 떠는 일은 아닐 거라며. 아이를 보러 오는 주말이건, 데리고 가는 주말이건 이런 삶을 '평범' 범주로 보았다. 그러던 중 직장이 원주로 이전했다. 아이마저 떨어져 살 수는 없는 노릇이라 원주까지 출퇴근이 용이한 동네로 이사를 했다. 부모님은 20년 고향을 버리고, 아이는 11년 고향을 버린 셈이다. 그 뒤로 시댁은 또 한 차례 이사해 7번째 집에 살고 있다. 7번째 집에는 결혼한 시누이의 가정까지 합체한 상태다.

아이가 태어난 후 결혼하기 전처럼 부부가 각자 집에서 살다 보니 삼대의 정만 느꼈지 서로에 대해서는 모르는 게 많았다. 풍선에 바람이 서서히 빠지는 것 같아도 각자 바쁘다는 핑계로 바람 빠지는 구멍을 돌아보지 못했다. '집'의 개념을 늘어나는 식구와 짐을 감싸는 '뼈대'로만 신경 썼다. 집 안에서 벌어지는 대화와 이해, 공존의 '군살'이 빠지는 것도 모른 채. 군더더기 살이 준 만큼 반갑지 않은 녀석들이 비집고 들어 왔다. 바로 오해와 서운함이다. 내가 속한 쪽만 크게 보이고 상대에게는 원근법이 작용했다. 내가 더 힘든 것 같고, 상대는 더 편해 보이는 원인 모를 불치병이 스쳐 지나갔다.

손뼉도 마주쳐야 소리가 난다. 소리가 난다는 것은 내가 느끼는 감정을 상대도 느낀다는 것이다. 시댁을 매일 사는 우리 집처럼 여기지 못했다. 짐 보따리와 아이들 데리고 시댁 가는 발걸음을 주말 휴식으로 삼지 못했다. 아이를 매일 보던 사람이 모르는 그 무엇이, 아이와 떨어져 사는 사람 가슴 속에 차곡차곡 쌓일 수도 있거늘. 정작 챙겨야 했던 물건들. 아이 아빠에게 꿈이 무엇인지 한번 묻지를 않았다. 친정은 멀리, 시댁은 가까이 있어야 한다는 말 조금은 알 것 같다.

류시화 시인의 시집 제목이 떠오른다. 지금 알고 있는 걸 그때도 알았더라면. 시간은 우리를 기다려 주지 않는다. 환경이 저마다인 '가정'에 일률적으로 법을 적용할 수는 없다. 인생에도 가정법은 존재하지 않는다. '~ 했더라면, ~ 한다면'이란 원칙으로 앞뒤 상황을 잴 수가 없다. 현재를 살아가는 교훈으로 삼을 수밖에.

08:

경력과 먼 직장생활

✿

　　　　　　대학병원 간호사 경력으로 현 직장에 입사했다. 처음 맡은 업무는 현장에 나가 조사하는 일이었다. 2~3주 출장 다니고, 사무실을 내근하는 일이 주기적으로 반복되었다. 신입직원 타이틀에 맞게 다른 일도 거들었다. 모든 게 배울 일이라 틈만 나면 상사들을 도울 생각이었다. 병원처럼 3교대 근무도 아니고 월급으로 빚 눈금도 줄어드니 못할 이유가 없었다. AI가 없던 시절이라 휴일에 나가 봉투에 풀 붙이는 일도 마다하지 않았다. 입사 동기들은 통상 서너 명이 한 부서에 함께 배치받았다. 나만 혼자 여러 업무가 한데 뒤섞인 부서로 입사했다. 상사 나이도 10살 이상 차이 났다. 여성이 70% 이상인 회사에서 남성 차장, 남성 부장, 남성 실장을 만났다. 불길한 예감인지, 평길한 직감인지 몰라도 이런 아이러니함으로 회사생활은 시작이 반이 되었다.

병원 간호사일 때는 앉을 새 없이 이리저리 뛰는 게 일이었다. 이 직한 이곳은 붙박이장처럼 의자에 들러붙어 컴퓨터 모니터만 응시한다. 외근과 내근, 내 업무와 네 업무 가릴 것 없이 지시대로 따랐다. 출근도 1시간 전에 도착해 상사의 컵과 책상을 우렁각시처럼 닦아 놓았다. 군인 기질이 잠재했는지 1시간 이른 출근은 5년이 지나도 여전했다. 그나마 첫 업무는 경력과 그리 동떨어지지 않았다. 비슷한 또래 없이 입사 2년간 두서너 업무와 어른들 회식 문화를 접했다. 조직이란 곳을 입맛 돌 정도로 시식했다.

한번은 다른 직원을 대신해 출장 나간 적이 있었다. 출장 전에 임신했다는 사실을 알았지만 지시도 받았겠다, 출장 팀도 꾸려졌겠다, 하여 스케줄에 묵묵히 따랐다. 배 속에도 출장 팀이 꾸려졌는지 출장 기간 내내 통증으로 야단법석이었다. 마지막 날 동네병원 들러 출장지로 출근하다 응급실 통해 입원한 전적도 있다. 인고의 혜택인가. 치료를 마친 후 내근 업무 선택지가 주어졌다. 상사는 출장 다닐 몸 상태가 아니라 판단했는지 옆 부서로 배치시켜 주었다. 옮긴 곳은 입사 동기가 여럿인 데다 한 업무만 집중하면 되었다. 업무는 새롭지만 프로세스는 반복되는 일이었다.

나는 어릴 적 젓가락 장단을 맞추거나 사물놀이 공연 때 변타를 즐기던 성향이었다. 동료들과의 소통은 맛깔난데, 어째 반복되는 프로세스는 지루한 연주곡 같다. 동일 프로세스에 처리할 양이 눈덩이가 되는 구조였다. 고작 서당 개 3년 주제에 옆에 앉은 상사와 정년퇴직한 사람들이 위인전에 등장할 감이라 여겨졌다. 지루함을 달래주기라도 하듯 이전 부서에서 낙방한 임신이 이 부서에서는 덜커덕 합격한 것이다. 현란한 마우스 클릭 운동으로 태교를 했다. 3개월 출산휴가를 마친 후 같은 자리로 복귀했다. 출산이라는 변타가 있었는데도 업무는 여전히 따분한 자장가 같았다.

입사 4년 차 때 인사 정책으로 공모전을 실시했다. 회사에서 일방적으로 인사발령을 내는 게 아니라 일부는 공모 절차를 밟겠다는 취지였다. 특수파트 부서 여섯 군데에 지원서를 응모하는 것이었다. 지원서는 A4 2장 서식이었다. 현재 업무에서는 벗어나고 싶고 내세울 이력은 없고 도둑놈 심보만 활개를 쳤다. 흔히들 말하는 그 명문대를 나온 것도 아니고, 석박사 과정을 밟은 것도 아니고, 워드프로세서나 통계, 외국어 등의 스펙마저 없다. 심지어 책도 열어젖히기는커녕 고이 모셔 놓은 터라 따다 쓸 단어도 변변찮았다. 탈탈 털어먼지 안 나는 사람 없다더니 탈탈 털어도 어쩜 이리 부스러기 경력도 없는지.

13년 전 그때 일을 지금 생각하니 유치하기 짝이 없다. 결국, 지원서 빈칸을 채운 경력은 입사 후 1시간 일찍 출근한 것, 자궁 외 임신 중에도 출장 마지막 날까지 마무리한 것, 직장 다니며 27개월간 모유 수유 한 것이 고작이다. 공부나 전문성과 관계된 경력이 오죽 없으면 일상 콘텐츠를 싹싹 긁어다 넣었을까. 지금 차장 위치에서 그때를 회상하니 공모 서류 심사 풍경이 상상된다. 스펙 서류들을 진지하게 훑어보다 내 서류가 등장했을 때 심사위원들이 "피식, 피식" 김빠지는 웃음을 자아낸 건 아닌지.

인사발령 선정 기준에 측은지심 지표도 있었는지 공모전에 당첨되었다. 특수 파트 부서로 발령받았다. 임시조직(TF) 팀으로 이동하면서 별똥별 경험이 시작되었다. 부서에 막상 가보니 일명 SKY 출신이 많았다. 그 부서에 들어간 순서도 막내지만 인생도 막내인지라 배움의 터전으로 삼았다. 하루는 이런 일이 있었다. 우리 부서를 스쳐 지나가던 SKY 출신 위원을 담당 부장님이 불렀다.(그 부장님은 퇴직 상태다.)

"어머, 안녕하세요. 동문 직원이 이번에 저희 부서에 또 한 명 들어 왔지 뭐예요. 00과장, 이리 좀 와봐. 선배님 오셨는데...(SKY 위원에게 손짓을 하며) 여기 좀 앉았다 가세요."

난 으레 손님이 오면 어릴 적 주인집 아주머니 맞이하듯 엉덩이가 자동으로 커피를 향한다. 그날은 좀처럼 엉덩이가 들썩대지 않았다. 손님에게 대접할 차 한 잔은 자리에서 바라보기만 했다. 그 잔에서 모락모락 피어오르는 김이 머리에서 모락모락 끓어올랐기 때문이다.

사람이 혼자 사는 동물이었다면 이 세상에 선과 악은 없을 것 같다. 드라마에 등장하는 악역은 어쩌면 선한 주인공이 만들어 낸 배역일 수도 있겠다. 공모전 지원으로 호랑이 굴을 스스로 기어들어간 대가인지 입사 5년 차에 자격지심이란 싹이 텄다. 명문대와 거리감 있는 출신 학교 자격지심, 대학원은 근처에도 얼씬 못한 자격지심 말이다. 그 후부터 상사가 지적하는 말에 주눅이 들었다. 그 지적은 입사 초년생처럼 새로운 업무를 맡으면 응당 겪는 일인데 자의적으로 해석하는 효소를 뿌려 크기를 키웠다.

같은 말이라도 명문대가 하면 설득력이 있다는 효소, 명문대가 실수하면 어쩌다 한 실수로 용서된다는 효소, 명문대가 "아니오" 하면 반항 아닌 소신이라는 효소, 명문대가 부하직원이면 상사 어깨가 으쓱한다는 효소 등등 부정적 효소 반응으로 생각이 부풀었다. 드라마에서는 악역이 대놓고 눈 흘기고 독침을 내뿜기라도 하지, 난 행여 이런 마음 들킬까 봐 '쿨한' 장면을 연출했다. 이중 포장하니 피로감도 두 겹이다. 내가 자처한 드라마만 빼고는 선배 상사들에게 배울 점이 많긴 했다. 어떤 업무건 나에게는 첫걸음인 셈이니 상사의 물 마시는 시늉까지 알아두면 도움은 되었다.

그 후로 경력과 거리 먼 업무들이 줄을 이었다. IPTV가 한때 붐이었을 무렵 사기업과 협약을 맺어 콘텐츠 개발 업무를 맡기도 했다. 국민들에게 도움 되는 정보로 가공하여 모바일 앱도 개발했다. 뭔가를 홍보하고 고객 접점에서 일하는 것이 생소하지만 보람은 있었다. 낯섦이 흥미를 유발했다. 기획조정실에 배치받아 위원회와 토론회도 운영했다. 130여 명의 외부 미래전략위원들을 대하고, 임원과 부서장들 논의의 장인 정책토론회도 운영했다. 자리가 사람을 만든다고 맡은 업무가 어떻게든 날 움직이도록 조종했다. 처음 하는 일은 전례를 뒤적이거나 회사 안팎으로 전문가들에게 자문을 구했다. 두드려라, 그러면 열릴 것이다 했으니 그때 당시 노크를 많이도 한 것 같다.

조직에서 중점적으로 추진하는 업무인 미래전략과제를 운영했다. 전 부서에 과제를 요청하고 관리하려니 내 성향이 멈칫했다. '묻지마 지시형'이 아니기에 성향대로 나 역시 과제를 함께 실행했다. '법령'

하면 먼 나라 이웃 나라 취급하던 내가 전문가 상사들과 함께 법안 만드는 일도 했다. 조직 전체에 영향 미치는 업무를 해보니 개인적 일은 순위가 절로 뒷걸음질 쳤다. 조직과 임원실 가까이에서 하는 업무라 늘 긴장 속에 살았다. 자격지심을 만회하려는 욕심과 No를 못 하는 기질로 지시받은 일은 모조리 했다. 뭘 알아야 일을 척척 해내는데, 정답 없는 단독기획 업무라 빼도 박도 못 하는 상황이었다. 설렘으로 가슴 뛰는 게 첫 경험인 줄 알았더니, 달음질하고 싶은 상황 때문에 쿵쾅대던 첫 경험이었다.

예측불허의 돌발 상황이 많았다. 돌발 데드라인이 다음 날이면 새벽까지 어떻게든 해내야 했다. 일손이 딸려 그 당시에는 영화 아바타가 현실세계이기를 바랐다. 국정감사 등 조직 전체와 관계된 일은 새벽부터 출근해 일을 도왔다. 경력과 거리 먼 업무인 데다 모조리 데드라인이 존재해 머릿속은 업무들이 대거 침입했다. 무기한 잠복 태세를 갖춘 듯했다. 야근을 하고, 출퇴근 이동 중에도 보고, 휴일에도 들여다봐야 했다. 하나를 해내면 또 하나가 주어졌다. 주로 대외적인 업무가 떨어졌다. 업무 이외 시간에도 외부 사람들을 만나는데 종종 불려 다녔다. 그 당시 7개 지원이 있었다. 현재는 조직이 커져 10개 지원이지만. 상사들과 새로 만든 제도를 설명하기 위해 지방을 돌기도 했다.

이 일정을 짜기 전부터 두 다리는 전기뱀장어 같은 저린감이 있었다. 나의 아바타도 없고 일도 그르칠까 싶어 참아 왔다. 서울, 대전, 대구, 부산 찍고 창원, 광주 등을 돌았다. 근무시간에는 직원들을, 저녁에는 외부 관계자들을 만났다. 지방 순회로 다리 뻗기 직전, 서울에서 다리 수술을 받았다. 의사가 하지정맥류라는 진단을 내리기가 무섭게 수술을 받고 압박스타킹으로 무장해 지방 출장을 떠났다. 저녁 간담회는 술까지 마시는 자리였다. 일정이 연속되는 날에는 울렁거림과 속 쓰림도 함께 했다. 출장 일정을 마치고 얼마 후 다리 통증이 재발했다. 수술을 또 한 차례 받았다. 업무를 생각해 빨리 해치운답시고 한 수술이 돌아가는 길을 만들었다. 자격지심과 욕심이 건강에 장난친 셈이다.

고영성·신영준의 〈일취월장〉에서는 경험의 중요성으로 두 사례를 소개했다. 그중 하나가 소방대장인 와그너 닷지 사례다. 산불을 코앞에 두고 일생일대의 중대 결정을 내려 목숨을 건진 이야기다. 절체절명의 순간에도 냉정함을 유지할 수 있었던 비결은 그만의 '풍부한 경험'이라 했다. 두 번째는 마틴 루터 킹 사례다. 역대 최고의 연설로 손꼽히는 '나는 꿈이 있습니다.' 이야기다. 관중의 돌발 질문에 대한 그의 즉흥적 연설은 이미 풍부한 경험으로 제대로 준비된 연설의 비결이 되었다. 학습은 책상 앞에 앉아서만 하는 것이 아니고 몸으로 겪는 '경험' 또한 학습이며 이를 '실질 학습'이라 했다. 책상에서 벌떡 일어나 현장에서 온몸으로 학습하라는 것이다.

자격지심이 의욕과 성장을 불어 넣은 건지, 멈추지 않는 막무가내 불도저를 만든 건지 어리둥절하다. 닭이 먼저든 달걀이 먼저든 간에 무슨 일이든 득실이 있는 건 자명한 사실이다. '득'에서만 성과가 나타나는 것은 아니다. 오히려 '실'에서 교훈을 얻는다면 미래에 대비한 보험 상품 하나 들은 셈이다. 고통과 고난을 견뎌내야 온전히 내 것이 된다고 했다. 경력과 경험이 있어야만 그 일을 해내는 게 아니었다. 짐을 꾸려야만 여행이 아니듯 지식을 모두 갖춘 후에 경험하는 것이 인생 매뉴얼은 아닌 게다.

경험과 삶을 맞닿아가며 지식을 쌓아도 늦지 않다. 오히려 스펀지 같은 흡수력으로 더 빠른 길일 수도 있다. 해 보지 않았다고, 자격증 없다고, 멀리 떨어진 학교를 나왔다고, 박사 모자 눌러 쓴 적 없다고 주눅들 필요 하나 없다. 먹고 싶은 음식이 당기는 것은 몸이 그 영양소를 필요로 하기 때문이다. 배움에 목마를 때가 바로 지식 샘물을 마실 적기다. 과정상의 경험이 또 다른 일을 하는 원동력이 된다. 새로운 길을 안내하는 환승 지점인 셈이다. 지금이야 이웃집 얘기하듯 편히 말하는 거지, 그때는 미션 임파서블 영화 촬영 현장 같았다. 매도 미리 맞는 게 좋다는 말. 맞아 보니 알겠다.

턴의 미학

나의 인생 역경

누구나 자신의 실력만큼 인생을 반죽하며 산다.
똑같은 밀가루라도 어떤 사람은 되게,
또 어떤 사람은 질게 반죽을 한다. 밀가루가 문제가 아니라
솜씨 차이다. 반죽이 잘못된 책임을 밀가루에
떠넘긴다면 문제는 해결되지 않는다.

01:

나만 힘든 세상

나에게는 장점이자 단점인 성격 하나가 있다. 빈틈이 생기면 그 틈을 메우지 않고는 못 배기는 별난 성격이다. 내 빈틈도 덩달아 메워지는 느낌이랄까. 주관식 시험을 보면 알든 모르든 일단 빽빽하게 적어야 안심이 된다. 외출할 때는 동선을 고려해 당초 볼일이 있던 곳뿐 아니라 그 주변 장소까지 들러 평소 밀린 일을 싹쓸이하고 돌아오는 스타일이다. 놀이공원 자유이용권을 끊으면 개장 시간부터 입장해 밥 먹는 시간을 희생해서라도 놀이기구 맛을 거의 다 봐야 직성이 풀린다. 뷔페 음식도 모든 음식을 섭렵해야 뒤끝이 없다. 어려서도 그랬다. 그림을 그리면 여백이 용납되지 않았고, 다른 아이들보다 원비를 적게 받은 피아노 학원에서는 선생님이 셔터 문 자물쇠를 따기가 무섭게 들어가 한나절을 진드기처럼 피아노에 붙어 지낸 적도 있었다. 집에 피아노가 없어 학원에서 숙제까지 해결하려는 속셈이었다.

아이와 자주 가던 주말 공원 나들이 풍경에서도 성향이 엿보였다. 한 손은 바둑, 배드민턴, 축구공, 야구 배트와 공, 공깃돌, 부메랑, 윷놀이, 보드게임, 물과 간식이 든 가방을 들고, 다른 한 손은 킥보드를 질질 끌었다. 뷔페 음식 차려 놓으면 사람들 기호에 따라 메뉴 찾듯이 그날 아이 컨디션에 따라 연장을 골라잡으라는 의도였다. 아이 흥미에 맞춰 공원 머무는 시간에 빈틈을 두지 않으려고 했다. 아예 레크리에이션 출장 업체 직원을 자처했던 이 일은 시어머니와도 코드가 맞았다. 팔 근육은 이때부터 발달한 것 같다. 회사 구내식당에서도 식판에 음식을 담을 때 경계를 허물고 밥과 반찬을 눌러 담았다. 빈틈을 빙자했지만 먹는 양이 많기도 했다. 그러니 공원에 싸간 간식은 안 봐도 비디오다. 일명 '여백 채우기'와 동시에 '뽕 뽑기' 전략이 내 몸의 버릇이다.

틈을 채워 단단한 하나를 만드는 것이 내 안에 숨은 성격이다. 그 모양대로 단단한 삶이 하나둘씩 만들어지면 살맛나는 세상이 될 것 같았다. 아이에게 미소 지으며 잼잼 손으로 주먹밥을 하나둘씩 만들어주는 기분이랄까. 그러나 주어진 현실은 나를 만족시켜 주지 않았다. 나는 오빠가 하나 있다. 오빠는 지능지수가 나보다 월등히 높은

데 반해 몸은 허약했다. 어머니는 뱃속에 오빠를 가졌을 때 잘 먹지 못한 탓이라며 그 보상으로 오빠를 챙기는 편이다. 챙겨주면 형편이 나아져야 하는데, 좋아지기는커녕 점점 어려워지는 것 같다. 오빠와 올케는 사내 커플로 만났다. 회사에서의 핵심 업무가 눈맞는 것이었는지 둘은 결혼 후 바로 퇴직하고 밤샘 장사를 시작했다. 장사가 좀 된다 싶을 때 오빠는 판을 키웠다. 잘못된 선택이었다. 몇 번 벼랑 끝을 맛봐야 했다. 밤낮이 바뀌는 생활에다 사업마저 힘들어지자 약에 의존하지 않고서는 눈도 붙일 수 없는 상황에 이르렀다.

오빠와 올케 사이에는 딸이 하나 있다. 질녀 그 아이는 생후 5개월에 우리 집으로 왔다. 그때만 해도 오빠는 당장 부자가 될 것처럼 기세등등했다. 개의치 않았다. 아이를 워낙 좋아하는 편이라 부모님은 힘이 들지언정 나는 반가웠다. 내가 아이를 낳은 다음에도 나란히 크는 두 아이를 보면 왠지 친남매 같아 보기 좋았다. 경제적 지원이 원 플러스 원(1+1)이 되는 것만 빼면. 아이 아빠도 오빠와 비슷한 입장이었다. 경제적으로 급한 불이 있었기에 그 불을 당장 끄기 전에는 아이와 따로 살 수밖에 없었다. 친정이란 표현보다 우리 집이라는 표현이 자연스럽게 나오는 이유다. 아이 낳고 이 집에 얹혀살게 되었다. 대신 부모님 용돈과 육아비용을 책임져야 했다. 왕복 세 시간의 회사 출퇴근과 들이닥치는 야근이 얹혀살기의 주범이었다.

쉬는 날은 두 아이 손을 양쪽에 잡고 동에 번쩍 서에 번쩍했다. 아이들이 스스로 싫다고 말할 때까지 회사 행사에도 데리고 다녔다. 회사에서 나의 메신저 아이디를 '장군맘'이라 밝히기 전까지는 내가 두 아이 엄마인 줄 알고 딸 안부를 묻는 사람도 있었다. 두 아이와 나는 삼각형의 각 꼭짓점처럼 붙어 다녔다. 때로는 정삼각형이 되고 때로는 직삼각형이 되면서 좌충우돌했다. 삼각형 선분으로 추억을 단단히 엮었다. 질녀는 부모 사이에서 생긴 빈틈을, 아이는 아빠 사이에서 생긴 빈틈을 내 온몸으로 막으려고 안간힘을 썼다.

이렇게 아이들과 한 켜 한 켜 추억을 쌓는 동안 기억 속에 가라앉았던 암초가 눈앞에 어른거렸다. 순간 나는 치를 떨었다. 어렸을 적 부모님은 지독하게 다투었다. 성장세는 아니지만 그렇다고 아직 멸종된 것도 아니다. 아버지의 나쁜 술버릇이 화근이었다. 마치 고기를 먹는 사자와 풀을 먹는 소가 결혼해 끼니때마다 먹을 것 두고 으르렁대는 듯 했다. 실제로도 아버지는 고기파, 어머니는 채소파다. 새벽까지 이어지는 날은 거의 뜬눈으로 밤을 샜다. 뜬눈으로 학교 가고, 뜬눈으로 출근했다. 두 분의 고음과 깨지고 부서지고 부딪치는 소리들로 새벽과 마주할 때면 내 시계는 고장 난 것 같았다. 그래도 해는 뜬다는 말처럼 학교 가는 시간과 출근 시간은 어김없이 찾아왔다. 띵한 머리를 떠받치고 아무 일 없었다는 듯 시치미 옷을 걸친 채 하루를 보냈다.

　이런 일이 반짝 행사가 아니라서 이웃집 불구경 보듯 할만도 한데 이순 나이가 안 되어 그런지 나의 청력은 쉬이 꺼지지 않았다. 부모님 삶에서 각자 맺힌 응어리와 한으로 싸움이 불가피하다손 치더라도 그것까지 이해하고 싶지 않았다. 나 하나로 끝나는 게 아닌 아이들이 버젓이 함께 있으니 말이다. 부지깽이 역할을 하는 술병을 다 갖다 버리고 싶었다. 결혼 2년 만에 '친정' 이름표 떼고 이 집에 도로 들어왔으니 고장 난 시계가 아닌 타임머신이 된 것이다. 이제는 '직장맘' 이름표 달고 뜬 눈의 추억과 재회한 우리 집. 결혼으로 탈출에 성공했는데 자식까지 혹 붙여 들어왔으니.

　나는 그런 일이 두 아이 앞에서도 벌어지는 게 두려웠다. 두 분이 약속 있는 날이면 그날 밤이 불안했다. 내가 야근하는 날 두 분이 술과 함께 있으면 초조했다. 그런 날이면 어렸을 적 내가 나에게 한 것처럼 아이의 두 귀를 막고 가슴을 쓸어내려 주었다. 부모님 사이에서 자던 질녀는 또 무슨 죄인가. 내 손이 문어처럼 길어져 질녀의 귀와 가슴도 쓰다듬어줘야 하는데. 아이들 귀는 순수한 자연의 소리만 들려주고 싶었다. 아이들 눈은 눈치 보지 않는 눈으로 뜨게 하고 싶었다. 함께 살지 않는 질녀의 부모 틈과 아이의 아빠 틈을 남들 이상으로 채워주고 싶었다. 두 아이들만큼은 부모로 인해 벌어진 틈에 그 어떤 것도 끼어들게 하고 싶지 않았다.

오빠나 나나 모두 경제활동 하느라, 성치 않은 몸으로 아이를 돌보는 부모 심정이야 누가 모를까. 내가 가졌던 그런 기억을 아이들만큼은 물려주고 싶지 않은 것일 뿐. 남 눈치 보고, 열등감에, 자존감도 바닥 치는 나를 만든 건 이런 기억이라 생각했다. 그것도 17번 이상을 남의 집 살이로 이사 다니면서 내 약점을 더 공고히 다진 게 아니었던가. 그토록 원했던 학원도, 꿈도, 집도 내가 누리지 못한 것을 아이들만큼은 고품질 퓨전으로 가공해 맛보이고 싶었다. 나 자신의 꿈보다는 아이들을 위하는 게 곧 나의 꿈이었다. 그런 것을 채워주지는 못할망정 환경이 하나둘씩 야금야금 갉아 먹는 것만 같았다.

굳이 위안 삼자면, 내가 자랄 때보다 부모님 싸움 데미지는 적었다. 어머니가 세상 꼴 안 보려는 시도도, 보따리 싸서 집을 나가는 경우도 없었다. 아버지가 쥐도 새도 모르게 깜깜무소식인 날도 없었다. 자식보다 더 예쁜 게 손주라고 이런 데서 티가 나긴 했다. 나 어릴 적보다 나으니 이 정도로 감사해야 할 판인가. 아이들은 학원도 다니고, 주인이 내보낼 일 없는 집에서 살고, 엄마인 내가 가출할 일도, 한 달 월급을 펑크 낼 일도 없으니 풍족한 환경인 셈 치면 될까. 아이들 정신과 가슴에 기생충이라도 자라면 어쩌나. 오빠 내외가 질녀 맡기고 일확천금을 번다한들, 아이 아빠가 떼부자가 된들 무슨 소용인가. 이런 정황이라도 알면 아이 맡겨 놓고 또 얼마나 불편한 마음일까. 아이는 또 얼마나 보고 싶을까. 우리 집이 이게 전부인 양 또 얼마나 오해 눈빛으로 쳐다볼까. 내 머릿속마저 빈틈을 주지 않았다.

아이들에게는 병 주고 약 주는 집, 시댁과 사돈댁에는 아이 잘 키운 집으로 보이고 싶었다. 믿고 맡길 수 있는 집안으로 '덕분에' 말을 듣고 싶었다. 마음 한편에 이런 의무감이 자리했다. 휴일에는 아이들과 함께할 이벤트를 만들었다. 휴가 때는 아이들과 여행이나 체험 놀이를 했다. 내가 쉬는 날은 남도 쉬니 인파 더미에 파묻히지만 아이들 두 손 잡고 종일 체험했다. 체험을 다 훑기 위해 애들이 체험 하나를 하는 동안 잽싸게 다른 장소로 뛰어가 미리 줄을 섰다. 여기서도 아바타 타령이지만, 대신 줄 서주고 아이들 사진 찍어줄 사람이 없어 기구를 하나라도 더 타는데 목숨 걸었다. 아침부터 아이들과 일찌감치 버스 타고 나오느라 지쳐서 일찍 돌아갈 만도 한데, 그게 또 억울해 입장권 뽕을 마저 더 뽑고 돌아서기 일쑤였다.

아이가 다니던 어린이집, 유치원, 학교 정보는 늘 예의주시하여 참여하거나 아이와의 소통 도구로 활용했다. 아이가 유치원 다닐 때 아버지 참여 수업이 열린 어느 일요일이었다. 프로그램 중 아이 업고 달리기하는 게임이 있었다. 그날, 내 두 눈은 독수리, 머리칼은 갈기가 되었다. 다른 아버지들이 경쟁상대라 이글이글 타들어 가는 눈빛으로 질끈 동여맨 머리가 산발이 되었다. 가뜩이나 틈을 메우는 기질인데 삶에 틈이 벌어지면 배 이상으로 채우려 했다. 아이들에게 웃음을 안겨 주지 못할 때는 이벤트를 준비해 더 큰 웃음으로 돌려주었다.

직장에서도 틈을 보이는 것이 발가벗기는 것처럼 싫어 지시받는 족족 수용했다. 이왕 직장을 다녀야 하는 상황이라면 존재가치는 있어야 했다. 그래야 승진을 하고 월급도 올라 빚과 생활비에 혁혁한 공도 세울 수 있으니 말이다. 어릴 적 형편보다는 나아지고 있어 희망을 품다가도 상황이 좋지 않을 땐 어김없이 튀어나오는 독백이 있었다. 이놈의 습관은 쉬이 물러나지 않았다. "내 팔자에", "내 주제에", "내 형편에", "민폐라서" 키워드였다. 다행스럽게도 이 네 장 카드와 정면 승부하는 방패를 가지게 되어 이 키워드는 한때 흘러간 옛 노래가 되었다.

누구나 자신의 실력만큼 인생을 반죽하며 산다. 똑같은 밀가루라도 어떤 사람은 되게, 또 어떤 사람은 질게 반죽을 한다. 밀가루가 문제가 아니라 솜씨 차이다. 반죽이 잘못된 책임을 밀가루에 떠넘긴다면 문제는 해결되지 않는다. 반죽이란 무릇 밀가루와 물과 그것을 주무르는 사람 솜씨의 조화에 있다. 이중 어느 하나만 강조한다면 반죽은 갈라지거나 질어서 맛있는 음식을 만들 수가 없다. 개인이건, 조직(가정)이건 저마다 갈라지는 틈의 크기와 깊이가 다르다. 그 틈은 크기와 모양이 어떻든 간에 톱니바퀴처럼 돌면서 서로 끼워 맞춰지게 마련이다. 반죽이 갈라지는 건 누구나 찾아오는 적신호다. 나에게만 찾아오는 불청객이 아니다. '왜 나에게만'으로 반응할 일도 아닌 '어떻게'로 대응할 일이다.

[보도섀퍼의 돈]에서는 "110%를 쏟아부은 사람은 마지막 핑계도 함께 쏟아내 버렸기 때문에 그에겐 이제 성공하는 것만 남아 있다. 지지 않기 위해 게임 하는 것과 이기기 위해 게임 하는 것은 큰 차이가 있다. 위대한 목표를 달성한 사람들은 모두 90%의 '왜'라는 질문과 10%의 '어떻게'라는 질문으로 일을 시작한다."라고 했다. 갈라진 틈을 메꾸는 일은 자연스럽다. 혼자 인위적으로 메꾸려 애쓰지 않아도 때로는 주변이 채워주기도 한다. 새롭게 반죽할 물을 찾아 나서는 단초가 될 수도 있다. 이 원리를 알면 주변 삶에 곁눈질할 일도, 비교까지 앞지르는 일도 없다. 이제는 빈틈을 채우기보다는 여백의 미로써 공간 활용에 앞장서야겠다. 그 공간은 남의 땅도 넓어지는 세상으로 확장공사 해야 하지 않을까.

02 :

엄마와 아내

내 곁눈질 버릇은 밖에서만 등장하는 건 아니었다. 직장에서 느낀 열등감은 가정에서도 마찬가지였다. 평일은 육아와 직장 일로 대부분을 채웠다. 직장 일이 늘면 육아가 줄고, 육아가 늘면 직장 일이 양보하는 24시간 시소게임 생활이었다. 주말에는 아이 아빠가 친정(우리 집)으로 오거나 내가 아이 데리고 시댁으로 갔다. 평일은 그나마 친정에 얹혀살아 가사 할인 쿠폰을 쓸 수 있었다. 어머니가 집안일에 손을 떼고 싶어도 목이 먼저 빠질 상황이라 떼려야 뗄 수도 없다. 회사가 장거리인 데다 야근도 많아 기다리다 목이 늘어질 시간대에 내가 귀가해 어머니는 집안일 장인이 되었다. 나는 직장에서 일하고 부모님은 재택근무를 하는 셈이다. 그 대가로 부모님 월급이 섭섭지는 않다. 마치 바깥일 하는 내가 남편이고, 집안 살림하는 부모님이 아내 같다.

아이 데리고 시댁 가는 주말에는 절차가 이랬다. 아이 아빠가 올 건지, 내가 갈 건지를 결정했다. 접선 장소가 시댁으로 낙찰되면 시어머니 스케줄을 확인했다. 도착 예정 시간 알리미 서비스 마냥 집에서 나서자마자 출발신호 전화를 했다. 대개는 토요일 점심 직후에 출발했다. 짐 보따리는 둘러메고 질녀와 아이 손은 양팔 저울 삼아 1호선 전철을 탔다. 전철 안에서는 퀴즈나 끝말잇기 등 게임을 연거푸 했다. 입석으로 가는 아이들에게 펼치는 교란 작전이다. 갈아타는 구간은 마라톤 중간지점마냥 간식 집어 드는 경로였다. 아침 댓바람부터 이 절차를 밟으면 진이 빠질 것 같다. 점심 직후 밥심을 출발신호로 삼았다. 금요일까지 내달린 직장생활의 보상이었다. 밖에 나가기까지 한나절인 아이들도 한몫 거들었다.

아이 아빠는 토요일 오후까지 일을 한다. 일찌감치 가서 시부모님과 점심까지 하면 며느리 점수가 더 향상될 법도 하다. 하지만 빨리 도착해 퀭한 눈빛으로 슬로우 모션을 찍느니 에너지를 충전해 가는 편이 낫다고 생각했다. 일과 육아를 병행하는 사람의 권리인 양 늦게 출발하는 핑계를 댔다. 정작 시댁에서는 대놓고 왜 늦게 오느냐, 왜 자주 오지 않느냐 왈가왈부하지 않았다. 눈칫밥이 곁눈질 반찬을 부른 건지 스스로 병 주고 약을 준 것이다. 이런 잡념은 시댁 방문의 사전 학습이 되었다.

친정에 있건, 시댁에 있건 아이 아빠는 늦은 시간(새벽이니 이른 시간인 건가)까지 게임을 했다. 이런 시간은 다음 날 일요일, 아이와 함께 보내는 시간을 침범했다. 어쩌면 아이와의 계획보다 평일 온종일 격무에 시달린 스트레스부터 푸는 게 우선일 수는 있다. 하긴 나도 시댁 가는 출발신호가 한 박자 늦는 게 에너지 충전인 셈이니. 주말 아침 식사 때 아이 아빠 자리는 없었다. 아이 아빠가 눈 뜨는 시간이 가족 외출 시간이었다. 아이 아빠가 일어나기 전까지는 아이와 오목이든 게임이든 TV시청이든 가정에서 하는 놀이로 시간을 때웠다. 마치 시어머니와 충분한 시간을 보내라고 자리를 피해 주는 것 마냥. 시댁에서도 내가 바깥일 하는 남편 같고, 시어머니는 집안 살림하는 각시 같았다. 어차피 애 아빠가 늦게 일어나니 그 시간에 아이와 놀 프로그램을 짜도 늦지는 않았다. 아이 아빠가 약속이라도 있는 주말이면 시부모님과 함께 근처 공원에 갔다. 시누이들도 함께 있는 날은 동행했다.

내가 바라보는 창은 남편이 아내와 자식에게 얼마만큼의 시간을 투자하는가였다. 나의 욕구는 그 창 테두리 안에서만 놀아났다. 시부모와 시누이가 바라보는 창은 남편이 집안 경제를 일으키는 자수성가라 어지간해서 심신이 피곤하면 안 되는 버전이었다. 육아에 있어서는 '직장맘' 냄새가 풍기지 않도록 유난 떨어 부업처럼 느껴질 때도 있었다. 내가 보는 창으로 상대도 바라봐 주기를 원했다. 그 창에 삼대, 형제 등등 다른 가족들을 한 데 다 넣어 창문 크기가 양적으로 팽창되지 않기를 바랐다. 서로 다른 시선의 인구 밀도로 오붓한 공간 마저 쪼그라드는 것 같았다. 부모와 자식이 한 지붕 밑에서 사는 그 흔한 장면이 내게는 버킷리스트만큼의 특별한 꿈이었다.

어느 날 대학 때 제법 친했던 친구에게 연락이 왔다. 그 친구는 아이 아빠와도 아는 사이다. 자녀들 학년도 서로 같다. 친구는 남편 해외연수를 따라 나가는 바람에 한동안 연락이 뜸했다. 귀국하고 간만에 연락이 왔다. 그날도 첫마디가 "잘 살아? 아직도 회사 잘 다녀?"였다. 친구는 순수하게 질문한 건데, 난 어디가 꼬인 건지 그 첫 마디가 자동응답기 음성으로 들렸다. 친구의 다음 멘트도 예전 통화의 앵콜곡으로 들렸다. 이번에는 좀 길게 편곡했다. 내 배는 사촌이 땅을 산 상황인데 눈치 없이 길다.

"야, 넌 의사 사모님인데 뭐 하러 일을 다니냐. 남편이 버는 돈만으로도 엄청 긁겠구만. 너네 떼부자 되려 하냐? 나 아는 사람 남편이 의사인데 얼마 전에 아내한테 외제 차 뽑아 줬다 하더라. 거기다가 용돈도 많이 받더만. 가만히만 있어도 외제 차가 뚝딱 나오데. 넌 뭘 그렇게 매일 야근하면서 사냐?"

돈을 긁는 게 아니라 내 속을 긁어댔다. 연락이란 것은 서로 주고 받는 게 미덕이다. 고맙게도 이 친구에게 매번 연락을 받기만 한 게 그리 미안하지 않게 됐다. 그런 얘기를 들어 달라질 건 하나 없다. 그렇다고 그 말을 스치는 바람처럼 여기기는 또 어려웠다.

아이 공개수업과 선생님 상담 날에는 휴가를 냈다. 그날 반 모임 이 있으면 예의상 참여했다.(중1 때까지) 반 모임에 참여하면 직장 다니는 엄마는 5%도 안 되는 것 같다. 직장에서 휴가 내지 못한 엄마가 제외된 건지는 몰라도 내 직관상 통계치는 그랬다. 하긴 나도 숨 한 번 깊게 들이켜고 휴가 내는데. 평일 커피숍은 엄마들의 토론 현장이 었다. 하하 호호 담소 나누는 그들이 회사와 육아가 전부인 내 눈에 는 외국인으로 비쳤다. 그들도 탈탈 털어 먼지 안 나는 정보력을 가진 내가 외계인처럼 보일 게다. 직장 다니는 나로서는 유용한 정보도 얻고 아이들끼리 놀 수도 있어 친한 엄마들 모임에 되도록 끼려 했 다. 아이가 초등학생 때 단짝 친구인 그 식구들과는 종종 식사도, 맥주 한잔도 같이했다. 내가 회사 일로 바쁠 땐 아이를 돌봐주기도 했 다. 그 친구 집을 가까이에서 자주 보니 부러움이 싹텄다. 그 부러움 은 나만 독차지하고 싶었다. 아이에게는 얼씬도 못 하게 하고 싶었 다. 남몰래 상대성 이론을 펼쳤다.

비교군의 가설은 '남편 혼자 돈을 버는데' 였다. 그 집은 여성잡지에 나오는 모델하우스 같았다. 그에 비해 우리 집은 가장 어른인 부모님 동선 위주로 불편한 곳만 손 봤다. 그 집은 주말마다 가족이 캠핑을 다녔다. 우리 집은 여행이라고는 여름방학과 휴가의 교집합을 노려야 했다. 교집합엔 시댁이나 친정 식구들까지 포함되었다. 그 집은 남편이 일찍 퇴근해 외식은 물론 아이들 목욕까지 시켜주었다. 우리 집은 주7일 근무제 목욕 당번에 내가 당첨되었다. 그 집은 남편이 엄마들 담소 나누라며 아이 데리고 자리까지 피해 주었다. 우리 집은 아이 아빠가 만나는 시간을 내기조차 어려워 자리가 절로 피해졌다. 그 집은 엄마 옷차림도 멋쟁이였다. 나는 미적 감각도 떨어지지만, 옷 살 땐 국정과제 검토하듯 지갑 여는 손이 진동 모드였다. 그 집은 다닐 때 모든 짐 보따리가 남편 손에 들려 있었다. 우리 집은 내 가방을 얼마나 소중히 다루던지 만져 본 적이 없다. 심지어 주말에 시댁과 공원을 가더라도 놀이 꾸러미 가방 들다 그 무게에 짓눌려 내 키가 쪼그라드는 줄 알았다. 꾸러미 가방에는 물, 과일, 바둑판, 윷놀이, 축구공, 배드민턴, 부메랑 등등이 담겨 있는데 투명 가방을 택하지 않은 내 잘못인지.

아이가 초등학교에 입학하면 아이 아빠가 용돈을 주기로 했다. 아이를 돌보는 친정과 나에게. 나는 어머니에게 사위가 용돈을 백만 원씩이나 찔러주게 되었다고 귀띔했다. 사위가 주는 돈은 육아에 대한 보상으로, 내가 주는 돈은 친정에 얹혀사는 세금으로 생각하라 했다. 아이가 초등학생이 되었는데 통장은 오락가락 내리는 비였다. 어머니에게 큰소리친 게 있어 귀띔한 돈은 내 월급에서 배달되었다. 그렇다고 아이 아빠에게 돈 달라 소리를 할 수는 없었다. 집이고 병원이고 여기저기 메울 이자로도 충분히 벅차 보였다. 아이 육아비용과 용돈은 내 월급으로 충당해 왔으니 기간을 연장하면 그뿐이었다. 이런 좋은 마음을 갖다가도 이웃 엄마들을 만나면 격세지감이 느껴지는 건 또 무슨 변덕인가.

친정어머니는 아이가 태어나기 전까지 맥도널드에서 햄버거 만드는 일을 했다. 그 후로는 요양보호사 자격증을 따 80대 어르신 댁에 방문 간호를 다녔다. 당신 무릎 수술에는 고집을 피워가며 버티고는 어르신을 간호하러 다녔다. 그런 친정어머니를 어려서부터 봐 와서 그런지 엄마라는 이미지는 혼자 벌어 사는 사람인가 했다. 엄마의 이미지가 그럴지언정 내게 중요한 끈은 육아다. 어머니에게 어떻게든 비용은 심심찮게 줄 테니 일을 당장 그만두라 했다. 어머니 건강도 걱정이지만 무엇보다도 내 아이에게 쏟을 에너지가 분산되는 게 싫었다. 내가 직장에 있는 동안 아이에게 올인해 주십사 부탁했다. 함께 사는 질녀도 평일 엄마는 친정어머니고, 주말 엄마는 나인 셈이다. 육아에 에너지를 집중해야 했다.

남을 곁눈질 할 때면 내 마음에 열등감, 시기심, 서운함의 악마 씨앗이 심겼다. 다행스럽게도 이 씨앗은 싹이 제대로 트지 않았다. 아이들과 내가 자양분을 쏙쏙 빨아먹은 것처럼 우리 키는 조금 자랐다. 그동안 내가 바라본 창이 이젠 나보다 작다. 아이 아빠는 한 집안의 가장으로서, 한 조직의 장으로서 밑천 없이 시작해 동분서주가 일상이었다. 그때는 이산가족을 만나고 싶어도 38선에 가로막혀 갈 수 없는 신세였을지도 모른다. 아이가 보고 싶어도 중압감에 발이 묶여 한 발짝도 떼지 못했을 수도. 아이 아빠는 양가 가족 여행이나 모두가 살 집을 그리느라 매일 바빴다. 우리에게 뭔가를 주고 싶어도 손 뻗을 시간조차 없었을 텐데 아내 자리가 없다고, 아이와의 시간이 부족하다고 입을 삐죽댔다. 내가 몸담은 집의 변수는 배제한 채 같은 조건으로 남의 집 외형만 바라보았다. 비교하는 시소에 올라타 시간을 낭비했다.

신영준 · 고영성의 [뼈 있는 아무 말 대잔치]에는 신영준 작가의 결혼 주례사가 나온다. 두 사람이 만나서 하나의 가족으로 살겠다는 것은 다른 기준과 또 다른 기준이 만난 셈이기 때문에 합의된 기준이 필요하고 그 기준은 서로의 꿈이라 했다. 꿈을 서로 존중하는 것이 부부 역할이라며. 가정에 누가 더 많이 기여하는지, 나를 얼마나 사랑하는지는 고려대상이 아니다. 머나먼 하늘은 쳐다보지 않고 눈앞에 떨어진 먹구름만 보았다. 빗방울 좀 덜 맞아보려고 우산 펴는 데에만 마음을 썼다. 그 비는 나에게만 뿌리는 집중호우가 아닌데도 말이다.

나만의 독박 육아라 치부했다. 이제 와 보니 독박육아는 아이 아빠가 한 셈이다. 아이와 내가 이만큼 성장한 걸 보면 아이 아빠가 우리를 한꺼번에 기른 것이다. 나르시시즘만 성장해 하는 소리는 아니다. 공주 대접, 사모님 대접을 받았다면 개인기나 깨달음의 가짓수가 이만큼이나 뻗칠 수는 없었을 게다. 허들을 타 넘고 고꾸라졌다 일어서는 요령을 터득하지 못했을 게다. '육아' 개념은 '아이와 함께 많은 시간을 보낸다'는 의미가 아니었다. 아이는 아빠의 묵언 수행 속에서 아빠의 등을 보고 한층 더 성숙할 수 있었다. 아이 아빠는 원격 육아의 끈을 부여잡고 있었다.

엄마, 아내를 뛰어넘어 아이는 장군, 나는 독립운동가가 된 셈이다. 뇌는 상상에 잘 속는다. 곁눈질과 눈치로 상상했던 픽션 드라마는 성장 드라마로 후속편을 준비하고 있다. 뇌는 이 깨달음을 논픽션 다큐로 저장시킬 것이다. 만약 내가 일없이 매일 쉬었다면 잠깐의 휴식 맛을 알 수 있었을까. 땀을 흘려봐야 어쩌다 분 바람에도 시원함을 느낄 수 있다. 아이 아빠와의 물리적 거리가 떨어진 뒤에야 비로소 마음의 거리가 좁혀졌다.

03 :

돈 버는 기계

앞에서도 강조했듯이 나는 빈 곳은 채워야 제맛인 기질이다. 공공장소 긴 의자도 안쪽부터 채워 차곡차곡 사람들을 몬다. 커피숍에서 노트북 작업할 때도 2인석에 앉는다. 마이너스가 되는 곳은 원점으로 되돌려 놓는 스타일이다. 내 몸뚱이 하나만 요리조리 움직여 빈 곳을 채우면 된다. 그러나 통장은 마이너스 기호를 떼고 싶어도 내 의지대로 되지 않았다. 아이 아빠는 한 집안의 가장이란 책임감으로 대가족이 사는 집과 네 가족, 두 가족이 사는 집의 아파트와 오피스텔을 샀다. 재테크에 눈이 밝아 집집마다 저축하는 셈 치고 대출과 정면 승부했다. 그 이자들을 감당하려니 오죽 숨막힐까도 싶다. 아이 아빠에게 용돈 받는 게 무색할 정도로 이자는 초대형 눈덩이다. 눈덩이라는 크기가 속 좁은 나만의 기준 같지는 않았다. 이자와 결부된 집들 중 아이와 셋이 오붓하게 살 집도 있을까.

생각은 자유이니 기대했다.

매슬로우는 인간의 욕구를 5단계로 나누었다. 1단계는 생리적 욕구로 의식주 생활에 관한 기본적 욕구라 할 수 있다. 나 같은 경우는 1단계 기본적 욕구에 경제적 욕구가 본능처럼 자리했다. 인생은 돈이 전부가 아니라는 둥, 행복은 돈으로 매길 수가 없다는 둥의 말들은 다 귓등으로 들렸다. 돈에 쪼들리지 않고 어느 정도는 사니 그런 팔자 좋은 소리를 한다 생각했다. 나에게는 돈이 삶의 목적이자, 행복의 조건이었다. 1단계 욕구에서 돈이 충족되어야 2단계 안전의 욕구가 가능할 것 같았다. 세상을 바라보는 시야야말로 사회 초년생이었다. 아니, 청소년기에 성장판이 멈췄나. 돈이 되는 곳은 힘을 발휘했고, 돈이 새는 곳은 쓸데없는 일로 치부했다. 일의 큰 틀은 보지 않고 의미와 가치는 뒷전이었다. 내 경제개념이 기준이 되어 나 자신은 '검소'로, 다른 사람은 '사치'로 보기 일쑤였다.

시댁에 아이를 데리고 가는 어느 날이었다. 시댁 가족 모두 마트에 가서 장을 보았다. 몸에 좋다는 음식류, 맛있다는 간식류, 해 먹을 재료들이 카트에 수북이 담겼다. 빵, 과자류 간식을 멀리하는 게 물론 건강에는 좋다. 그래도 돈 신경 쓰고 골라잡지 않는 것과 건강 신경 쓰고 선택하지 않은 것은 기분이 다르다. 나는 전자의 사유로 어려서부터 아이 낳기 전까지 간식류를 멀리했다. 시누이들은 초코파이를 좋아해 어려서 집에 떨어질 날이 없다 했다. 어려서 정(情)을 느낄만한 초코파이를 구경 한번 못했다. 치사하게 어릴 적까지 들어갔다. 시댁 경제를 책임지는 아이 아빠가 전부 계산해 그런지 초코파이까지 거들먹대는 밴댕이가 되었다. 아이와 사는 우리 집은 필수품만 사고 옵션은 국물도 없었기 때문이다. 희한하게도 시댁에서 먹는 음식은 뭐든지 꿀맛이었다. 신메뉴 체험 대회에 출전한 사람 마냥 위장 탄력성이 한계를 맞을 때까지 먹었다. 시댁 식구들은 나를 맛있게, 많이 먹는 사람으로 손꼽았다.

아이 아빠는 아이가 대여섯 살 될 무렵 운전면허를 따 차를 몰기 시작했다. 주말에도 지방을 드나들며 일을 했기 때문이다. 시골이라 차 없이 가기는 어려웠다. 새로 산 승용차는 한동안 업무용 차로 활용했다. 아이 아빠는 잠을 참아가며 고속도로를 달리다 교통사고가 크게 난 적도 있었다. 몸도, 승용차도 모두 손상되어 다른 차로 교체할 수밖에 없었다. 생활 터가 지방일 때는 차를 두 차례 교체했다. 근무지를 서울로 옮긴 후 차종 레벨을 올려 두세 차례 더 바꾸었다. 아이 아빠는 노트북과 스마트폰도 자주 바꿨다. 기계치인 내가 봐서는 눈 씻고 봐도 멀쩡하던데 추가 비용을 물면서 왜 기계를 바꾸는지 도무지 이해되지 않았다. 상대 입장에선 기계를 제대로 활용 못 하는

내가 이해 안 될 수도 있지만. 남자와 여자의 차이인 건지. 시어머니
는 마음투시 안경을 썼는지 먼저 말을 꺼냈다.

"병원 운영하는 사람이 밖에 차를 세워두는데 차가 허름하면 그것
도 체면이 서질 않는다. 걔가 그래서 차를 바꿨을 끼다."

아이 친구가 우리 집에 놀러 온 적이 있었다. 아이 아빠가 차로 집
까지 데려다주었다. 다음번에 아이 친구네 가족을 만날 기회가 있었
다. 그 집 부부가 돌아가면서 한마디씩 했다.(앞에서 상대성 비교한 그 집
이다)

"우리 애가 외제 차 타 봤다고 좋아하던데. 승차감이 다르다고. 역
시 돈 긁는 집이었어."

정작 아이와 나는 외제 차 개념도 없다. 승차감은 쇠귀에 경 읽기
다. 그냥 다 똑같은 이동수단일 뿐이다. 단지 관심 있는 건 차 값이었
다.

아이 아빠는 우리 집과 시댁을 왕래하며 종종 가족들의 옷을 사다
주었다. 안에 입는 옷부터 겉옷까지 한번 마음먹으면 아래위로 다양
하게 사 왔다. 미대 가려다 의대 간 사람이라 눈썰미가 남달랐다. 재
단사 마냥 가족 구성원 특징에 맞게 사 왔다. 알고 보니 다 이름 있는
옷들이다. 아이도 주말에 만나면 종종 백화점에 데리고 가 옷을 사

입혔다. 남이 부러워할 정도로 멋진 승용차에 근사한 옷까지 선물 받다니. 자랑스러워 목에 힘이 들어갈 만도 한데 오히려 뒷목이 결렸다. 거금 나간 걸 생각하니 비 오는 날 아까워 펴지 못하는 우산과 다를 바 없었다. 정작 돈 쓴 사람은 아이 아빠인데. 아이는 시장에서 뭉쳐 파는 옷을 입혀도 좋다고 잘만 입었다. 하루가 다르게 부쩍부쩍 커 백화점 옷들이 작아질 땐 아이가 큰 게 아쉬울 정도였다. 우리 어른들은 기존 옷이 있거나 필요하면 알아서 사 입을 텐데 왜 목돈까지 쓰나. 선물한 마음을 헤아리기는커녕 빚을 갚던지, 현물 말고 현금이 낫다는 생각도 품었다. 내 잣대로는 불필요한 곳에 지불한 격이었다.

우리 집은 술 떨어질 날이 없었다. 아버지가 술이 과하면 어머니는 피곤해했다. 그러면서도 술 떨어지면 더 피곤할까 봐 지레 겁먹고 늘 곳간을 채웠다. 아버지가 술 찾는 것과 관계없이 전쟁터 비상식량 챙기듯 늘 같은 자리에 같은 소주가 자리했다. 그 자리가 비어있는 꼴을 본 적이 없어 술마저 이해되지 않는 비용이었다. 오빠와 올케는 결혼 후 회사를 그만두고 사업을 시작했다. 두 사람 모두 조직 생활이 맞지도 않거니와 월급 받아 어느 세월에 돈을 모으겠느냐는 것이 이유였다. 오빠의 탁월한 요리 솜씨가 사업으로 뛰어드는 데 한 부조했다. 초반에는 올케와 함께 민속주점을 운영했다. 오빠는 돈이 좀 벌리니 올케에게 주점을 맡기고 새로운 사업에 눈을 돌렸다. 자그마치 세 차례나 갈아탔다. 오빠는 사람을 잘 믿거나 모험심이 강한 모양이다. 아니 자신을 믿는다고 치자. 오빠의 빚도 하루하루 눈덩이 굴리는 꼴이었다. 부모님에게 주는 용돈도, 우리 집 질녀 학원비와 생활비도 오빠 상황을 고려해야 했다. 그 여파로 어머니는 나만 보면 월급쟁이 회사생활이 최고라는 돌림노래를 부른다. 조직 생활에 잘 맞는 유전자가 뭐 따로 있나.

첫째 시누이는 아이 낳고 육아 문제로 직장을 그만뒀다. 나는 직장을 그만둘 수가 없어 친정어머니 무릎 수술을 보류시키며 품에 아이를 안겨주었다. 아이 아빠가 학비를 보태느라 막내 시누이도 뒤늦게 학교를 들어가 간호사가 되었다. 병원 생활이 힘에 부쳐 1년 남짓 다니다 호주로 어학연수를 갔다. 호주에서 돌아와 다른 병원에 취직했다. 밤 근무 없는 외래라 좀 나을 줄 알았는데 힘들었는지 1년 후 그만두었다. 그래도 고시원 생활로 보건 교사에 합격해 학교에서 일하고 있다. 학교 방학 때는 해외도 다닌다. 이쯤 되면 또 비교 근성과 신세 한탄이 옆구리를 콕콕 찌른다. 나는 대학 졸업 두 달 전부터 일을 시작해 지금까지 '휴직'의 휴 자도 모르고 지냈다. 줄곧 돈을 벌었는데 돈 쓸 때 왜 수전증이 일어나는 걸까.

제아무리 아이 아빠가 집을 여러 채 사고, 좋은 차를 갖고, 좋은 옷을 선물해 주어도 편치 않았다. 돈을 벌어도 손에 잡히지 않고 호주머니에 구멍이 난 것 같았다. 가족들이 쓰는 돈의 실상은 '정'이 깃든 흐름인데 나는 이따금씩 꽈배기로 해석했다. 곱지 않은 시선으로 색안경을 끼었다. 나의 존재가치가 돈 버는 기계 같았기 때문이다. 남도 나를 그렇게 느끼는 듯 했다. 경제적으로 기여해도 시댁과 친정은 당연하게 여기는 것 같았다. 가족에게 사탕발림의 인정 멘트를 기다렸다. 그 기다림은 회사 순종으로 이어졌다. 회사는 내가 노력할수록 인정 했다. 그 기대에 부응하느라 또 일에 매진하고. 매달 이런 생활이 반복되었다. 어느 상황에서건 힘의 동력은 월급이었다.

어느 날 옷장을 정리했다. 시어머니가 여러 개를 사 하나 입어보라고 옆구리에 찔러 준 옷들이 눈에 띄었다. 시누이가 인터넷으로 주문한 옷이 꽉 조인다며 몸집 작은 언니 몫이라고 챙겨 준 옷도 보였다. 추위를 많이 타고 꾸미는 데 젬병인 내게 아이 아빠가 툭 던져 준 겨울 외투들도 눈에 들어왔다. 그들은 수고했다는 인정을 말로 한 게 아니라 내 몸을 따뜻하게 하는 온도로 전한 셈이었다. 시부모님은 아이와 내가 찾아간 날이면 먹성 좋은 우리를 먹이고 싶어 그렇게나 물건을 주워 담았던 것이다. 시부모를 모시고 산 것도 아니면서 단면만 보고 성급한 일반화의 오류를 범했다.

아빠가 아이에게 백화점 옷을 사 입히는 것은 아버지로서의 자존심과 떨어져 있는 그리움을 표현했으리라. 내가 업무와 육아로 옷 살 시간조차 없을까 봐 내 것까지 끼운 건데. 사랑의 표현기술이 달랐을 뿐인데 그 사랑을 물질과 결부시켰으니 이 얼마나 부끄러운 일인가. 사람이 사람을 사랑하는 형태와 모양은 다양한데 내 기준이 옳은 양 해석했으니 이 얼마나 어리석은가. 그래서 칼릴 지브란 작가도 '함께 있되 거리를 두라' 는 명시를 남겼나 보다. 내 방식의 모양대로 상대를 끼워 맞출까 봐 숨통의 거리 말이다.

나는 재작년에 운전면허증을 땄다. 어머니 차를 물려받아 가족들과 이동할 때는 내가 기사 노릇을 한다. 운전대를 잡아 보니 알겠다. 아이 아빠가 가족들 태우고 다니려고 차를 승격시킨 것일 수도. 아이 아빠는 맛있는 음식을 찾아 먹지 않고, 흥청망청 술을 마시지도 않는다. 비교하려면 이런 걸 했어야지. 아이 아빠의 존재가치를 절대 우위로 바라봐도 시원찮을 판에. 그 사람 자체로 보는 게 사랑인 것을.

하버드 공개수업연구회에서 발행한 [그때 미처 깨닫지 못한 것을 지금 알게 된다면]에서는 "행복이란 돈을 많이 버는 것이 아니라 진정으로 자신에게 맞는 무언가를 얻는 것이다. 한 철학자는 행복이란 단지 어떠한 요구에 대한 만족일 뿐만 아니라 그것에 대한 이해라 했다"고 한다. 또한 엠제이드마코의 [부의 추월차선]에서는 사회가 부를 물질적인 소유물로 완성되는 절대적인 것으로 잘못된 개념을 주입시켜 부의 개념을 3요소로 정의했다. 부는 물질적인 소유물이나 돈 또는 물건이 아니라 3F인 가족(Family, 관계), 신체(Fitness, 건강), 자유(Freedom, 선택)를 말하며 3F가 충족되어야 진정한 부를 느낄 수 있다고 했다.

내가 품은 불필요한 욕구만 줄여도 굳이 뭘 더 늘릴 필요가 없다. 영국의 시인이자 정치가 존 밀턴도 말했다. 행복을 찾는 방법이 자신의 욕망을 만족시킬 방법을 찾는 대신 자신의 욕망을 억제하는 것이라고. 돈은 얼마만큼 버는가보다 어떻게 쓰느냐가 관건이다. 나의 input에만 관심 갖고 다른 사람의 output에만 신경 썼다. 행복과 부의 개념을 우주에서 온 외계인처럼 잘못 취급했다. 헨리 데이비드 소로가 부란 인생을 충분히 경험할 수 있는 능력이라 했거늘. 행복이나 부는 선택할 수 있고 자기 내면을 들여다봐야 한다고 강조까지 했는데. 정작 내면이 원하는 욕구는 들여다보지 않고 밖에서만 부를 찾았다. 내면에 지식과 지혜가 덜 찬만큼 돈으로 메꾸려 한 모양이다.

들여다본 게 적어 행복 운운하는 그 좋은 말들이 식상한 광고처럼 들렸다. 이제야 그 한 문장, 한 문장에 물개 박수를 친다. 다 지난 유행 가사를 이제야 신곡 대하듯 따라 부르는 꼴이다. 지난날은 동물의 탈을 쓰고 매슬로우 1단계 욕구에 머물렀다 치자. 애초 시작단계가 낮으니 이제는 계단 밟고 올라갈 일만 남았다. 희망의 단초로 삼아야겠다.

04:

질병과의 동거

　한때는 백조처럼 고상하게 책상 앞에 앉아 사무 업무를 보는 게 부러움의 대상이었다. 간호사 시절 동서 번쩍번쩍 갈기를 휘날리며 뛰어다닐 때는 그랬다. 현 직장으로 이직하면서 부러운 대상을 손에 넣었다. 회사에 막상 들어와 그 자리에 앉으니 멀리서 바라본 그 느낌은 아니었다. 밖에서 바라본 개인화된 책상 생활은 오전 9시부터 오후 6시까지였다. 업무가 서툴기도 하거니와 정부 산하 기관이라 일의 깊이와 넓이, 부피 모두 부담이었다. 야근과 휴일 근무가 종종 있었다. 정시퇴근보다 야근과 휴일 근무라는 말이 내 입에서 먼저 튀어나오는 걸 보니 비중이 더 컸던 모양이다. 뭐 앉아서 하는 일인데 '나'의 시간을 '회사'에 충분히 지불하면 어떠랴 했다. 국가는 회사에 돈을 주고, 그 돈은 내 호주머니로 들어와 결혼 비용, 대출이자, 부모님 용돈, 육아 비용, 시댁 행사 비용 등등을 도미노처럼 해결해주지 않았는가. 내 에너지를 회사에 환원시키는 게 도리이자 의리라 생각했다. 앉은뱅이 생활은 그렇게 시작되었다.

　나는 어지간해 'NO' 라는 게 없었다. 만나는 사람 범위는 양팔 저울처럼 집과 회사뿐이었다. 그 테두리 안에서 초보 딱지 붙이고 경주마처럼 내달렸다. 달리는 말이 걷는 말보다 눈에 띄어 그런지 새로운 업무에 노출될 기회가 많았다. 간호사 때 뛰던 습관이 좌식생활로 바뀌면서 슬슬 좀이 쑤시기 시작했다. 출퇴근 3시간에, 사무실 책상 앞에 앉은 시간을 얹으면 하루 평균 15시간이 부동자세였다. 이 생활은 근육과 뼈의 통증, 너덧 개의 구내염을 출현시켰다. 이들을 액세서리처럼 달고 살았다. 일종의 시그널이었는데 눈앞에 닥친 일로 매번 모른 척했다. 급기야, 입사 10년 차 때부터 생활에 지장을 줄 정도로 통증이 극성이었다. 임원실 곁에 붙어있던 기획조정실 근무 때 통증 불씨가 점화되었다. 새 옷으로 갈아입는 업무가 대부분인 곳인데다 신설 부서인 미래전략부에 배치되었다. 좌식생활이 지루할까 봐 배려라도 한 듯이 맡은 업무는 회사 안팎으로 뛰는 회의와 행사였다. 예기치 않은 상황들이 롤러코스터를 태웠다. 직원마다 고유 업무를 책임졌기에 통증 시그널은 내게 명함도 못 내밀고 잠자코 있을 수밖에 없었다.

안으로는 임원과 부서장들, 밖으로는 130여 명의 미래전략위원이
참여하는 회의를 주관했다. 긴장감이 통증 지점을 더 짓누르는 것 같
았다. 늦은 밤까지 회의하던 날이었다. 회의 탁자 안 나란히 뻗은 두
다리에 누군가가 전기 충격기를 갖다 댄 느낌이 들었다. 왼쪽 다리를
오른쪽 다리 위에 얹어도 보고, 오른쪽 다리를 왼쪽에 포개도 보지만
통증이 가시질 않았다. 차장, 부장, 실장 줄줄이 모인 회의였지만 자
세만큼은 내가 최고 직급자다. 신 벗고 가장 양반답게 양다리 똬리
틀고 앉았다. 그 어떤 자세로도 통증이 잡히지 않았다. 일에 집중할
수가 없다. 누울 때 빼고는 온종일 아팠다. 아침에 눈을 떠 침대에서
두 다리를 살포시 내려뜨릴 때마다 주문을 걸었다. 오늘은 무사히 버
텨 달라고. 양반다리로 앉아 버릇하더니 아프다고 입 밖에 꺼내는 건
양반의 도리가 아니라 생각했다. 미련함을 양반 개념으로 둔갑시키
다니.

그러던 중 지방 출장 일정이 잡혔다. 출장 가기 전에 병원을 들러
보기로 했다. 마침 출근할 때 전철역에서 보던 광고가 생각났다. 회
사에서 가까운 병원이라 급한 성질머리에 딱이었다. 신경 거슬리던
허리 이하 통증을 이참에 꼭 잡겠다는 각오로 광고 따라 병원을 찾았
다. 의사는 양측 다리에 정맥류가 있다며 수술을 권했다. 만약 내가
생각 좀 해 보겠다고 하면 수술을 할지 말지를 두고 고민하느라 시간

을 허비할 것이다. 이 병원을 다시 찾는 왕복 시간도 추가 발생한다. 내 급한 성격이 그걸 용납 못 해 결국 그 길로 수술대에 올랐다.

하반신만 마취한 상태라 의사와 간호사 이야기 소리가 생생했다. 쌓인 피로도 풀 겸 잠을 청했지만 수술대는 역시 침대가 될 수 없다. 수술 과정이 두렵거나 아파서 잠을 쫓은 건 아니었다. 수술도 업무 처리하듯 빨리빨리만 고집하고 후다닥 진행했다는 생각이 들었다. 그 바람에 수술대 위에서 잠은커녕 평소보다 더 큰 눈으로 천장하고 씨름만 했다. 양측 허벅지 안쪽을 칼로 쨌다. 아픈 곳은 종아리인데 가장 멀리 떨어진 허벅지를 째는 게 맞나. 의심할 여지도 없이 속전 속결로 진행했다. 통증만 잡힌다면 뭔들 못하랴. 6시간 입원 후 양다리에 붕대를 감은 채 집으로 갔다. 아니 그렇게 퇴근했다.

예정된 출장 날이 왔다. 7월이었다. 양다리에 압박스타킹을 폼 나게 두르고 지방을 돌아다녔다. 한겨울 내복처럼 스타킹을 신으니 양측 허벅지에 땀띠가 퍼졌다. 졸지에 한여름 두 다리는 가을 단풍 물이 단단히 들었다. 땀띠 가려움은 지난날의 통증보다는 한 수 아래라 참을 만했다. 그날 이후 이런 수술을 또 겪을까 싶어 줄곧 압박스타킹을 착용했다. 수술받기 이전에는 뱀 다리로 출근해 코끼리 다리로 퇴근하기 일쑤였다. 뱀을 코끼리로 변신시키던 이 마술 쇼는 압박스타킹이 은퇴 시켜 주리라.

　압박스타킹은 만능이 아니었다. 애초 수술이 잘못된 건지, 압박스타킹만 믿고 야심 차게 야근해 재발한 건지 종아리 통증은 여전했다. 이제는 지인과 인터넷을 동원해 다른 병원을 찾았다. 찾아낸 병원은 흉부외과와 마취통증의학과 부부가 함께 진료하는 곳이었다. 나의 다리 저림 증상은 하지정맥류 외 허리가 원인일 수 있다 했다. 결국 허리와 종아리 모두 문제라는 진단을 받았다. 우선 종아리 통증부터 잡았다. 지난번 병원처럼 몸에 칼은 대지 않아 감사했다. 별게 다 감사하다. 통증 지점에 주사제를 넣어 치료했다. 이 치료는 보험 혜택도 없었다. 전보다 두 배 비싼 비용이 발생하게 생겼다. 원장님에게 이전 병원 치료비 등 사정을 털어놓으니 10% 비용만 받아주었다. 90%를 할인받은 셈이다. 비용 할인에 통증까지 대폭 할인되었다. 의료의 극과 극 비교 체험한 것으로 억울함도 할인했다. 6개월간 통원 치료를 받았다. 그렇게 하지정맥류와는 미련 없이 결별했다.

　하지 정맥류가 완치되어 다리 앞면의 불편함은 면했다. 이젠 다리 뒷면이 바통을 이어받아 울상이다. 이 부위도 마찬가지로 시간이 흐를수록 강도가 심해졌다. 두 번째 병원에서 부부 의사가 하던 말이 떠올랐다. 급한 불만 끌 테니 나중에 허리도 확인해 보라던 말. 집에서는 멀지만 아이 아빠가 일하는 병원으로 찾아갔다. 환자가 되니 정식으로 방문도 하게 됐다. 행여 함께 일하는 직원들이 불편할까 봐 가급적 주변도 얼씬하지 않던 병원. 아파 죽겠긴 했나 보다. 토요일에 전철 갈아타고 찾아가 부리나케 접수대를 향했다. 결국 환자 모습으로 매주 출근하는 신세가 되었다. 척추의 중심인 요추 4번과 5번 사이에 협착이 심하다 했다. 퇴행성까지 왔단다. 방사선 촬영하던 실장님이 허리 사진을 찍다 말고 "엑스레이 사진만 보면 60대인 줄 알겠어요."하고 한 마디 건넸다. 20년을 점프하다니.

회사 업무도 빨리 처리하고 싶고, 통증과도 빨리 멀어지고 싶어 마음이 늘 조급했다. 의사가 시술을 권하는 게 아니라 오히려 내가 주사 한 방을 부르짖으며 재촉했다. 요추 4~5번 사이 공간이 하도 좁아 시술은 어렵다고 했다. 토요일은 신경차단술과 물리치료와 함께했다. '놓아'와 '발바닥까지' 사이 한 칸 줄이기. 퍼뜨려 눌린 신경으로 저릿저릿했던 통증을 막아 주는 원리였다. 그 시술을 받고 나면 일주일간 무리하지 말고 안정을 취하라고 했다. 월요일이 되면 안정은커녕 조기 출근, 입석 출퇴근, 반복 야근 생활이니 치료 효과는 도루묵이 되었다.

치료받는 토요일도 휴일 근무를 하는 것 같았다. 통증이 허리에 그치지 않았다. 어깨, 뒷목, 눈, 머리까지 암벽 타듯 기어 올라갔다. 어릴 적 부르던 동요 '머라 어깨 무릎 발 무릎 발' 노래가 역방향인 셈이다. 무슨 영토 확장도 아니고 사방에서 통증 적이 침입했다. 병원 가면 이제는 허리를 경계선 삼아 몸 아래, 위로 공평하게 치료를 받았다. 분단의 아픔이 내 몸에도 일어나다니. 신경차단술을 받고 나면 마취가 덜 깨 다리 힘도 쫙 풀린다. 한여름 늘어진 강아지 같다. 마음이 다급한 나머지 다리에 힘이 채 돌아오기도 전에 버스 정류장을 향했다. 힘 풀린 다리를 절뚝대고, 질질 끌면서. 아이 아빠 일이 끝나기까지는 시간이 꽤 남았다. 아이 돌볼 생각에 먼저 가는 날은 이런 풍경이었다. 다리를 절뚝대며 걸을 때는 길도 꼬부랑 할머니처럼 구불댔다. 아이 아빠 승용차를 함께 타고 오는 날은 퇴근 시간까지 앉아 기다리기가 고역이었다. 평일에 이어 주말까지 아이를 방치한다는 생각이 고역을 가중시켰다. 신경차단술은 정작 다음 한 주를 사무실에서 잘 버티겠거니 하는 신경안정제 역할만 했다. 4개월을 그렇게 지냈다.

친정어머니는 내가 퇴근해 들어오면 눕히기부터 했다. 마치 의사가 장비 갖추고 시술 준비를 할 태세다. 어머니의 시술 장비는 소주병이었다. 어머니는 감자가 익었나 확인하듯 손가락으로 내 종아리를 쿡쿡 찔렀다. 움푹움푹 들어간 형상을 보면 반사 신경이 곤두서나

보다. 내 코끼리 다리의 함몰부종이 어머니에게는 음식만 봐도 침 흘리던 파블로프 개 역할을 했다. 한사코 말려도 소용없다. 소주병은 닳아 없어지는 도구도 아닌데 아버지는 장단 맞추듯이 소주를 싹싹 비워 주었다. 아이도 눈치껏 퇴근 직후에는 말을 걸지 않았다. 고질병 하나가 여럿 고생시키는구나.

이 몸뚱이로 무슨 일을 하겠나. 내 몸에 집단시위를 하는 통증 바이러스는 자존감과 자신감까지 무력화시켰다. 자존감이 가파르게 하향곡선 탈 때 근무시간이 짧은 회사를 알아보기도 했다. 월급이 발목 잡아 미수에 그치기는 했지만. 어느 날 갑자기 하늘에서 뚝 떨어진 통증은 아니라서 그냥저냥 지내다 사무실이 원주로 이전하는 흐름을 함께 탔다. 매일 출퇴근 했다. 출퇴근을 입석에서 좌석으로 하게 되었으니 못할 것도 없다 생각했다. 그렇게 뛰어든 원주 출퇴근은 불굴의 의지만으로 될 일은 아니었다. 출퇴근 좌석이 그리 안락한 의자만은 아니었다. 장시간 앉은뱅이를 부추겨 오히려 독이 되었다. 다리 전체로 독이 퍼진 듯했다.

마음이 답답해 집 근처 정형외과의원을 찾아갔다. 요추 4-5번 공간이 없어 남들보다 뼈 하나 없는 셈 치고 살라 했다. 하루 30분 이상 걷지 않으면 당장 수술해야 한다며. 몸이 부정적으로 치달으니 정신까지 전염되었다. 부정의 단어들은 결속력과 추진력이 뛰어났다. 언제부터 내 몸이 이 지경이 되었을까. 언제까지 건강한 척 주어진 업무를 끌어안고 살아야 할까. 왜 아프다 소리를 휘파람 불듯이 입 밖으로 내지 못할까. 회사와 가정에 'No'가 없던 사람이었다. '노브랜드' 상품처럼 살았다.('노브랜드'는 상표가 없는 상품을 일컫는다). 걸어온 길 한 번만 좀 돌아보라고 몸이 신호를 보냈다.

한근태의 [몸이 먼저다]에서는 "몸은 겉으로 보이는 마음이고, 마음은 보이지 않는 몸이다. 몸 상태를 보면 그 사람의 마음 상태를 알 수 있다. 지식이나 영혼도 건강한 몸 안에 있을 때 가치가 있다. 집이 망가지면 집은 짐이 된다. 몸만이 현재다. 생각은 과거와 미래를 왔다 갔다 하지만 몸은 늘 현재에 머문다. 그렇기 때문에 몸은 늘 모든 것에 우선한다. 몸을 돌보는 것은 자신을 위한 일인 동시에 남을 위한 일이다. 그런 면에서 몸을 관리하지 않고 방치하는 것은 무책임한 일이다. 직무유기다."라고 했다. 몸이 하도 중요해 저자는 머리에 띠 두르고 침 튀기며 글을 쓴 것 같다.

무라카미 하루키는 마라톤으로 유명한 소설가다. 달리기 광인, 그는 살찌기 쉬운 체질로 태어난 것이 행운이라고 책에서도 언급하고 있다. 덕분에 운동을 열심히 하고 식사를 절제해 몸이 건강해졌단다.

몸의 이상 신호는 새로 난 포장도로의 안내판과도 같다. 삶의 고삐를 단단히 매라는 경적이다. 나는 어쩌면 능력 있는 사람이 아닌, 회사가 좋아하는 타입이었는지 모른다. 'No브랜드' 경적도 함께 울린다. 상사가 내게 일을 맡기는 것이 잘해서가 아니라 시간이 부족해서일 수도 있다. 몸이 먼저이듯 직장 브랜드에 있어서도 '나'를 중심으로 한 퍼스널 브랜딩(Personal Branding)이 먼저다. 질병과 동거해 보니 개인의 체질 개선이 조직 우위에 있다. 조직도 골골대는 직원을 품고 있으면 골칫거리로 골골댈 테니 말이다.

05:

승진을 앞두고

　　사람들은 여기에 촉을 잔뜩 세우며 산다. 바로 평가 또는 평판이다. 혼자만 사는 세상이 아니라는 반증이다. 매 순간순간을 평가받고 또 평가한다. 각종 시험은 물론 음식과 여행지, 내가 쓴 문자나 내뱉은 말, 올린 사진 등등 모든 게 평가 대상이 된다. 내가 남을 평가할 때는 아무 생각 없이 신나게 하고 남이 나를 평가할 때는 촉이란 촉은 다 곤두세운다. 직장 다니는 사람들이 촉을 세우는 평가는 승진이 아닐까 싶다. 어디든 예외가 존재하지만 많은 사람들이 포진된 정규분포 기준으로 말해본다. 사람들은 승진을 자기 자신과 동일시하는 경향이 있다. 그래서 승진 발표 날은 주변 지대 일기예보 기류가 극명하게 갈린다. 괜히 표정 관리 잘못했다가는 당사자와 쭉 등지고 지낼지도 모를 일이다.

회사의 계급 구도는 이렇다. 주임, 대리, 과장, 차장, 부장, 실장, 상임이사, 원장의 언덕체계다. 과장에서 차장으로 승진할 때 시험이 있다. 과장 시절, 경력과는 좀 거리가 있는 부서라 그런지 승진 기회는 빨리 다가왔다. 내 위로 형제가 적은 집이라고나 할까. 상사 지원 속에서 승진시험을 두 차례나 볼 수 있었다. 그러나 두 번 모두 낙방했다. 낙방의 고배는 부서에서 내게 쏟아부은 애정으로 금세 상쇄되었다. 상사는 내가 야근과 조기 출근하는 통에 시험 준비할 시간이 없을까 봐 염려했다. 부서 사업이 한창이었지만, 상사는 내가 고인물이 되지 않도록 개인의 발전에 손을 들어주었다. 마치 독수리 어미가 눈 한번 질끈 감고 절벽에서 손을 놓는 것처럼. 상사는 당장 일손 바뀌는 걸 감수했다. 세상 그런 천사가 따로 없다. 그 부서에서 3년 반 머문 시간은 다른 부서로 안내했다.

새로 옮긴 부서는 이전과 비교체험 극과 극을 연출했다. 직원에게 사랑을 전달하는 방식이 달랐다. 새로 만난 상사는 나에 대한 사랑이 극진했다. 그 사랑은 업무에만 국한했다. 상사는 기다렸다는 사랑의 표현과 함께 여러 업무를 일시에 처리해야 하는 패키지 선물을 건넸다. 그때 상황을 '하루 다큐'로 재연하면 하루 시간 공식은 이랬다.

24시간 = 근무시간(15~16시간) - 왕복 출퇴근 시간(3시간) +수면시

간(5~6시간)'

요구 자료를 마무리 짓다 막차를 놓친 적도 있었다. 택시 타고 들어간들 타는 비용이 아깝고, 시간적으로도 점만 찍고 도로 나오게 생겼다. 우리 집보다 더 가까운 시댁에 가서 두 시간 눈 붙이고 나왔다. 이전 부서에서 내 손을 놓아 준 취지 중 하나는 야근 줄이고 승진시험 준비로 날갯짓도 좀 하라는 것이었다. 마치 과거 연인은 잊으라는 듯 부서 돌아가는 판국이 취지를 망각시켰다. 푸드덕 대기는커녕 날개에 쇳덩이가 매달려 땅에서 지내야 할 판이었다.

근무시간에는 대화할 여력도 없었다. 하기야 내 유전자에 '넉살'이란 건 애초 없었을 수도. 사무실 분위기도 '승진시험' 단어조차 금기시된 것 같았다. 내가 세 번째 보는 승진시험인 데다 사내 삼진아웃 제도를 모르는 바도 아닐 텐데 말이다. 전 부서 상사처럼 언제쯤 나를 챙겨주시려나. 어미 새가 먹이 물고 언제 돌아오나 기다리는 새끼 새가 되어 상사 입만 쳐다보며 지냈다. 상사가 드디어 입을 떼었다. 승진시험 이야기를 꺼내려나. 2-3인분 업무량은 분가 좀 시키려나. 집도 머니 퇴근 시간을 보장하려나.

"이 과장이 이 부서에 오기 전에 더 먼저 일하고 있던 직원을 승진

후보로 밀 테니, 자기는 이 부서 업무도 익힐 겸 전반적으로 일을 도 맡아 해 봐."

아니 지금 배려라고 말씀한 건지. 잘은 모르겠지만 듣는 사람 기 분 좋으라고 내뱉은 말 같지는 않았다. 내 사전에는 여태 No가 등재 되지 않아 끄덕끄덕 시늉을 했다. 차라리 입을 떼지를 말지.

종일 컴퓨터 화면만 들여다봐도 주어진 업무량을 소화하기에는 하루가 짧았다. 업무를 생각하자니 하루가 짧고, 몸의 통증을 생각하 자니 하루가 길었다. 장시간 앉은뱅이 생활이 누적되었다. 몸의 근육 들이 여기저기 못 해 먹겠다고 아우성이다. 저린 통증이 허리를 기점 으로 발목까지 회오리 돌며 하강기류를 탔다. 위쪽 기류는 어깨가 주 동해 뒷목을 한 바퀴 감싸 돌아 머리와 눈까지 쑤셔댔다. 주말부부에 다 아이와 함께 노는 시간도 주말이 유일한데 토요일은 병원 신세로 하루를 날렸다.

허리와 어깨로 들어가는 통증 주사는 전기에 감전되는 감각이지 만 이만한 탈출구도 없다. 힐링 프로그램에 참여한 기분이었다. 물리 치료실 벽에서 숲의 맑은 공기가 스며 나오는 것 같다. 시간과 통증 은 비례상승 곡선을 탔다. 신경차단술의 효과를 높이려면 충분히 쉬 고, 안정을 취해야 한단다. 휴가는커녕 사무실 모니터 풍경 바라보며 안정을 취해야 할 판이다. 결국 신경차단술을 받은 효과는 저린 통증을 없앤다기보다 주사 맞은 부위가 더 아파 박힌 돌 밀어내는 식이었다.

저녁 6시 넘어 상사와 함께 엘리베이터를 타고 식당으로 향하던 날이었다. 엘리베이터 안에는 나와 함께 승진시험을 치르던 직원들이 있었다. 그들은 칼퇴근 후 독서실로 직행했다. 주말에도 내가 병원으로 출근할 때 그들은 독서실로 향하겠지. 경쟁자는 남이 아닌 나 자신이라 했다. 어제의 내가 경쟁자라며. 말이 쉽지. 그 소리가 고분고분 들리지 않았다. 어제의 '나'는 '아픈 나'이고, 오늘의 '나'는 '더 아픈 나'였으니 말이다. 경쟁자인 그들이 의식되었다. 의식이 된들 현실과 타협할 수가 없는데 무슨 소용인가. 결국, 이도 저도 다 포기하는 쪽으로 마음이 기울었다. 워낙 자존감이 높은 편도 아닌데, 달랑달랑 붙어있던 그것마저 증발했다. 정신이 몸에게 무참히 지배당했다. 이 몸으로 뭘 하겠나. 습관처럼 드는 이 생각은 말리는 시누이 역할을 했다. 가족들에게 짐이나 안 되면 다행이다. 정시 퇴근하는 회사까지 알아보았다. 아뿔싸, 내 몸보다는 월급 차이가 가족들에게 짐이 될 노릇이다.

원점 신세로 주말을 맞았다. 그날은 병원에서 신경차단술을 받고 마취 덜 깬 다리를 커피숍으로 이끌었다. 노트를 꺼내어 내가 이 조직에서 왜 차장으로 승진해야 하는지 당위성을 적었다. 노트에 적은 내용은 차장 5년 차인 지금 다시 봐도 의미가 있을 것 같다. 그 메모를 이곳에 필사할 줄이야.

〈나는 왜 차장의 길을 걸어야만 하는가. 10계명〉

1. 직원 때 내가 싫어했던 것을 하지 않는 상사가 되자.

2. 몸이 아픈데 차마 말 못하는 직원들을 치유의 길로 인도하자.

3. 한 직급 올려 내가 선택하고 결정하는 영역을 확장시키자.

4. '나도 했으니 더 잘 할 수 있다'는 믿음을 전파하자.

5. 가족과 함께하는 시간 확보를 위해 승진시험 졸업하자.

6. 눈앞에 닥친 일을 해내야 다른 일도 가능하니 일단 실행하자.

7. 불필요한 시간으로 인한 야근 문화를 개선하자.

8. 직급 상승은 곧 월급 상승, 눈덩이 빚을 녹이자.

9. 나의 승진을 응원하는 조직원들 기대에 부응하자.

10. 중간관리자로서 조직문화에 가교 역할을 하자.

다짐을 적어 내려간 손힘은 정신세계까지 전달되었다. 남 탓, 상황 탓하며 꺼내 들은 생각의 시간들은 break time으로 내던졌다. 대중교통 대기 시간에 저녁식사를 해결했다. 날씨가 추운 날은 길에서

'(아이스)김밥' 먹다가 구강이 마취되는 줄 알았다. 야근에 출퇴근 3시간까지 보태니 몸 위아래로 휘젓는 방사통은 약이 잔뜩 올랐다. 이런 근무 생활을 앞으로도 계속하면 어쩌지? 그 순간 머릿속에서 번개가 번쩍했다. ·책상 앞에 문구 하나를 써 붙였다. "쇼생크 탈출!!!"

그날 이후 승진시험 공부에 열을 올렸다. 새벽 2시까지 운영하는 독서실을 끊고 매일 1시간이라도 들여다봤다. 집안은 화장대, 식탁, 화장실, 거실 등등 동선에 따라 벽에 덕지덕지 정리 메모를 붙였다. 식사 시간은 5분 이내로 때우거나 책상을 밥상 삼아 해결했다. 걸을 때나 화장실에서는 폰으로 신문 기사를 스크린했다. 4시간의 수면과 야근을 지탱하기 위해 수험생들이 먹는 고농도비타민제를 마셨다. 스마트폰에 법령 책을 챕터별로 육성 녹음해 이동 시간에 들었다. 논술, 약술 전부 주관식이라 쓰는 연습을 대신해 중얼중얼 입을 활용했다. 몰골은 늑대 소녀가 따로 없었다. 몸은 건조증과 습진이 떠날 날이 없고, 눈과 입은 결막염과 구내염이 외로울 새 없이 붙어 다녔다. 바가지 물 새듯 시간 허비가 많은 대중목욕탕과도 결별했다. 승진시험은 어느 한 고등학교에서 치렀다.

시험 다음 날 쌓인 일이 걱정되어 일찌감치 출근했다. 어제 있던 승진시험으로 주변은 시끄러웠다. 답이 맞네 틀리네, 휴가 내고 마음을 추스르네 어쩌네 등등 왈가왈부, 왁자지껄 분위기였다. 주변 풍경에는 아랑곳 않고 밀린 일을 했다. 시험을 후회 없이 치렀다는 겁 없는 생각도 있기야 있었다. 이틀간 출제위원들이 채점해 드디어 합격자 명단이 사내 게시판에 떴다. 여기저기 걸려오는 전화와 메신저 쪽지로 내가 합격했다는 사실을 알았다.

수화기 틈으로 "축하한다. 수고 많았다."는 소리가 비집고 나왔다. 내 입에서는 말 대신 숨소리만 내뱉었다. 전화 건 상대는 늘 잘 웃고 개그하던 사람이 이게 무슨 일인가 싶었을 게다. 실어증 걸린 사람 같았다. "감사합니다" 그 다섯 글자를 입 밖으로 끄집어내기까지 그 길이 어찌나 멀게 느껴지던지. 눈에 눈물이 고였다. 입을 열면 목소리로 대번 들통날 것 같았다. 생전 이런 모습을 보인 적이 없었으니. "저 힘들어요. 못하겠어요." 대사는 그저 독백에 그쳤던 지난날이 동시에 스쳐 지나갔다. 누군가에게는 승진이 당연한 결과일 수 있다. 통증과 병원 생활, 이직과 현실 간의 괴리, 평소보다 소음이 컸던 집안 분위기 등 시험 준비 기간이 드라마스페셜로 다가왔다. 합격 통지서 보니 함께 했던 통증도, 피부 가려움도 긴장이 풀렸는지 마음 놓고 전신으로 퍼졌다. 오랜만에 대중목욕탕을 만나고, 오랜만에 두 다리도 뻗었다. 그날 하루만큼은 내 몸이 휴지 풀어지듯 했다.

내가 승진하고 그 부서를 나온 이후 상사는 바쁜 업무 꾸려가다 결국 명예퇴직을 했다. 지금 와서 보니 그 상사는 지금의 나를 만든 좋은 상사였다. 결과적으로 차장 승진도 하고 그때 겪은 과정이 현재를 살아내는 무기도 되었으니 말이다. 은인이 아닐 수 없다. 송수용의 [내 상처의 크기가 내 사명의 크기다]에서 힘든 상사는 하늘이 보낸 훈련 조교라 했다. 좋은 상사와 나쁜 상사, 콩쥐와 팥쥐 모두가 선과 악을 어느 기준으로 보느냐에 달려 있다. 기준과 잣대를 현재의 안락함으로 삼을 건지, 미래의 견디는 힘으로 삼을 건지에 따라 평가도 다르다. 어떤 상황을 어떻게 해석하느냐에 따라 좋은 사람이 될 수도, 나쁜 사람이 될 수도 있는 것이다. 나 역시 누군가의 평가에서 자유로울 수는 없다.

인생에서 가장 중요한 '승진'은 무엇일까. 직급 상승만이 '승진'이 아니라는 것은 불 보듯 뻔한 사실이다. 삶에서의 승진, 이젠 그 10계명을 찾아 나설 때다.

06 :

승진은 행복 끝 고생 시작

❀

우리는 각자 나름의 힘든 과정을 겪고 일이 좀 풀린다 싶으면 '고생 끝, 행복 시작'이라고들 쉽게 내뱉는다. 하지만 이 말을 꺼내기가 무섭게 며칠 지나면 언제 그랬냐는 듯이 산다. 말을 한 그날만 느낀 감정이랄까. 내가 그랬다. 차장 승진 합격자 발표 날, 나 스스로도 내 주변도 고생 끝 행복 시작이라며 어깨를 툭툭 쳤다. 승진 약발은 그리 오래 가지 않았다. 승진만 하면 퇴근 후 고시생 시늉 게임은 'THE END'일 줄 알았다. 혹 하나는 덜었거니 했다. 차장이라는 중간관리자 역할은 상하좌우를 모두 살펴야 했다. 동서남북 축 세우는 위치였다. 내 업무 하나만 들여다봤던 직원 시절과는 차원이 달랐다. 그야말로 승진하는 날만 '쨍하고 해 뜰 날'이다. 사람들은 막내 차장인 데다 이제 막 올라와 자리에 앉았으니 따끈따끈한 열정이 다분할 거라 생각했다.

신규 막내 차장은 새로운 업무이건, 옆에서 떠밀린 업무이건, 부서 경계가 모호한 업무이건, 시급한 업무이건 표적의 대상이 되었다. 중간관리자는 이름 그대로 중간위치에서 사방의 스포트라이트를 받는 것 같다. 막말로 못 해 먹겠다는 말은 치명적인 민폐가 될 수 있다. 직원이란 자식까지 입양했으니 말이다. 냉수 마시고 이도 쑤시지 말아야 할 것 같다. 신입직원 마냥 마음가짐과 행동을 의식했다. 혹여 직원들에게 부정 마인드를 전염시킬까 봐 설령 업무가 없어지더라도 'No'는 애초 키울 생각을 하지 않았다. 나만의 주특기인 노브랜드('No' 없는 컨셉)를 꾸역꾸역 고수했다. 새로 받은 업무는 승진시험 공부하는 셈 쳤다. 고생길을 내가 가진 무기로 뚫은 건지, 뚫으라고 회사가 연장을 흘린 건지.

승진 후 늦은 시간까지 사무실을 지키는 날이 많았다. 당직 경비 아저씨가 순찰 돌며 찰랑찰랑 대는 열쇠 소리로 시간을 인지하기도 했다. 경비 아저씨는 눈이 마주치면 건네는 한마디가 있었다.

"아직까지 사무실에 계셨네요. 퇴근하실 때 창문이랑 문 좀 잘 닫아 주세요."

이런 인기척으로 잡고 있던 일을 슬그머니 놓을 수 있었다. 회사 건물은 경비아저씨 손에 맡기고 교대 근무하듯 서둘러 나갔다. 일이 둥근 지구처럼 끝없이 느껴졌다. 단지 손을 '일시 정지'하고 갈 뿐이다. 내일은 또 무슨 일이 생길지 몰라 밑장 하나라도 빼는 셈 치고 남았다. 1시간 30분이라는 소요 거리도 하던 일을 멈추도록 부추겼다.

어느 자리건, 어느 위치건 할 일이 산적한 것 같다. 쌓인 업무가 제아무리 높다 한들 하늘 아래 뫼이거늘. 정신 상태가 쌓아 놓은 산인지 업무 부담이 내 시야를 가렸다. 자랑스러운 태극기 앞에 충성을 다할 것을 맹세할 정도의 조직이려니 다독여도 본다. 다독거리는 시간은 맛보기 안마하듯 짧기도 짧다. 사무실에 막상 혼자 앉아 있으면 졸지에 무능한 사람, 내 팔사라는 혼잣말이 눈치 없이 끼어들었다.

승진만 하면 함께 사는 질녀와 아들 손잡고 그림 같은 풍경으로 돌격 전진하려 했다. 생활은 시험공부 하던 때와 별반 다르지 않았다. 평일과 주말이 업무로부터 자유롭지 않았다. 그렇게 6개월이 흘렀다. 정책업무로 여름휴가 쓸 틈도 없었다. 내 여름휴가는 유달리 뜨거워 증발한 듯했다. 지인이 다른 일정으로 호텔 예약을 날리게 생겼다고 발을 동동 구르는 바람에 휴가 이틀을 겨우 잡았다. 하마터면 졸지에 휴가 자린고비 될 뻔했다.

두 아이와 여수 호텔에 머물렀다. 우리들 몸은 여수 쓰나미가 되어 2박 3일간 체험을 휩쓸었다. 자신이 머문 자리를 떠나 봐야 내가 보인다 했다. 승진하고도 마음 편히 아이들과 놀지 못했구나. 여수 여행 이후부터 '못 먹어도 고'를 외치며 주말마다 아이들과의 이벤트 하나씩은 걸어 놓았다. 그 이벤트를 중심으로 나머지 시간에 우선순위를 재배치했다. 은행 빚은 당장 갚지 못하더라도 아이들과의 시간 빚은 어떻게든 이자가 붙지 않아야 하니. 연중행사로 치르던 가족여행, 확대 계획을 세웠다. 보는 사람이 회사와 가정뿐이라 꿈이라고는 두 마리 토끼 잘 잡기였다.

차장 승진한 지 1년 좀 안 되어 회사가 원주로 이전하였다. 직원들은 원주로 아예 이사하거나 사택에 들어가 사는 방법을 택했다. 나는 셔틀버스 타고 출퇴근하기로 했다. 친정 부모님은 부천에서 원주까지 매일 출퇴근하는 것은 무리이니 원주 사택에서 지내기를 바랐다. 모유 수유 때처럼 손주보다 딸이 눈에 먼저 밟히는 모양이다. 힘들면 직장 그만둘까 봐 걱정하는 향내도 좀 난다. 나는 생각이 달랐다. 부모님이 역할을 잘하겠지만 두 아이에게 아빠 엄마 네 명 중 단 한 명도 없는 상황을 만드는 게 용납되지 않았다. 부모님 부부싸움도 덧붙인 원인이었다. 술이 화근이 되어 집안이 시끄러워지면 중재자나 아이들 귀를 틀어막아 줄 사람이 필요하니까. 출퇴근하는 나를 안쓰럽게 보던 부모님에게 감사의 마음도 있지만 감시의 마음도 있었다.

부천 집에서 원주 회사까지 총 5시간이 걸렸다. 아침 5시에 일어나 사당에서 출발하는 셔틀버스를 탔다. 퇴근 후에도 같은 경로다. 집은 그야말로 잠만 자는 방이 되었다. 퇴근 후 아이가 늦게까지 말똥말똥하면, 눈 한번 맞추는 횡재를 맞았다. 설사 아이가 잠들었더라도 쌔근쌔근 소리가 숲속 풀피리처럼 들렸다. 무사한 하루 소리로 전달되어 출퇴근 생활에 힘을 보탰다. 나만 이렇게 움직이면 가족 모두는 현행유지로 번거로울 일이 없다. 매일 아이 책가방을 매만지며 가정통신문과 준비물, 숙제 등을 챙길 수 있어 신경안정제 역할도 했다. 홀로이동이 만사형통이었다. 단지, 24시간 중 5시간을 길에 질질 흘리고 다니는 것이 흠이라면 흠이었다. 그 시간은 건강도 끌어들여 덩달아 질질 흘렸다.

보다 못해 아이 아빠가 원주 가는 셔틀버스 출발지점으로 집을 알아봐 주었다. 나는 버스 타는 곳이 가까워서 좋고, 아이는 유흥 환경으로부터 멀어져서 좋았다. 아이 겨울방학 때 서둘러 이사를 했다. 친정 부모님은 20년, 아이들은 12년을 함께한 고향을 떠나게 되었다. 분당으로 새 둥지를 텄다. 마음의 준비도 없이 성급히 이사해 부모님과 아이들은 고향 친구와 작별 인사도 못했다. 생필품 같은 업무와 육아를 위한 것이니 별 도리가 없었다. 더군다나 이 동네로 이사 온 것 역시 승진한 셈이다. 출퇴근과 교육적 환경이 전과는 천지 차이니 환경 표창이라도 수상한 기분이다. 집안 내부는 전에 비해 모직 옷감 줄어들 듯 쪼그라들어 사람과 짐이 자연동화 되었지만.

환경이 승진한 덕분에 마음 놓고 야근할 수 있게 되었다. 뭘 하나 얻으면 도로 하나를 내어 주는 게 이치 아니겠냐는 듯이. 회사 사무실이 서울일 때는 경비아저씨 열쇠 소리가 퇴근 시간을 알렸다면, 원주에서는 심야 셔틀버스의 시동 거는 소리가 그 역할을 했다. 집에 도착하면 밤 10시였다. 아이 환경도 승진했으니 돌아오는 버스에서 그에 상응하는 일 처리를 했다. 어두컴컴한 버스 안에서 도둑이 후레쉬 비추는 것 마냥 스마트폰을 꺼내 아이 정보를 훑었다. 돌아오는 버스는 아이 학업과 관련된 업무를 하느라 조명이 내 자리를 비추곤 했다.

집 근처 학원 정보를 캐기 시작했다. 더 보완할 과목은 없는지 손가락과 눈동자도 바빴다. 아이는 좋아하는데 부모의 정보 부재로 기회가 차단된 건 없는지 여기저기 살폈다. 작은 스마트폰 화면에 띄운 창이 노트북 저리가라다. 심야버스의 어둠을 헤치고 눈에 불을 켜고 검색했다. 아이 성향에 어디가 더 맞을지를 놓고 표로 비교분석까지 했다. 평일은 이래저래 승진이 몰고 온 일거리로 새벽과 밤공기에 출퇴근 도장을 찍었다. 주말은 학업 정보 캐러 다니느라 분주했다. 학원 설명회를 다니고 찜한 학원에 아이를 데려가 레벨테스트도 받았다. 아는 엄마도 없거니와 있어도 잘 믿지 않는 편이라 주말마다 인터넷, 전화, 방문을 총망라했다. 전에 살던 곳보다 학원 종류가 많아 학원 스케줄 세팅에 혈안이 되어 출퇴근과 주말 시간을 아낌없이 투자했다.

각종 도구지로 아이 성향을 진단하고 직업군도 체험시켰다. 국어, 수학, 과학, 영어, 음악, 체육 분야를 골고루 접하게 했다. 기회의 문은 다 열어 놓고 아이 반응에 따라 덥석 물거나 조정하는 일을 했다. 수학과 영어 학원은 4차례나 옮겼다. 음악은 피아노에 이어 기타도 시켰다.(지금은 집에서 입을 악기 삼는다) 체육은 태권도와 농구에 이어 배드민턴과 수영도 시켰다. 회사업무 외에는 아이 일정 관리와 지갑 여는 일로 시간 외 근무를 했다. 일주일 치 아이 스케줄로 새로 이사 온 동네라는 사실을 망각했다. 학원을 교체할 때마다 전후 비교와 레벨테스트, 상담, 교재구입 등 신입직원마냥 일거리가 리셋 되었다. 아이와 맞는 길이라면 열 번이라도 더 할 수 있다. 사무실에서 하는 중간관리자 노릇은 집에서도 똑같았다.

얼핏 보니 아이 스케줄이 척척 진행되어 보였다. 한쪽 기계 돌려 놓고 그사이 다른 볼일 보듯이 안도의 숨 몰아쉬며 내 업무에 몰입했다. 원주 심야버스는 어떻게든 타야 하니 처리할 일도 함께 타기 일 쑤였다. 밤 10시라도 도착하면 컴퓨터를 켰다. 아침저녁으로 가는 동안 눈 좀 붙이라고 셔틀버스가 소등해 주었다. 마치 집에 돌아와 마저 일할 기운이 돋게끔 배려라도 하듯이. 저녁 식사는 심야버스가 중간에 세워주는 죽전역에서 해결했다. 역전 포장마차에 들르거나 편의점에서 때웠다. 버스 안에서 눈 붙인 시간만큼 재택근무가 연장되었다. 이렇게라도 일을 한 이유는 이제 막 승진한 나를 주변에서 회유할까 봐 선수 치는 행동이었다. '업무에 차질 있으니 사택에 들어가는 건 어떠니?' 라거나, '아이들은 우리가 볼 테니 원주에서 자는 건 어때?' 라는 권유형 문장이 상사나 부모 입에서 새어 나올까 봐.

몸은 파김치 같아도 직장과 가정이라는 두 마리 토끼를 잘 움켜잡은 것 같았다. 어지간해서 내가 하는 일에 빈틈이 없다고 자부했다. 원주 업무와의 호흡도, 잠들기 전 아이와의 눈 맞춤도 목표대로 진행된다 생각했다. 새로운 과제가 부여될 때마다 승진 옷 걸친 기분으로 그 일에 몰입했다. 승진시험 준비할 때 인간의 기본적 욕구도 접고 업무와 공부에만 전념했듯이. 늘 그랬다. 눈앞에 닥친 이것만 하면, 여기까지만 이루고 나면...하면서 다른 일을 후순위로 미루었다. 눈앞에 쥔 것을 놓지 못하고 그걸 손에 모두 움켜쥐어야 다른 것이 보였다. 이런 내 행동을 빈틈없이 열심히 사는 것으로 간주했다. 그러나 승진만 하면 하겠다던 일들이 파도에 떠밀려 그 모습은 점점 흐려지고 있었다.

선택과 집중을 할 일이 있고, 하던 일을 멈추고 당장 챙겨야 할 일이 있다. 또 단계별로 순차적으로 진행할 일이 있고, 새치기로 먼저 끌어당길 일이 있다. 하루하루 농땡이 피운 것 같지는 않은데 우선순위와 중요도가 뒤범벅이 되었다. 그날그날 급한 불 끄기에 바빴다. 나의 시선은 오로지 발밑 땅만 향했다. 저 멀리 바다 끝과 저 높은 하늘은 안중에도 없었다. 바다에도 하늘에도 눈길 한번 주지 않고 발밑 땅만 보고 달리면 실력이 늘 줄 알았다. 그렇게 발만 동동 구르며 원주행 버스와 서울행 버스에 몸을 실었다.

멈추지 않는 바이킹처럼 그렇게 좌우로 왔다 갔다만 했다. 가정이나 직장이나 중간관리자는 정작 중간에 멈출 수 없는 존재인 건지. 승진이란 도대체 어느 길로 올라탄다는 말인가. 돌아볼 새 없이 시계추 리듬에 맞춰 좌우만 왔다 갔다 씰룩댔다. 고생길은 인생의 승진길과 연결되어 있을까. 그 길을 못 찾아 중턱에서 헤매고 있었다.

07:

왜 내게 이런 일이

원주까지 매일 출퇴근한 지 1년이 넘어서던 때였다. 이 생활은 평상시 허점을 무참히 공격했다. 내 몸의 취약점은 근골격계다. 1년 전 병원을 주말반 입시학원 드나들 듯이 했다. 셔틀버스에서 기능성 목 베게로 어깨·목·머리·눈 통증을 잠재우고, 기능성 바지로 허리·다리 통증도 회유하려 했다. 취침 시간을 뺀 나머지를 종일 앉아 있으니 통증이 떼로 덤볐다. 출근 버스부터 시작해 사무실 찍고 퇴근 버스 타기까지 의자왕 노릇을 했다. 사무실이 서울일 때는 만원 전철에서 그렇게 꿈에 그리던 게 앉을 자리였거늘. 내 몸 위아래 층으로 통증이 들어앉아 사니 환승 만원 전철이 그립기까지 했다.

"여러분, 출발 전에 미리미리 안전벨트들 매주세요."라는 소리로

서틀버스의 출발신호를 알렸다. 꼼짝없이 앉아 있어야 하는 자리에서 안전벨트까지 찰칵 끼운다. 그 순간 병원 병상에 누워 지내는 환자로 둔갑한다. 허리에 찬 벨트는 환자 팔목에 묶은 억제대로 느껴졌다. 침상 낙상 방지용 억제대가 부동자세용 억제대로 돌변한다. 안전을 위해 채운 벨트가 졸지에 좀 쑤시는 꽈배기 몸 억제 벨트가 된다. 버스 타던 초창기는 여행 느낌이었다. 차창 밖 풍경을 음미했다. 일상으로 고착화되면서 유효기간이 짧아졌다. 통증 떼거지들이 끼어 부패했다. 안전벨트가 더 이상 고속도로용 몸 보호대로 느껴지지 않았다.

그래도 집에서나 사무실에서 일이 차질 없이 진행되어 그럭저럭 참을 만했다. 가족 모두 움직이느니 이렇게라도 혼족으로 이동하는 게 백번 낫다. 빈틈없이 일을 한다고 자처하던 어느 날이었다. 아이가 심하게 눈을 깜박거렸다. 마치 벌새의 날갯짓처럼 빠르기가 보통이 아니었다. 이 정도의 빠르기라면 시간이 꽤 흘렀을 텐데 왜 난 오늘에서야 보였을까. 깜빡이는 횟수로 미간 주름이 이렇게나 깊게 패여 있는데 왜 난 화석 발견자가 되었을까. 아이에게 틱 장애가 왔다. 초등학생 미간이 70대 아버지 주름과 맞먹으니 나의 뇌 주름도 자글자글해지는 것만 같았다. 겉으로 드러난 게 이 정도면 아이 속은 또 얼마나 많은 주름이 져 있을까. 그 주름은 엄마 얼굴 볼 새가 없어 혼자 삭힌 흔적일 텐데. 어쩌다 일찍 퇴근해도 할머니가 엄마의 코끼리 다리를 소주병으로 문지르는 광경이니 대화할 맛도 나지 않았겠다.

깜빡대는 눈과 미간 주름살이 아이 얼굴 전체로 보였다. 만약 아이 얼굴을 그린다면 코와 입은 빠뜨릴 정도로. 내 눈을 어디에 두어야 할지 모르겠다. 아이를 돌보는 부모님 건강도 말이 아니었다. 허리 다리 옆구리 등 '리' 자 붙은 신체 기능이 모두 비정상이었다. 부모님 두 분이 싸우는 거로 봐서는 평생 기운이 들끓을 줄 알았는데 새삼 세월의 흐름이 느껴졌다. 어머니는 더 심했다. 물리적인 신체기능 뿐만 아니라 심장과 갑상선, 눈의 각막, 피부에도 이상이 나타났다. 그 외에도 평소 드시는 약이 많아 주방 한쪽은 아예 어머니의 개인 조제실이 차려질 정도다. 어느새 중학생이 된 질녀는 그 나이를 과시하듯 사춘기 증상이 절정이었다. 그로 인해 질녀는 자주 할머니와 충돌했다. 그렇게 다투던 아버지와의 싸움이 질녀로 넘어간 것이 다행인지 불행인지 모르겠지만 집안은 오일장 선 분위기였다.

어머니는 심장 부정맥 증상이 심해져 병원 시술을 받아야 했다. 어머니를 입원시키고 옆 보조 침대에서 잠을 청할 때였다. 회사와 가정에서 내 역할에 과연 빈틈이 없었는가. 원주 사는 직원보다 몇 배 더 뛰려 한 것이 과녁을 제대로 맞춘 걸까. 아이 친구들 아빠보다 더 많이 놀아주려 한 것이 최선이었나. 나는 무쇠다리 돌주먹을 가진 줄 알았다. 내가 있으면 지구는 평온할 줄 알았다. 틈이 생기는 대로 메꾸는 데도 계속 틈이 생겼다. 무엇이 잘못되었을까. 아이들은 내가 눈을 맞춰주면 탈이 없을 줄 알았다. 부모님은 섭섭지 않은 수고비면 되겠거니 했다. 그게 아니면 또 무엇이? 자신을 돌아보려다 화살은 도로 밖으로 튕겼다. 육아와 회사 업무량이 나만의 독박으로 여겨졌다. 주변에서는 아무도 손을 잡아주지 않는 것 같다. 누구 하나 괜찮냐고 힘들지 않느냐 물어주지도 않는 것 같았다.

셔틀버스 타기 수월한 이 동네가 아이에게는 별나라 환경으로 작용했다. 욕설과 손이 거친 반 친구, 유행가 가사처럼 "남자는 다 그래."만 외치는 선생님이 아이 눈에는 외국인으로 비쳤다. 나는 사적으로 아이가 다니는 학교에 전화를 하거나 찾아가는 일이 없었다. 아이가 학교생활에 힘들어하는 상황에서 더 이상 민폐 따질 일은 아니었다. 담임 선생님에게 전화해 운을 띄웠다.

"선생님, 많이 바쁘시죠? 아이가 전학 와서 친구들과는 아직 적응이 덜 된 것 같아요…"

"남자아이들, 그 나이 때 되면 다들 욕 잘해요. 그래도 우리 반은 엄청 얌전한 편이에요. 다른 반 아이들 장난은 아주 그냥 뭐…"

나도 장난이 아닌 상황인데 다른 반 아이들 장난과 비교해야 할 판인가. 전화 걸어 얻은 소득은 하나 없었다. 아이 눈을 보고 대화할 때마다, 미간의 패인 줄무늬를 볼 때마다, 마음을 빨래처럼 비틀어 짰다. '제가 의논할 사람은 선생님뿐인데 서운하게 하는 재주가 있으시네요.' 라는 말이 목까지 들어찼지만 독백으로 그쳤다. 목에 이물감 느낀 상태로 여전히 원주로 순간이동 했다.

예의상 멘트인지는 몰라도 선생님의 마무리는 '무슨 일 있으면 연락 주세요.' 였다. 그래, 눈에는 눈, 이에는 이, 예의 멘트는 예의로 보답이다. 얼굴 보면 마음 약해지는 걸 작전 삼아 학교로 찾아갔다. 선생님은 선생 입장에서 모범생 스타일인 아이가 편하고 마음에 든다 하였다. 밑밥에 연이은 말은 남자아이들 성향이 본래 그러하니 자신이 헤쳐나갈 일이라는 것이다. 스스로가 바뀌어야 한다고. 다른 반은 더 심하고, 중학교 가면 더 심하다고. 전화 내용을 복습했다. 욕하고 장난치는 게 남학생 성향인데 내 아이는 그 강을 거슬러 올라가니 문제라는 건가. '그거 하나 참지 못하고 굴러온 돌이 박힌 돌을 탓하느냐' 처럼 의역되었다. 선생님은 심리치료를 제안했다. 그 순간에는 내 양육방식과 아이에게 무슨 문제라도 있는 것처럼 들렸다. 그 앞에서 내뱉은 말은 코딱지만큼이고 가슴에 담아 온 자존심은 한 사발이다. 자존심이고 자시고 뭐든 다 해 봐야겠다. 청소년수련관 심리 상담실을 찾아갔다. 동거인 심리검사가 필수코스라 한 고집하는 부모님도 한배를 타야 했다.

검사 결과에서 "아이에게 아버지가 없다"는 이야기를 들었다. 고향 친구의 상실감과 새로운 환경에서의 고독이 그림에 서려 있다. 아버지가 그림에 없다. 아이로서는 한집에 사는 사람 위주로 그렸을 것 아닌가. 상담실에서 나왔다. 바깥 의자에서 기다리는 아이를 향해 웃으면서 다가갔다. 어제까지 일관했던 그 모습으로. 아이 역시 "엄마~"하고 웃으며 나를 반겼다. 그 웃음이 내 몸에 붙어있던 '이성'이란 신경을 죄다 끊어놓았다. 급기야 내 두 눈이 폭포로 변했다. 비 내리는 눈 상태로 검사 비용을 부리나케 지불했다. 빗물을 말리기라도 하는 듯이 아이 손잡고 햇볕 쨍쨍 내리쬐는 밖으로 나갔다. 아이는 태어나서 엄마가 우는 모습을 처음 보았다. 처음치고는 심하게 최강이다. 영화 보고 우는 정도도 아니고 장례식장 분위기였으니 말이다. 아이의 깜빡대는 눈으로 내 눈을 바라보니 소낙비로 그칠 비가 장맛비가 되었다.

아이는 "엄마, 왜 그래. 무슨 일 있었어?."하며 내 손을 잡고, 내 등을 토닥였다. 목이 하도 메여 실어증 걸린 사람 마냥 목소리조차 나오지 않았다.
"엄마가.... 너 마음.... 알아주지.... 못해... 미안해서...."

이 한 문장을 내뱉기가 어찌나 힘이 들던지. 딴생각으로 교체하지 않으면 이러다 종일 실어증 걸린 사람이 되지 싶었다. 한 손은 아이 손, 다른 한 손은 수영 가방을 든 채로 학원버스 타는 곳까지 침묵과 동행했다. 아이를 차에 태워 보내고서야 내 말문이 트였다.

"차라리 화내고, 투정 부리고, 사고도 치지 그랬어. 괜찮은 척 초등 5학년 가슴에 다 품고 지낸 거니? 엄마와 너의 성공만을 향해 내달렸구나. 엄마의 결핍을 물려받을까 봐, 결핍이 있어도 더 잘 할 수 있다는 걸 증명해 보일 것처럼 오기를 부렸구나. 돈, 명예가 따라오는 성공 말이야. '이것만 하면, 이것만 이루면, 다음번에'라는 돌림노래만 흥얼댔구나. 할아버지, 아빠, 외삼촌의 결핍을 남성대표 주자랍시고 너 혼자 품으려 한 건 아닌지. 할머니, 엄마, 누나를 보듬으려고 어리광 한번 못 피운 건 아닌지."

나는 어릴 적 부모님이 일하는 동안에 교통사고를 2번 당했다. 아니, 오토바이까지 합치면 3번이다. 멀쩡히 길을 가는데 운전자가 브레이크 대신 엑셀을 꾸욱 누르질 않나, 고목나무에 매미 크기처럼 취급하지를 않나. 그렇게 용달차와 트럭은 나를 길에 포함시켜 멈출 줄 모르고 내달렸다. 한번은 찢어져서 꿰매고, 또 한 번은 하늘을 날아올라 뚝 떨어져 비대칭을 만들기도 했다. 두 번 다 얼굴이다. 고등학교 때는 위염, 기관지염, 방광염에, 혀에 돌덩어리까지 들어앉았다. 백화점 대신 병원을 쇼핑했다. 그 어떤 통증에도 내 몸이 아파 운 적은 없었다. 자식이 아프고, 부모가 아프고, 질녀가 외계인 되니 내 몸에 저장한 물탱크가 소진하게 생겼다. 가족이 불치병에 걸린 것도 아닌데, 어느 누구보다 강도 높은 결핍 가정도 아닌데 내 무지한 행동이 원인인 것 같아 그렇게나 눈물이 났다.

각자 상황에 맞게 하늘로부터 받을 건 다 받았는데 나 혼자만 뭘 덜 받은 것 같았다. 마치 식당에서 내가 주문한 메뉴에 맞게 반찬이 나온 건데, 내 밥상만 왜 생선 반찬이 없냐고 따지는 식이다. 사람은 마음이 이해한 대로 볼 수 있다 하였다. 나의 시력은 '내로남불' 이었다. 다른 사람이 하는 운동은 몸매관리고, 내가 하는 건 생존이었다. 근무시간에 다른 사람의 웃음소리는 시간 많은 잡담이고, 내가 하는 건 분위기 배려 차원에서 짬을 낸 것이다. 눈앞에서 벌어지는 일들은 '왜 나에게 이런 일이' 반응이었다. 가만히 상황을 들여다보니, 내가 자처한 '나에게만 그런 일이' 었다.

나 하나만 희생하면 만사형통이라며 상대를 위해 살았다고 자부했다. 누군가를 위한다는 게 상대가 원하는 욕구에 맞춘 것인지, 누군가에게 책잡히지 않으려는 나의 욕구인지, 객관적 시력이 필요했다. 발목까지 물에 담그고는 바다 깊이 뛰어든 것 마냥 산 건 아닌지 삶의 계량컵이 필요했다. 내 몸이 아플 때 다른 사람 통증까지 살폈어야 했다. 빈틈없이 산다는 게 다른 사람의 기회를, 그 사람의 자리를 빼앗는 일이 될 수도 있었다. 바쁠까 봐 힘들까 봐 자체 해석하며 아이 아빠 자리를 내가 차지한 건 아닌지. 내 빈틈을 좁힐수록 타인과의 틈이 벌어질 수 있는 것을. 빈틈을 내비치지 않으려던 행동이 책임감으로 둔갑하고 가면 놀이를 한 건 아닌지. 강한 척 프로 흉내만 냈지, 빗나간 과녁에 빈틈 메꾸는 아마추어였다.

윤대현의 [하루3분, 나만 생각하는 시간]에서는 "'결핍'은 자아가 위축되는 현상이다. 자존감이 풍선의 바람 빠지듯 훅 날아가 버리는 것이다. 결핍은 '내가 누구인가'라는 정체성의 문제이고, 흔들리는 정체성은 내가 가지고 있던 행복의 내용들마저 날려버리기 일쑤이다...결핍이 있기 때문에 '소망'을 품을 수 있다. 인간에게 결핍은 살아 있는 동안 함께 동반되는 자연스러운 감정 반응이다."라고 했다. 결핍을 어떻게 활용하느냐에 따라 순기능이 될 수도, 역기능이 될 수도 있다. 내가 겪은 상황은 특수한 삶이 아닌 자연스러운 평범한 삶이었다.

돈, 성과, 명예 따위가 부질없는 일임을 일깨워 준 시그널이다. 이제는 '나에게 왜 이런 일이?' 부류의 일들은 '세상에 이런 일이!' 로 반길 수 있을 것 같다. 안에서 밖으로 향하던 시선은 밖에서 안으로 객관화하는 계기가 되었다. 한근태의 [고수의 질문법]에서 나에 대한 문제가 해결되면 다른 문제는 문제도 아니라 했다. 내 문제를 해결하면 모든 게 제자리를 찾아갈 것이다. 그렇다고 가족들의 그때 장면을 잊지는 말자. 설사 성형수술로 현재 모습이 예뻐졌더라도 이전 생김새를 망각하진 말자. 처음부터 잘났던 것 마냥 사는 꼴 나타날라. 잘난 맛보고 간사해져서 본래 얼굴로 되돌아가면 어쩌려고.

김주환 연세대학교 교수는 역경을 이겨내는 마음의 근력인 [회복탄력성]의 저자이다. 이 책에서 한때 내가 품었던 사고방식이 뜨끔할 정도로 언급되어 있어 잠깐 소개한다. 회복탄력성이 낮은 그때로 되돌아가면 나도 곤란하고 너도 곤란하고, 사회 전체가 곤란해진다. 회복탄력성으로 우리 모두의 삶이 제대로 탄력받기를 바라면서 대문짝만하게 인용 간판 내걸어 본다. 나중에 다시 찾는 과정이 귀찮아 이곳에 옮겨 심는 사심도 살짝 가미되었으니 인용이 많아 짜증나거들랑 다음 장으로 직행하길 바란다.

우리는 스토리텔링의 다음과 같은 세 가지 차원에 주목해야 한다. 첫째, 개인성(나에게만 일어난 일이냐 아니면 나를 포함하여 누구에게나 다 일어날 수 있는 일이냐), **둘째, 영속성**(항상 그런 것인가 아니면 이번에만 어쩌다 그런 것인가), **셋째, 보편성**(모든 것, 모든 면이 다 그런 것이냐 아니면 그것만 그런 것인가).

역경에 부딪쳤을 때, 회복탄력성이 부족한 사람은 성공한 사람도 많은데, 왜 '나'는 실패했을까? 나는 왜 '항상' 실패만 하는 것일까? 왜 내 인생의 '모든 면'은 실패투성이일까?

그러나 회복탄력성이 높은 사람들은 이번의 실패는 아쉽지만 '누구나' 할 수 있는 것이다. '이번' 사업에 실패한 것은 내가 통제할 수 없는 상황이 발생해서 어쩔 수 없었다. 사업이 실패했다고 해서 내 인생의 모든 면이 다 실패한 것은 아니다.

> 회복탄력성이 낮은 사람의 스토리텔링 방식은 나쁜 일에 대해서는 내가, 언제나, 모든 면이 다 그렇다는 식으로 크게 생각하고, 좋은 일에 대해서는 남도, 어쩌다가, 이번 일만 그렇다는 식으로 그 의미를 축소해서 받아들인다. 회복탄력성이 높은 사람은 이와는 정반대로 한다. 나쁜 일에 대해서는 그 의미를 축소하고 좋은 일에 대해서는 더 크게 일반화해서 받아들인다. 〈회복탄력성, p146-147〉

턴의 미학

마음의 여유를 갖다

책이 나의 부족함을 번번이 알려주는 이유는
관계가 넓어지기 때문이다. 행여 왕따라도 독서로 친구가
절로 늘어 외로울 새가 없을 것 같다. 회사와 집을 주 활동무대로
움직였던 내게 독서는 중매 역할을 톡톡히 했다.
인간관계의 확장판이다.

01:

터닝 포인트

나는 눈치를 잘 보는 편이었다. 다른 사람 비위 맞추는 게 주특기인 어머니 유전자에, 대학 시절까지 월세 집 이어달리기한 경험이 결합한 상품 같다. 남의 눈치 보다 눈치 빠른 사람이 된 건지, 눈치 촉이 좋아 써먹는 건지 인과관계는 분명치 않다. 어쨌든 눈치 세트 메뉴를 겸비하니 상대가 눈치채지 못하게 눈치 보는 기술까지 개발되었다. 일명 피곤함을 자처하는 이중고다. 어려서부터 마흔 되기까지 눈치로 때려서 상대가 싫어할 일은 아껴두고 좋아할 일은 미리 준비했다. 지시받은 일은 쓰러지지 않고서야 거절하는 법이 없었다. 학생 때는 성격 좋고 재밌는 사람으로, 직장인으로서는 촉이 좋고 성실한 사람으로 통했다. 아니라고 생각하는 사람은 눈치껏 날 잘 모르는 사람으로 치자.

이런 내 모습이 그저 만인의 행복을 위한 순수함에서 비롯한 건 아니었나 보다. 상대 행복을 위해 맞추었다면 나도 행복해하는 것이 자연스러운 이치인데 언제부턴가 내면에서 뭔가가 보글보글 끓기 시작했다. 그 상태에서 내 마음 몰라주는 임자를 만나면 끓어 넘치는 냄비 모습으로 돌변했다. 갱년기 겪는 사람들 심정이 이럴까. 다 키워놓은 품 안의 자식이 나 몰라라 할 때 이런 공허함일까. 내 안에서 호르몬이 난폭운전을 했다. 자궁 안에 태아가 들어서서 입덧하는 것처럼 이런 감정들이 장착되어 울렁거리게 했다. 밖으로 토하지 못해 그런지 메슥대기만 했다. 감정은 울렁증의 노예 노릇을 했다.

어느 누구에게도 피해 주지 않고 빈틈없이 산 것 같은데 눈앞에 펼쳐진 현상은 틈이 갈라져 있다. 기대와 다른 결과들, 예상을 벗어난 가족들, 아무렇지 않은 척, 기쁨조 마냥 밝은 척, 마음 주머니 끝을 질끈 묶고 원주 회사와 집을 오갔다. '쿵따리 샤바라' 노랫말처럼 산으로 올라가 소릴 한번 지르고 싶지만 상상만 할 뿐이다. 가정과 직장이란 열십자 한복판에 홀로 서 있는 것만 같다. 열십자 테두리를 벗어난 곳에는 얼씬도 하지 않고 발자국이 새겨진 길로만 다녔다.

'내 마음이 왜 그런지 나도 모르겠어.' 라는 그 흔한 대사, 내게는 성립하지 않았다. 가만히 들여다보면 다 이유가 있었다. 틱 장애에다 집 밖으로 나서길 꺼리는 한 비만 아이가 내 앞에 있다. 아이 아빠는 주말 부부로도 모자라 주말을 훌쩍 뛰어넘는 이방인 모습이다. 오히려 그에게는 아이와 내가 이방인으로 느껴져 우리 집 가족까지 서운함을 쌓았다. 시댁, 친정, 삼대가 빠진 오랜만의 오붓한 대화 속에는 불만 탑이 자리했다. 머리카락보다 머릿속이 더 서둘러 하얘지는 느낌이었다. 다른 사람 비위를 맞추고 산다는 생각은 나만의 착각이었다. 아이 아빠를 뺀 다른 사람 비위만 맞춰온 건지, 비위 맞추는 언어를 모르는 건지 이래저래 내면을 표현하는 기술이 서툴렀다. 하기야 언어가 유창했어도 아이와 떨어져 사는 입장에서 가족에 대한 이해보다는 앙금이 들어앉을 만도 하다.

부모님 싸움은 끝없는 전쟁이란 말을 실감케 했다. 오히려 조용하면 어디 편찮으신가 싶을 정도다. 어머니는 아버지에 대한 서운함을 나에게 풀었다. 30년 넘게 같이 살면서 어제오늘 일도 아닌 것을 뭐 그리 서운해 마침표 없이 티격태격하는지. 한 지붕 아래에서 부부가 함께 산 경력이 짧은 나를 약 올리는 건지 자식 눈에는 부모가 사치로 보였다. 오빠는 거의 사기 수준으로 사업에 실패하고 빚과 건강 등의 문제들로 우리 집에 사는 질녀를 자주 볼 수 없었다. 질녀 학원비 대기도 어려웠다. 오빠에게 무슨 일이 있을 때마다 어머니는 내게 시시콜콜 털어놓았다. 어머니와 대화하면 마무리는 매번 같았다.

"월급 받는 직장이 최고다, 정년퇴직 보장되니 최대한 다녀야 한다, 나중 생각해 무조건 절약해야 한다, 돈 나올 때가 없으니 힘들겠지만 너가..." 도돌이표도 돈, 후렴구도 돈이었다. 돈 애기에 정신이 돈다.

마음 불편할까 봐 아버지가 없다는 아이 심리검사 결과는 혼자 간직했다. 오히려 불난 집 기름 붓는 격이라 생각했다. 부모님에게 사위가 서운해한 불만 탑 내용을 전달하지 않았다. 회사 업무는 내 감성이 비집고 들어갈 틈도 없이 이성적 업무들이 줄을 지었다. 원주 출퇴근으로 몸뚱이는 질풍노도의 시기 마냥 빗나갈 대로 빗나갔다. 몸은 부정적 마음을 부추겼다. 일단 덮어 두고 버텼다. 육아와 직장 그 어디에도 틈 벌어지지 않게 나름 징징대는 일도 없이 뛰었다. 제아무리 몸의 통증이 만성으로 못살게 굴어도 죽을 때까지 함께 할 동반자라 어르고 달래어 맡은 일을 해 왔다. 그럴수록 내 안에는 부치지 않은 편지가 차곡차곡 쌓여갔다.

회사에 내는 휴가는 아이 학교 방문 등 육아 시간과 동일시되었다. 잔여 휴가는 다음 해로 넘기고도 자투리는 버리기 일쑤다. 남편이 집안일이나 아이 봐주는 데 소홀했다는 둥, 남편에게 아이 맡기고 나왔다는 둥, 커피숍에서 엿들은 유행가를 써먹어 본 적이 없어도 괜찮았다. 내 월급이 부모님과 아이들에게 공중분해 되어도 부족함 없이 살만했다. 아이가 잘만 자라 준다면 더 바랄 것도 없었다. 아이의 전학과 나의 원주 출퇴근 생활은 각자의 몸과 마음에 이상 신호를 안겨 주었다. 그리 괜찮지 않았다. 찬물이 아래로 이동하고, 뜨거운 물이 위로 상승하듯 나의 내면도 그렇게 뒤섞여 움직였다.

활동적인 아이가 사람 많은 곳을 꺼리고 집에만 있었다. 부목처럼 곁에서 지지해야 했다. 원주행 비행기로 출퇴근하고 싶었다. 아이의 깜빡거리는 눈, 주름진 미간과 마주하기가 께름칙했다. 나날이 불어나는 아이 몸무게는 비만 도장을 찍고 옷도 큰 사이즈로 죄다 교체했다. 내 삶에서도 아이는 큰 사이즈다. 엄마의 모자란 자존감을 마저 채워주고 희망을 줄곧 쥐어 주던 아이. 그런 아이가 다른 모습으로 함께 살고 있었다. 이 사실만으로도 불편하다. 티 내지 않으려는 안간힘이 2차적 불편을 가져왔다.

친정, 시댁, 직장 그 어디에도 좀 쉬라는 말 한마디 들리지 않는다. 알아주기는커녕 돌아오는 말들은 '직장에 잘 붙어 다니고, 더 끌어모으고, 더 아끼고, 아이와 멀어지면 내 책임이고, 그들이 더 힘들고'였다. 아이에 대해서는 나 혼자만 심각하다. 돌아오는 말잔치를 벌인 가족들은 전과 달라진 게 없다. 하기야 티 내지 않은 사람이 원초적 문제라면 할 말은 없다. 고개 숙여 내 마음 내려다본 경험으로 족하는 수밖에. 왜 그토록 자전거 타고 바람에 뺨 맞고 싶어 했는지, 왜 그토록 노래방 가서 고래 100마리 잡고 고래고래 지르고 싶었는지 조금은 알 것 같다.

40년간 고수한 게 터지고야 말았다. 자전거를 덜 탔는지, 노래를 덜 불렀는지 응어리 고름이 급기야 터져 흘렀다. 집안이 시끄러울 때 한쪽에서 움츠려있던 내가 부모님을 향해 더 시끄럽게 굴고 있었다. 부모님이 다투거나 아이들에게 간섭할 때는 오히려 내가 갱년기 어르신이 되었다. 빈 둥지 부모 행세를 하고는 내가 내 화에 못 이겼다. 딸의 180도 달라진 before & after 모습에 부모님은 당황했다. 두 분은 배신감에 더 높은 소프라노로 반격을 가했다. 고음 겨루기 시합이라도 하듯 부모님과 난 팽팽한 신경전을 벌였다.

물론, 두 분은 술이 화근이긴 하다. 사춘기인 질녀와 놀이 치료 다니는 아이를 위해 어른들이 양보해도 부족할 판에 언제까지 술 상황을 이해해야 하는가. 젊을수록 윗세대를 더 이해해야 하니 우리 집 기차는 역방향이고, 이해심의 하극상을 보는 것 같았다. 결국 아이들 앞에서 부모님 소리에 내 소리까지 얹어 소음공해를 가중시켰다. 아이들이 무슨 죄인가. 내 사정, 내 집 사정을 어느 누가 관심 갖고 손을 내민단 말인가. 살아갈 날이 창창한 아이들에게 더 이상은 안 되겠다.

돌아가는 정황을 보니 눈치 보는 나의 성향은 눈치껏 잘해 온 게 아니었다. 희생정신으로만 산 어머니의 희생이 우리 마음을 편하게만 하는 것은 아니었다. 가사보다 문학과 더 친한 아버지 철학이 경제에 파묻힐 일만도 아니었다. 돈, 돈 거리는데 돈은 모이지 않고 정신만 돈에 모이는 것 같다. 조화로운 마음으로 탄력성이 발휘되었으면 했다. 사춘기 아이들이라며 미래는 손 놓고 지나가는 바람처럼 취급하고 싶지 않았다. 정작 사춘기는 내가 겪고 있었다. 누구나 일생에 한 번 사춘기를 겪는다는데 40년간 No도 한번 하지 않았으니 이제야 올 것이 왔다.

그래도 세상은 한 사람을 나락으로 떨어뜨리지는 않는가 보다. 때마침 회사에서 서울 부서 발령 기회가 왔다. 이왕 사춘기 맞은 거 회사에서도 No에 도전할 요량으로 상사에게 집안 사정을 이야기했다. 몸과 마음을 뒤흔들어놓은 원주 생활은 그렇게 휴면 계정을 얻었다. 공돈 생기듯 원주 출퇴근으로 인한 서너 시간이 하루 선물로 주어졌다. 습관이 당장 고쳐지지는 않았다. 공돈 시간에 업무를 더 하고 있었으니. 원주 출퇴근 때보다 일을 더 많이 한다며 직원이 놀리기까지

했다. 서울발령을 손에 쥐고도 이렇게 지내니 사춘기 옷을 홀러덩 벗어 던지고 싶다. 변화에 목이 말랐다.

'나'라는 존재는 삶의 주체가 아닌 배경화면 속에 묻혀 지낸 것만 같다. 내가 나를 내세우지 않으니 가족들에게마저 '나'의 자리가 없어 보인다. 내가 모르는 무언가가 세상을 지배하는 것 같다. 뭔가 막힌 곳이 있어 다른 길로 우회하는 것 같다. 사람들은 스트레스를 받으면 장이 예민해지거나 소화불량을 겪는다. 나는 심장이 몇 배로 부풀어 묵직해진 것 같다. 내 안의 무게를 어떻게든 덜어 내고 싶다. 끄집어내는 방법부터 찾기로 했다. 양의 모습에서 늑대로 180도 변해 부모님을 당황케 했다면 지혜로운 여우로 180도 돌려놓고 싶었다.

내가 우리나라 경제활동인구 통계로 잡힌 지 딱 20년 되었다. 20년간 동네 우물 속에만 머물렀다. 꽤 넓은 우물인 양, 수영을 제법 잘하는 양 우쭐대며 둥둥 떠다녔다. 그 헤엄이 헛발질이란 걸, 더 이상 앞으로 나가지 않는다는 것도 모른 채. 우물에서 헤엄만 치던 내가 물 밖에서 뛸 수 있다면 변하는 건 시간문제라 생각했다. 설사 변화가 없더라도 이보다 더하진 않을 것이다. 잃을 것도 없다는 심정으로 세상에 발을 뻗기로 했다. 막상 발 하나를 떼니 네온사인 불빛처럼 보고, 듣고, 느낄 것이 널렸다. 잡념 들 새가 없을 정도로 흥미로운 콘텐츠들이 골라골라 장터 분위기다. 친정, 시댁, 아이 아빠, 아이들로 마음 졸인 시간, '나'란 주인공 없이 살아온 시간들이 아까워 배가 아플 지경이다.

그 순간 눈이 뒤집혀 독립선언을 했다. 무지한 '나'로부터의 독립. 지식을 바닥부터 차곡차곡 쌓아 올려 우물 밖 지혜로 타넘으려면 독립이 열쇠였다. 독립을 부활의 목표로 삼았다. 일단 나부터 서고 보자고, 여리고 눈치 보던 옷부터 가벼이 벗어보자고, 고삐를 바짝 죄었다. 상대에게 무엇을 해 줄지, 어떻게 해 줄지를 고민하기 전에 '나'부터 찾는 길을 택했다. 갈 길을 정하니 '나'란 사람이 궁금하다. 여정이 설렌다. 그 호기심에 빠져들수록 상대의 행동에도 무뎌져 갔다. 내가 변화하니 주변이 변했다. 주변은 그대로인데 무지함이 내 시야를 가려 그동안 헛것을 보았을까. 아니면 그들은 이미 변했는데 이제야 제대로 보이는 걸까. 나 자신도 세상도 더 독립적으로 눈 씻고 쳐다보려면 서둘러야겠다. 갈 길이 멀다. 장애물들은 냉큼 길을 비켜라.

02 :

운동

삶에 있어 중요한 덕목으로 꼽는 것 중 하나가 주어진 일은 어떻게든 처리하자는 것이다. 직장에서는 당장 눈앞에 떨어진 일이 우선이었다. 그러다 보니 일을 언제 끝내는가보다는 쌓인 일을 얼마만큼 줄여 놓을지가 더 중요했다. 아이 학교 일정과 준비물에는 요즘 말로 인공지능처럼 움직였다. 아이가 학원 숙제할 때는 어려운 문제로 SOS 칠까 봐 옆에서 대기까지 했다. 한 마디로 일을 우선시했기 때문에 자신 몸 돌보는 건 사치이자 팔자 좋은 소리였다. 싱크대 개수대에 설거지 잔뜩 쌓아 놓고 TV 보는 것 마냥 할 일은 쌓아둔 채 몸만 가꾸는 이기적 행태라 치부했다. 시간이 남아도는 사람만이 운동과 절친 맺는 관계라 생각했다. 운동은 그렇게 내게 먼 나라 이웃 나라 이야기였다. 운동을 그런 취급하다 급기야 비굴하게 찾을 정도로 아쉬운 때가 도래했다.

원주 출퇴근 생활로 앉는 시간이 길어져 기생충처럼 살던 통증이 전신으로 새끼를 쳤다. 주말에 집 근처 병원을 찾았다. 허리뼈 4-5번 공간이 없으니 남들보다 뼈 하나 없다 생각하고 근육으로 버티라 했다. 하루 30분 이상 걷지 않으면 신경이 짓눌려 지금처럼 통증을 달고 산다며. 안 되겠으면 수술하잔다. 한때 주말마다 신경차단술을 받은 터라 아는 내용 복습은 싫다. 찾아간 번지수는 상반신인데 할머니 허리 상태를 또 거들먹거린다. 상반신은 어깨, 목, 눈, 머리로 기어 올라가는 파노라마 통증이 있었다. '거북목'이라는 진단명과 달리 토끼 같이 일하는 습관이 원인이었다. 평일에 이토록 통증이 아래위로 파도를 타는데 반짝 행사도 아니고 주말만 물리치료를 받은들 무슨 소용인가.

경락 마사지로 진로를 변경했다. 평일 밤 12시까지 영업한다는 문구에 혹해서 퇴근 후 하체와 상체를 공평하게 마사지 받았다. 비명 서린 시원함. 선풍기 바람 쐴 때만 반짝 시원한 그 맛이다. 도로 내려올 산을 왜 힘들게 올라가며, 도로 기어들어 갈 이불을 왜 개야 하는지 의문 품는 그런 꼴이다. 내 몸을 흐물흐물한 연체동물로 만들어 놓아도 원주 버스와 야근이 결합하면 도로 딱딱한 극피동물로 돌아갔다. 기껏 돈 들여, 시간 들였는데 약효가 길지 않으니 손해 보는 장사였다. 이마저도 그만두었다.

의사, 물리치료사, 마사지사 손에 의지하다 헬스장 종점까지 갔다. 나이 마흔에 헬스장과 인연 맺어 그런지 부끄럽기도 하고 마땅히 다룰 줄 아는 기구도 없었다. 만만한 러닝머신과 자전거만 번갈아 했다. 운동 좀 하고는 통증이 여전히 붙어 있는지, 어느 지점이 남았는지를 살폈다. 마치 얼굴 마사지 받고 피부가 좋아졌나, 몸에 좋다는 약 먹고 효과 있나 호들갑 떨듯이 말이다. 설사 좋아졌더라도 그 상태가 하루 이상 가지 않았다. 러닝머신에서 걷기보다 TV가 우선이었는지 경락 마사지 약발과 별반 차이가 없었다. 욕구가 있을 때 상품을 덥석 무는 법. 때마침 PT(개인트레이너) 수업을 공짜로 맛볼 기회가 찾아왔다. PT를 받으니 내 모습이 보였다. 좌우 골반은 데칼코마니와는 한참 거리가 먼 비대칭이었다. 뭔가를 들어 올리거나 물건 없이 버티는 자세는 지팡이 흔들대는 꼬부랑 할머니 신세였다.

통증만의 문제가 아니었다. 내 마음 상태 마냥 골반도 틀어져 있었다. 뼈의 생김새도 밉상이다. 공짜 PT가 미끼일지 어떤지는 내 알 바가 아니다. 물고기 잡는 법을 터득하는 게 시급하니. 더 이상 헬스장을 TV 보는 장소로, 씻는 장소로 전락시키지 않기로 했다. 입으로 아프다, 아프다 노래만 불렀지 정작 근본 뜯어고치는 건 뒷전이었다. 퇴근 후 밤 10시에 트레이너와 만나고 배운 것은 복습했다. 그 흔한 '스쿼트' 동작도 처음인 데다 뒤뚱대는 오리 모습은 면해 보고자 반복에 반복을 거듭했다. 직장에서도 점심시간에 사내 헬스장에서 기억 더듬기를 했다.

'하나, 둘... 한 셋트, 두 셋트... 두 다리 어깨 너비로 벌리고, 허리세우고, 무릎은 바깥으로 향하세요.'

트레이너가 옆에서 이야기하듯 한창 물이 올랐다. 늦게 배운 도둑질 맛을 톡톡히 봤다. 신체적 효과성만을 노리고 했다. 하다 보니 생각지 못한 정신적 효과도 딸려 왔다. 동작에 집중하고 땀구멍을 여는일은 놀라운 효과가 있었다. 헬스장 오기 전에 겪은 민원과 돌발업무등의 잡념을 제대로 밀어냈다.

물론 헬스장 입문자로서 PT 수업이 초보운전만큼이나 진땀 나는일이었다. 두 다리가 흔들거려 천장 하늘에 노을 낀 적이 다반사였다. 으라차차 짐승 소리 울부짖어도 추가 꼼짝 않는 날이 여러 날이었다. 표정은 세상 근심 혼자 다 짊어진 사람 마냥 인상파 화가가 되기 일쑤였다. 거울에 비친 내 모습을 나조차 대놓고 보기가 민망하다. 숨이 차서 귓구멍과 콧구멍은 기차 타고 터널에 몇 차례나 들어갔는지 모른다. PT 수업 받는 시간도 고통이고, 다음 날은 체력장 마친 몸처럼 뻐근해 또 고통이다. 40년간 방치한 근육을 쓰니 그 피로감은 겨울잠을 자야 할 판이었다.

수십 년간 쓰지 않던 근육을 건드리는 일은 성격을 하루아침에 뜯어고치라는 것과 마찬가지였다. 신체적 고통이 워낙 커서 정신적 고통은 자연스레 명함도 못 내민다. PT수업 강도가 너무하다 싶을 땐 부등호를 더 큰 고통에 갖다 붙였다. 2박 3일 자연분만 고통이 이런 데 활용될 줄이야. 눈앞에 닥친 고통을 이겨내지 못하면 그 어떤 일도 해내지 못하리라 생각했다. 이런 고통의 시간이 훑고 지나간 뒤 딸려온 효과는 문어발이었다. 운동 중에 쓰던 집중력과 단순함은 운동이 끝난 후에도 연결되었다. 건드린 곳은 몸인데 머릿속 뇌가 사우나하고 마사지까지 받은 느낌이다. 종전 성격을 고수하려야 할 수도 없는 지경에 이른다. 자신감과 자존감이 상승한 건지, 복근의 힘인지 목에서 맴돌던 모기 소리도 호랑이 소리로 변조한다. 체형이 교정되고 자세가 발라지니 생각도 그 뒤를 쫓았다.

소림사처럼 헬스장에 입성한 후 가장 획기적인 변화는 뭐니 뭐니 해도 통증이다. 허리에서 하체 전체로, 등에서 상체 전체로 뻗쳤던 방사통. 빨간 점으로 영토 확장을 설명하는 역사지도 같았던 내 몸의 통증 구역들. 평생 양반다리로는 앉을 수 없는 줄 알았다. 침대에서 옆으로는 생전 돌려 눕지 못할 줄 알았다. 손가락은 어깨와 뒷목의 지압봉 구실만 할 줄 알았다. 반전이 일다니. 등과 배, 사지의 근육이 이웃사촌처럼 똘똘 뭉쳐 서로를 잡아 주었다. 근육들끼리 소통하는 힘은 상당했다. 근육은 떠받들어 모실 세상의 열쇠다. 스펀지처럼 통증을 흡수시키는 바람에 삶의 질은 몰라보게 달라졌다. 혼자 하던 운동은 하루살이 약발에 불과했는데, 체력까지 덤으로 얻었다. 땀 흘리니 피부야 말할 것도 없고, 너덧 개씩 달고 살던 구내염은 보릿고개 시절 이야기로 느껴져 신기한 게 한두 가지가 아니다. 운동 효과만 얘기해도 밤을 훌쩍 샐 것 같다.

기쁘게 지출하는 비용이 생겼다. 바로 옷 줄이는 수선비다. 근육은 늘고 지방은 줄어 질량 보존의 법칙처럼 저녁 약속도 줄었다. 회식 때 과음하는 일도, 금요일마다 홀짝대던 맥주도 고객 매출이 줄어 기업에서 재미를 못 볼 것 같다. 헬스장 PT 처방 후로는 병원 시술, 물리치료, 경락 마사지, 사우나가 먼 나라 이웃 나라 되었다. 이러한 비용 편익을 따졌을 때 PT 비용은 뽕을 뽑은 셈이다. 이제는 운동 후유증으로 오는 뻐근한 고통이 없으면 서운하다. 변태 운동가라고나 할까. 물고기 잡는 법을 배웠지만 여전히 일주일에 한 번은 PT를 받고 있다. 같은 책도 볼 때마다 느낌이 다르듯 같은 동작도 할 때마다 자극과 성장의 깊이가 다르다. 100세 시대에 이보다 좋은 종신형 보험이 있을까.

보험 상품 판매하듯이 보는 사람마다 붙잡고 하는 이야기는 '기승

전운동'이다. 나를 보면 "아이고, 나도 운동해야 되는데..."로 맞받아 친다. 함께 일한 직원들도 운동을 했다. 각자 취향에 맞게 헬스, 필라테스, 수영, 자전거 등등. 운동 타령에 결국 상사도 요가를 등록했다. 출근할 때 내 머리카락이 덜 마른 상태인지, 자리에서 점심을 때우는지, 운동 시간에 맞춰 퇴근하는지 직원들은 곁눈질로 동태를 살폈다. 언제부턴가 '운동'이 성과를 측정하는 도구가 되었다. 운동을 하면 집중력, 창의력, 체력이 좋아져 업무 효율성을 높이기 때문이다. 상사 눈치 보며 야근하느니 과감하게 운동하는 것을 권장한다.

어느 날 중2 아들이 엄마 따라 헬스장에 가보고 싶다 했다. 아이는 초등 5학년 때 전학 후 틱 장애와 비만이 찾아왔다. 바깥 활동보다는 집에서 정적인 활동(게임)을 좋아한다. 이런 생활로 XL(110) 옷으로 옷장 물갈이를 했다. 밤에는 눈 감기 직전까지 뭔가를 먹었다. 그러던 애가 헬스장을 자기 발로 들어가니 반가운 일이다. 아이의 트레이너가 되어 운동 방법을 알려 주었다. 아이 몸도 시스템화되었는지 혼자서도 운동을 꾸준히 한다. 그렇게 친하던 과자, 초콜릿, 초코파이, 단팥빵, 라면, 피자, 햄버거와도 결별했다. 하루는 햄버거 사 들고 들어가 아이에게 건네니 "왜 못 먹는 음식을 주느냐"고 반문한다. 내가 술에 몸 사리듯 아이도 변한 몸이 어지간히 아깝긴 한가 보다. 체중이 11kg 빠졌으니 그 맛을 제대로 본 것이다. 아이와 헬스장을 함께 다니며 몸과 운동을 소재로 말문까지 트였다.

PT 수업을 받던 어느 날, 트레이너가 말을 건넸다.

"우리 회원님, 환자로 들어와 머슬 퀸 되셨는데, 죽기 전에 그 모습 한번 남겨야 되지 않겠어요?"

까마득하게 느껴지지만 처음 내 모습은 다리 저는 환자였다. 근육과 무게 드는 힘을 보면 누가 환자로 보겠느냐며 바디프로필 사진을 제안했다. 버킷리스트에 올려놓고 두 달간 식단관리에 돌입했다. 뭐 좀 할라치면 일이 몰리는 것처럼 유난히 야근과 회식, 간식 자리가 많았다. 눈 밑 다크써클과 닭가슴살 샐러드와 함께한 한여름의 추억. 5시간 동안 바디프로필 촬영을 했다. 가보지 않은 길목에 서서 모델이 되었다. 통상 촬영이 두세 시간 걸리는데 사진작가 욕심도 작용했다. 움츠리고 눈치 보고 가리고 덮고 아파했던 나로부터 과감하게 오픈하고 자유롭게 표현했다. 물만 고체에서 기체로, 기체에서 고체로 승화되는 게 아니라는 듯이. '생계형 운동'에서 '예술형 운동'으로 승화하는 전환점이었다.

운동은 강력한 소통 도구다. 나와 상대를 변화시키는 데 두말하면 잔소리다. 운동이란 도구로 말문의 물꼬가 터지기도 한다. 굳이 말이 없어도 확인이 가능한 가시적 측정 도구다. 직원과 아이에게 잔소리

할 필요가 없다. 내 몸뚱이 하나만 신경 쓰면 내 건강도 찾고 주변 인

심까지 얻는다. 진정한 소통은 내가 하고 싶은 말을 하는 게 아니라,

상대가 듣고 싶은 말을 하는 것이라 했다. 신체적 운동은 상대 욕구

를 알아내는 정신적 운동까지 가능케 한다. 전신으로 무장한 근육은 상대가 '듣고 싶은 말'을 넘어서서 '하고 싶은 말'을 쏟아내게도 한다. 연결의 힘이 신비로울 따름이다. 신비로움에 이끌려 블로그에 운동 습관을 기록한 횟수도 1년을 넘어섰다.

고영성 · 신영석의 [완벽한 공부]에서 "1995년 캘리포니아대 칼 코트만 교수는 우리가 운동할 때 신경세포에서 생산되는 단백질인 뇌 유래신경영양인자(BDNF)가 증가한다는 것을 발견했다. BDNF는 우리의 학습과 기억을 가장 중요한 토대로 마련해 주는 것이다. 운동할 때 생겨나는 신경세포들은 다른 신경세포들을 자극함으로써 장기상승작용(LTD)이라는 현상이 잘되도록 돕는다. 운동하면 신경화학물질인 세로토닌, 도파민, 노르에피네프린의 생성을 증가시키는데 이 신경화학물질들은 집중력, 뇌의 각성상태, 인내심과 자제력 등을 높이는 역할을 한다."고 했다.

몸의 한계를 뛰어넘고 근육이 크는 걸 보면 다른 분야에도 침 흘리게 된다. 새로운 경험들에 눈길이 간다. 투자 시간이 부족한 게 염려될 뿐이지, 대상이 두려운 건 아니라며 잘난 척도 하게 된다. 몸의 도전은 암세포가 다른 장기에 전이 되듯 또 다른 도전으로 퍼져 나갔다. 식이 절제도, 타인 전염도, 일상의 다른 습관까지 세포를 분열시

컸다. 앞으로 또 어디에 옮겨붙을지 기대된다. 기대 한 편에 씁쓸함도 상존한다. 몸이 불편하거나 생존환경에 발목 잡혀 운동이 과소비 사치인 사람들이 많기 때문이다. 한때 손가락질했던 그 한사람인지라 유독 신경 쓰인다. 그들과 함께할 건강습관을 꿈꾸어 본다.

03:

독서

✿

원주로 출퇴근하기 수월토록 아이를 초등학교 5학년 때 전학시켰다. 집에서 가장 가까운 곳은 혁신공감학교였다. 회사 셔틀버스의 접근성만 쫓다 보니 공교롭게도 특수한 학교로 배정받게 되었다. 이 학교는 해외로 드나드는 학생들이 유독 많았다. 해외 나가면 그 나라 문화를 이해하듯 지리적 환경보다 아이들 문화에 대한 이해가 필요했다. 아이는 전에 다니던 학교에서 영감, 선비라는 소리를 곧잘 들었다. 좋게 보면 어른스럽고, 나쁘게 보면 융통성이 부족하다. 이곳으로 전학 와서는 아는 친구도, 맞는 친구도 없어 일명 집돌이로 지냈다. 고작 사귄 친구라고는 틱 장애와 비만, 자기만의 프레임이었다.

하루는 한국경영리더십컨설팅 대표인 김형환 교수님을 찾아갔다.

아이 상담으로 간 건 아니었다. 일과 삶에 대한 내 상담을 위해 갔다. 이야기하다 보니 삶 안에 놓인 아이 문제도 자연스럽게 노출되었다. 이분은 자녀 컨설팅에도 전문가라 상담 받는 김에 슬쩍 끼워 넣었다. 부모로서 아이에게 이러쿵저러쿵 해야 한다는 처방전이 나올 줄 알았다. 결과는 의외였다. 아이를 교수님이 매주 주관하는 독서 모임에 데리고 나오라는 것이었다. '독서 모임' 네 글자만 들어도 멀미나는데, 초등학생 아이가 어른들 모이는 독서 모임이라니. 독서를 숫제 하지 않은 나도 문제고, 어른들 틈에 낄 아이도 문제였다. 새하얗게 질린 무 얼굴로 민폐만 끼치다 홍당무 몰골로 되돌아오는 건 아닌지. 독서 고수들 사이에서 무지한 모자지간으로 우리가 책 속 주인공이 되는 건 아닌지. 얼어붙은 표정을 겨냥해 교수님은 한마디를 꽂았다.

"아이를 몇 번 봤는데, 독서 모임 충분히 감당할 수 있습니다. 학교 또래 아이들에게 애써 맞추려 하지 마세요. 아이는 아이 나름의 역량이 있습니다. 독서 모임에서 어른과 똑같은 인격체로 활동하고 존중받는다면 분명 달라질 겁니다. 걱정 마시고 데리고 나오세요."

아이를 데리고 나가려면 내가 책을 읽어야 했다. 이제껏 공부라고는 '일과 육아'에 있어 '체험 삶의 현장' 공부가 전부다. 아이는 초등 6학년에, 나는 마흔한 살을 기점으로 독서 모임에 첫발을 내디뎠다.

연습게임도 없이 바로 필드에 나간 격이다. 도둑질도 자꾸 해 봐야 초보 티를 면한다. 2년이 지난 지금 와서 보니 첫 모임 때 소개한 책도 코흘리개 애송이 수준이다. 회사에서 부상으로 받은 책을 들고 갔으니 '나는 독서 초보요'라고 신고식 한 꼴이다. 초등학생은 '장자' 책 끼고 가는데 어른은 회사 책이라니. 내 입에서 바람이 실실 새어 나오는 걸 보니 그만큼 성장했나 보다. 맘껏 피식거려본다.

이렇게 느지막이 시작한 독서는 연합나비독서모임으로 문을 열었다. 집안 행사나 휴일 근무를 제외하고는 매주 일요일마다 아이와 모임에 참석했다. 1년 반 동안 찍은 발도장이 56회다. 나의 독서는 글을 마냥 읽는 게 아닌 사람들과 나눌 문장을 뽑고, 삶과 접목하는 방식으로 시작되었다. 독서 모임은 지정 도서 주간이 있어 양서가 뭔지 모르는 나에게는 안성맞춤이었다. 오늘 반찬은 뭘 해 먹나, 어떤 음식이 영양가가 높은지 고민할 필요도 없이 장을 미리 보는 격이다. 선정도서가 독서와 모임을 수월하게 했다. 같은 하늘 아래 서로 다른 삶 마냥 같은 책을 서로 다른 시각으로 나누는 일은 별미 중 별미였다. 같은 재료로 볶아도 먹고, 데쳐도 먹고, 삶아도 먹으니 모임 후 포만감은 이루 말할 수 없었다. 각자 뽑은 책 속 문장에 각자의 삶을 더하니 경우의 수가 곱절로 늘어나 배 안 부르면 간첩이다.

독서 모임이 끝나면 블로그에 후기를 남겼다. 이렇게 정리까지 하니 두더지 게임을 연상케 한다. 두더지가 구멍 밖을 나와 한 대 맞고, 시간 지나 맞고 또 맞고. 맞은 곳이 적중해 점수도 올라가고, 두더지 머리는 더 번질거리는 모습이랄까. 똑같은 시간이 주어진다면 독서를 무작정 넓히기보다는 좁은 땅을 깊게 파는 게 효과가 컸다. 하루 세끼를 영양밥으로 꼬박 챙겨 먹은 것 같다. 모임 전에 분석하고, 당일 나누고, 사후에 정리하니 영양이 풍부할 수밖에. 그야말로 독서 모임은 읽기, 듣기, 쓰기의 훈련소다. 게다가 내가 조의 리더를 맡을 때는 대부분 앞에 나가 발표를 했다. 무대공포증인 내가 마이크를 15번이나 잡아보았다.

광고 로고송처럼 씹고 뜯고 맛보고 즐기는 느낌이랄까. 이런 활동 없이 무턱대고 책만 읽었다면 우아한 의상을 쇼윈도 밖에서 구경하는 것으로만 그쳤을 것이다. 독서 모임은 직접 들어가 입어도 보고 다른 옷과 비교도 하며 나에게 맞는 옷을 골라잡는 일과도 같다. 책 한 권 전체를 홀로 완독하는 것보다 단 몇 줄이라도 나와 너의 생각으로 함께 버무리는 것이 남는 장사였다. 어차피 독서를 늦게 시작한지라 책 권수로는 이미 당해낼 재간이 없다. 늦었다고 조급하게 빨리 빨리 많은 책들을 먹어 치우려는 양적 팽창보다는 질적 깊이에 승부를 걸었다. 그 깊이를 즐기다 보면 어느새 완독의 다차선 도로에도 다다른다.

독서 모임에서 선정한 지정 도서를 읽는 것에만 머무르지 않았다. 저자특강도 함께 들었다. 저자 이야기를 직접 듣고 이를 또 정리하니 이건 뭐 내 몸에 초강력 무기를 장착한 효과다. 예를 들어보자. [취짧사길]을 쓴 최승윤 저자를 만난 후 방문하는 가게마다 사업가의 시선으로 바라보게 되었다. [다르게 생각하는 연습]의 박종하 저자를 만난 후 일과 삶에서 관점을 달리하는 창의력 공간을 만들 수 있었다. [미래채널]의 황준원 저자를 만난 후 현재 나의 업무와 아이의 미래 환경을 돌아보게 되었다. [고수의 질문법]의 한근태 저자를 만난 후 마침표로 결론짓기보다는 열린 질문으로 일과 관계를 확장시킬 수 있었다. [말그릇]의 김윤나 저자를 만난 후 가족들을 대하는 나의 그릇과 상대 말에 담긴 이면을 염두 할 수 있었다.

연합나비독서모임으로 맷집이 생겼다. 숙맥인 인문학을 다루는 밴드에도 가입했으니 말이다. 멋모르고 가입했다가 졸지에 공동리더까지 맡았다. 독서의 '독' 도 제대로 모르고 모임부터 했듯이 인문학의 '인' 도 제대로 모르고 밴드 운영진이 되었다. 여기에 또 하나가 들러붙었다. 지역 독서 모임이다. 분당나비독서모임의 창단멤버다. 이 모임은 타 지역에 하나가 더 생기는 바람에 얼떨결에 또 리더가 되었다. 독서 모임을 물 만난 고기처럼 대하니, 미리미리 시험 준비한 학생들을 쫓아가는 벼락치기 학생 같다. 나를 필요로 하는 곳은 곧 누군가에게 도움 되는 곳이려니 하고 주는 왕관은 넙죽 받았다. 왕관이 머리 크기에 맞으면 되지, 머릿속 지식 크기에 맞출 필요는 없으니. 뭐라도 도움이 된다면야 안단테에서 알레그로 박자가 되던, 피아니시모에서 포르테 강약이 되던 기꺼이 리듬 탔다. 어찌 됐건 초고속 승진했다.

독서 모임으로 혜택을 톡톡히 본 사람인지라 회사에도 이 맛을 선보이고 싶었다. 부서에 유독 신규직원이 많아 이들과의 소통을 독서 모임으로 시도했다. 직속 상사라 불편도 할 테고, 점심시간마저 일하는 것 같아 억울할 법도 한데 흔쾌히 승낙했다. 인사 발령으로 신규 직원들과의 모임은 반년으로 종료되었지만 새로이 구성해 이어달리기 중이다. 달리기 주자들은 입사 6개월부터 18년 차까지 다양하다. 책을 매개로 모였지만 그들의 고민거리와 삶이 곁다리로 묻어 나온다. 업무 중에는 듣기 어려운 말들이 슬그머니 흘러나와 나로서는 두 마리 토끼를 잡는 셈이다.

'매일 5분 이상 독서'라는 작은 습관을 내걸었다. 책과의 데이트를 하루라도 거를까 봐 설정한 습관이다. 말이 5분이지 막상 책장을 펼치면 그 시간만 만나기가 더 어렵다. 빠르게 읽어 꽂히는 문장을 낚아채는 크랩독서법(신동선 作)과 나의 삶에 투영시키는 강안독서법(이은대 作)도 접목시켰다. 습관이 내 손을 잡아끌었는데 이젠 내가 먼저 책에게 다가가니 주객이 전도됐다. 책 속에 내버려두기 아까운 문장은 블로그에 담았다. 서평을 포함해 356건이 되었다(포스팅 건수이지 책 권수가 아니다). 책을 덮고 나면 글자들이 증발한다. 기억력의 한계가 블로그까지 안내했다.

독서를 늦게 시작해 나름 불편한 점은 있었다. 욕심을 부리자니 불편한 점이지, 시간에 맡길 부분이기는 하다. 다름 아닌 책 읽는 속도다. 속독은커녕 문장의 이해력이 딸리거나 마음에 꽂힌 문장을 두고두고 씹느라 속도가 더뎠다. 책들은 책장에 벽돌 쌓기를 한다. 책한 권을 언제 다 보며, 대기자 명단에 있는 책들은 또 언제 건드리나 한숨이 나올 때도 있다. 책을 읽지 않던 시절에 비하면 개과천선인 것을.

연간 수백 권 읽는 사람들을 곁눈질하니 책 무게만큼 어깨가 무거워진다. 독서 초반에는 지식을 넓히고 무지함을 좁히는 데 목적을 두다가 읽는 권수가 늘어나니 관점이 달라진다. 쌓인 책들은 어깨를 짓누르는 짐이 아닌 마음의 짐을 덜어주는 풍경으로 자리 잡힌다. 회사에서는 업무 효율성도 높아져 안팎으로 무게 더는 데는 독서만 한 게 없다. 이제 독서 3년 차다. 앉으나 서나 눈만 뜨면 책을 옆구리에 끼고 사는 사람까지는 다다르지 못했다. 머지않아 틈만 나면 책에 추근 대는 사람이 되지 않을까.

뭐든 자주 접하면 정이 든다. 책도 봐 버릇하니 호감 가는 스타일이 생겼다. 내게는 책장 넘기는 내 손목을 지그시 붙잡는 책이 호감형이다. 제자리에 서서 저자와 주거니 받거니 술잔을 기울이게 만드는 그런 책 말이다. 일상을 벗어나 사색하게 하니 이보다 좋은 과외선생님이 없다. 잔소리도 없고, 숙제도 없다. 그 과외선생님은 용하게도 내 과거를 들추고, 현재도 점검하며, 미래도 바라보게 만든다. 3종 세트 맛을 보여주는 책이 나만의 베스트셀러다. 서점에서 말하는 베스트셀러는 날 모르고 꼽은 것이니 나만의 양서와 독서법을 골랐다. 읽다 보니 그렇게 고민하던 책 읽는 속도도 절로 따라붙었다. 물론 전보다 빨라진 내 기준이다. 독서를 하지 않던 과거의 나였다면 속도 빠른 사람이라고 빡빡 우겼을지도 모른다. 책을 읽으면 읽을수록 부족한 자리도 덩달아 커진다. 겸손을 피해갈 수 없는 구조다.

책이 나의 부족함을 번번이 알려주는 이유는 관계가 넓어지기 때문이다. 행여 왕따라도 독서로 친구가 절로 늘어 외로울 새가 없을 것 같다. 회사와 집을 주 활동무대로 움직였던 내게 독서는 중매 역할을 톡톡히 했다. 인간관계의 확장판이다. 책 속에는 평소 이해되지 않던 사람, 주변에서 쉽게 보지 못하는 사람, 기인열전에 나올 법한 사람 등등 수많은 사람들의 크고 작은 삶이 들어있다. 책 안에서 미리 만나면 실제로 마주치더라도 잘 지낼 듯싶다. 이러다 코드 맞지 않던 사람과 화해까지 하겠다. 2년 동안 독서량보다는 독서의 깊이, 소금에 절인 맛을 보고 느꼈다. 독서의 시작은 각자 처한 상황에 따라 다를 수밖에 없다. 속도로 기록 잴 일도 아니다.

경험이 재산이다. 독서를 시작하는 시기는 중요치 않다. 그리 주눅들 필요가 없다. 주눅 들면 시작만 더딜 뿐이다. 남들이 책으로 '간접경험' 할 때 노동시장에서, 놀이터에서, 육아 살림터에서 '직접경험' 한 셈이다. 현장 경험은 몇 줄이든 몇 문장이든 생생한 장면으로 가슴에 새긴 또 다른 책이다. 야성으로 쌓은 직접경험은 독서를 통해 이성과 감성으로 분리수거 된다. 독서를 거창하게 생각할 필요가 없다. 모른다고 넘기기보단 몇 문장이라도 알고 가자는 덤으로 접근하면 된다. 씹다 보면 고소한 밥맛도 느낀다. 100권, 1000권을 읽겠다는 마음으로 뛰어들기보다는 그 밥맛 담을 밥그릇이라도 키우면 그만이다. 밥 한술 더 퍼 담을 식탐이 생기면 그때 양을 늘리면 된다.

온라인과 오프라인의 조화처럼 책과 독서 모임이 결합하니 삶의 핵무기를 개발한 것 같다. 살면서 헛디딘 위험지대에서 쉽게 빠져나오도록 해주니 말이다. 이 험난한 세상에, 급변하는 환경에서 독서 모임만 한 안전지대는 없는 것 같다. 아이의 시그널이 나를 살렸다.

04 :

'나' 자격증

✿

대학 졸업 후 이제까지 통틀어 직장생활 20년 하면서 '나' 보기를 돌같이 했다. 진달래꽃 시처럼 '나 보기가 역겨워' 가신 분처럼 말이다. 나보다는 다른 사람이 누구인지, 그들이 무엇을 좋아하고 싫어하는지, 어떻게 살아가는지를 더 많이 봤다. 누군가에게 칭찬받으면 '나'라는 사람을 괜찮은 사람으로 여겼고, 지적받으면 무한정 깎아내렸다. 괜찮은 사람으로 인정받기 위해 상대를 아는 것이 중요했다. 직장에서는 지시 업무에 식사 자리까지 따랐다. 나만의 시간과 온전히 맞교환했다. 이를 월급 받는 사회인의 '배려'와 '열정'이라 정의했다. 그렇게 두 곳 작업장에서 20년이 흘렀다. 그러고 보면 원주로 출퇴근한 시간은 내게 값진 선물을 안겨준 셈이다. 1년 2개월간 원주를 오가다 서울로 발령 나면서 잃어버린 시간을 찾았기 때문이다.

출퇴근 시간을 업무시간으로 도로 채워 넣긴 했지만 고속도로에서 흘린 시간을 어떻게든 주워 담으려 했다. 이 자체만으로도 이미 절반이 의미 있게 들어찬 느낌이다. 금도끼, 은도끼, 쇠도끼를 모두 가진 마음이랄까. 한 달에 20일만 근무한다 치더라도 부천에서 다니던 왕복 5시간과 분당으로 이사와 왕복 3시간을 1년 2개월간 했으니 1,380시간을 할애한 셈이다. 사는 지역이 '분당'이라 그런지 82,800분이라는 '분당' 계산까지 나온다. 하루로 치면 57.5일이다. 수백만 원 든 지갑 잃어버리듯 길에서 두 달가량을 흘렸다 생각하니 도끼를 다 찾은 나무꾼 심정일 수밖에. 그러면 누구는 그럴 것이다. 서울 사무실로 출퇴근할 땐 비행기 타고 몇 분 만에 뚝 떨어졌느냐고. 빛의 차이도 크다. 고속도로를 암흑 속에서 달리던 버스와 환하게 불 밝힌 서울 전철과는 천지 차이다. 전철은 독서와 글쓰기로 손과 머리를 움직이게 하니까.

당장은 돌려받은 시간을 물 쓰듯이 펑펑 쓰지 못했다. 보너스로 생각하고 '나'를 돌아보는 시간으로 삼았다. 주변에 곁눈질하던 시선을 나의 내면으로 선회했다. 내 마음을 X-Ray 방사선 촬영하듯 정밀 진단해 보기로 했다. 나를 찾는 여행을 시작했다. 작정하고 찾아 나서니 보이지 않던 것도 눈에 들어온다. 직장에서는 오래전부터 자기주도학습 프로그램을 운영하고 있었다. 직무능력 향상을 위해 학습한 게 있으면 비용을 지원했다. 눈뜬장님으로 15년을 못 찾아 먹은 게 배가 아프다. 사무실 인근에 있는 프레젠테이션 학원부터 등록했다. 5주 과정 수료증을 냉큼 받아들고 회사에 제출했다. 이수증도 이수증이지만 뭔가를 마스터할 때 성취감이 꽤 짭짤했다. 맛을 한번 보면 더 먹어보는 심보라 스마트워크의 일환인 에버노트 과정(손영복 강사)도 이수했다.

회사에서 못 찾아 먹은 것 중 눈에 띈 게 또 하나 있다. 책을 지원받는 것이다. 서평이란 수고비를 지불하지만. 자기주도학습 프로그램처럼 이 역시 직원들은 일찌감치 챙겨 왔다. 상사가 되어 이제야 맛보니 누가 직장 선배인지 모르겠다. 그동안 내 호주머니로 샀던 책을 회사에서도 챙겨 주다니. 서평 연습 기회까지 얻는다. 신규직원으로 새로 입사한 것 같다. 다른 사람이 주문한 책과 교환해 보기도 했다(그 '다른 사람'은 직속 상사인 실장님이었다). 소통의 빌미도 되었다. 직장 내 건전한 대화를 유도할 수 있는 이런 제도가 있다니. 이제라도 눈에 밟혔으니 천만다행이다. 서평 쓰기에 도움닫기가 되었다.

대치동, 강남 언저리는 회사 사무실과 제법 가깝다. 그 동네를 젊음의 거리로만 인식했지 온갖 강연의 집합체인 줄은 미처 몰랐다. 신세계가 따로 없다. 대치동에서 1인기업경영이라는 과정을 이수했다.

주 1회씩 5주간 밤 10시까지 수업을 들었다. 수업은 15시간이지만, 매일 실천하는 과제가 있어 35일을 투자한 셈이다. 나의 사명과 비전을 만들고, 브랜드 가치에 입각해 나만의 경영전략과 목표, 계획, 실행 등 프로세스를 실습했다. 일과 삶에 대한 경영 팟캐스트를 매일 듣고 정리했다. 습관 체크리스트도 일수 찍듯이 점검했다. 신세계답게 해보지 않은 경험으로 박자를 맞췄다. 조직에 몸담은 사람이 이런 사장들 경영과정은 왜 듣느냐는 질문도 받았다. 함께 공부한 기수들은 거의 사업가였다. 가정과 사회에서 나를 경영하는 데 목적을 두었기 때문에 소속은 그리 중요치 않았다. 내가 존재하는 곳에 적응하고 개선하는 장면만을 상상했다.

이와 연계해 매월 한번은 1인기업경영 세미나에도 참석했다. 매월 넷째 토요일, 꼬박 1년을 다녔다. 참여한 사람들과 오찬을 함께 하며 일과 경험을 나누었다. 4차 산업혁명, 역사, 중국 동향, 커뮤니케이션, 고객 전략, 창업 등 경영과 관계된 다양한 강좌를 접했다. 지금도 그때 배운 키워드가 줄줄 튀어나오는 걸 보니 세미나 이후 정리한 덕을 보는 것 같다. 경험과 경험이, 배움과 배움이, 관계와 관계가 서로 연결되어 이색적인 맛을 우려냈다.

뇌신경 연결 원리를 이용하는 크랩 아카데미에도 가입했다. 독서,

습관, 영어, 수학, 골프 등을 온·오프로 운영하는 프로그램이다. 참고로 크랩 명칭은 CREB이란 뇌신경 전달 물질이 게를 닮아 붙인 이름이다. 신경과 전문의가 개발한 과학적 원리를 자기계발과 비즈니스에 접목한 프로그램이다. 독서와 습관 강좌를 듣고 현재까지 참여 중이다. 회원들과 온라인에서 서로를 응원하며 각자 실행한 내용을 공유한다. 포인트 적립 마냥 2년째 쌓고 있다. 하루하루의 곳간이 채워진다. 타인과 응원을 주고받는 힘의 논리로 함께 사는 세상맛도 일깨운다. 휘발성 에너지를 채워주는 주유소 같다. 긍정습관 도장 역할을 하니 말이다. 블로그에 찍힌 습관 도장만도 어느덧 438건이다(숫자는 기억력의 한계이지, 계산적인 사람은 아니다).

그렇다고 무작정 쌓이면 처치 곤란이다. 시간과 공간은 한정돼 있으니. 야근도 배제할 수 없는 상황에서 자기계발 목록 수가 늘어나니 정리가 필요했다. 그러기 전에 야근 줄이는 방법부터 처치해야 할 판이다. 공간정리 기법을 배웠다. 제2의 집이라고도 할 수 있는 사무실 공간을 정리했다. 책상과 서류, 폴더들이 그 대상이다. 시간정리 기법도 배웠다. 바인더로 시간 관리한 지 2년째다. 일일, 주간, 월간, 연 단위 시간을 관리하니 나에 대한 통제권을 부여받은 기분이다. 좀 더 거슬러 올라가 내 머릿속 생각도 정리하고 싶었다. 주말에는 '생각정리' 강좌를 들었다. 기초부터 심화 과정까지 이수했다. 마인드

맵, 알마인드, 만다라트 등 생각정리 도구를 다뤘다. 최근에 출간된 생각정리기획까지 생각정리시리즈 세 권과 강연을 모두 거쳤다. 그만큼 내 머릿속과 마음이 어질러져 있었나보다.

배움의 목마름인지, 결핍의 보상인지, 잠복한 열정인지, 뭔지 몰라도 내부 과녁을 향하고 싶었다. 화살촉에 '넌 누구냐'를 끼운 채 나를 향해 겨누었다. 연인이 처음 서로를 알아갈 때 설렘 속에서 잘 보이려 애쓰는 것처럼 내가 나에게 작업 걸고 싶어졌다. '나다움 인문학교' 5주 과정을 수료했다. 에니어그램 도구로 나를 분석하고 어떤 모습인들 인정사정 봐주기로 했다. 내면이 말하는 욕구와 감정을 알아차리고 행복 비스름한 소리도 들을 수 있도록. 내가 보이니 남도 보였다. 우물 밖 세상은 손만 뻗으면 학습의 장이 널려 있다. 올려다보지 않고 땅만 쳐다보았으면 어쩔 뻔했나 싶다. 직장이 전부인 양, 그 안에서 쓰는 기술이 최고인 양 제자리걸음만 했을 텐데 생각만 해도 아찔하다.

뭐니 뭐니 해도 '나' 자격증 하면 이 성과를 빼놓을 수 없다. 바로 '나'란 날개를 달아준 운전면허증이다. 원주에서 서울 발령을 받자마자 운전면허증을 땄다. 나 혼자 불편함 없이 살았다면 대중교통에 안주했을 것이다. 어머니가 심장으로 병원에 입원하고 아이를 독서 모임에 데리고 다니다가 이참에 우리 집 기사가 되기로 했다. 차가 있으면 돈이 모이지 않는다는 이론으로 버티고 버티다 마흔 넘어 실현했다. 면허증을 딴 후 도로 연수 몇 번 받고 이 또한 바로 현장으로 출동했다. 거리의 무법자 마냥 초보운전자란 정체는 잊어버린 채 아이 태우고 시내를 활보했다. 홍대 콘서트, 여의도 국회 체험, 광화문 신문사, 효창동 백범 김구 기념관 등등. 자식에 눈이 멀어 길눈마저 무시했다. 그 리듬 타 가족들 다 태우고 대천해수욕장은 물론 지방 여행을 다녔다. 내 삶을 운전하고 싶은 욕망에서인지 운전대를 자유자재로 놀렸다. 이 자격증도 다 때가 있는 모양이다. 쫙쫙 빨아들이는 '때' 말이다.

주변도 돌아보지 못하고 '나'를 찾는 여행에 몰입할 때 가족들도 저마다 '나' 여행 중이었다. 굳이 미안해할 필요도 없이 각자가 원하는 삶을 쫓고 있었다. 아버지는 술도 줄이고 중국어 공부와 글쓰기에 한창이다. 불편한 다리에도 불구하고 쪼그려 앉아 매일 쓰고, 읽는다. '세이펜'이라는 말하는 펜과 중국어로 주거니 받거니 해 그 소리로 아버지의 위치를 감지할 정도다. 또 새벽마다 글을 쓰느라 아버지 방 문틈 사이로 불빛이 비집고 나온다. 지금까지 노트북에 저장된 파일이 늘어지게 줄 섰다. 아버지는 이 일들을 해내려고 매일 2시간씩 탄천 강을 따라 걷는다. 그 걸음 노하우로 재래시장에도 입학했다.

감자, 고구마 등 우리 집 간식 당번이다. 걷다 주운 풀, 꽃들로 꽃꽂이와 집안 리모델링도 자처한다.

어머니는 복지관에서 힙합댄스를 배운다. 32개 팀이 출전한 댄스 대회에서 1등상도 받았다. 시장에게 받은 상이라며 귀에 못이 박혔다. 각막치료와 백내장 수술 와중에도 까막눈 면한답시고 매일 영어 공부도 한다. 대학 졸업에, 영문과 전공에, 해외여행 다닌 사람들에게 기가 죽는다더니 숙제는 1등이다. 외국인이 어머니 레이더에 걸리면 그냥 지나치는 일이 없다. 온갖 방법을 동원해 말을 건다. 동영상 강의도 듣고, 우리보다 온라인 음성 발음기호와 소통을 더 자주 한다. 하루는 "어떻게 2시간 넘게 관절염 다리를 구겨 접은 채 영어를 그리 열심히 적으시냐." 물으니 "뜻도 모른 채 그림 한번 열심히 그렸네" 한다. 또 가족들 사진 모아 포토샵 작품도 곧잘 만든다. 부모님 두 분이 술을 사이에 두고 티격태격하더니 자기계발로 방법을 변경했는지, 어찌 됐건 그 시간만큼은 음소거 상태라 반갑기 그지없다.

질녀는 그림에 소질이 있다. 도화지 작품들로 방 하나 벽면을 채울 정도다. 컴퓨터 안에도 질녀의 손끝이 지나간 작품들이 옹기종기 모여 있다. 아이도 마인크래프트 전시회를 열 정도로 작품이 쌓여 있다. 한창 랩에 빠지더니 목소리와 발음도 분명해졌고, 랩 가사 영감이 떠오를 때마다 메모도 한다. 한때는 가족들 여행이나 체험, 문화생활, 장보기 등등 일거수일투족에 관여하며 챙기는 것이 내 역할이자 의무라 생각했다. 한마디로 내가 없으면 세상은 돌아가지 않을 거라 생각했다.

최진석의 [탁월한 사유의 시선]에서 '독립'은 익숙한 것들이 갑자기 불편해지면서 거기로부터 벗어나려고 용기를 발휘하여 얻은 선물이라 했다. 또 집단이 강제하는 일반적인 이념과의 자발적인 단절이고 고립이라 우선은 '우리'에서 이탈해 '나'로 서는 것이라 했다. 김태관의 [고수]에서도 눈이 어두워 자기 자신을 제대로 볼 줄 모르는 사람은 하수요, 밝은 눈으로 자신의 모자람을 살피는 것이 고수라 했다. 즉, 우물 안 개구리처럼 시야가 좁은 자는 하수요, 넓고 멀리 바라보는 자는 고수라는 것이다.

'나'에 대한 시력을 되찾고 우물 밖으로 뛰쳐나가 독립만세를 외쳤다. 내가 서니 주변도 절로 선다. 자연의 이치처럼 인위적 개입이 없으니 더 잘 돌아간다. 나 자신만 신경 쓰면 되었다. 자신의 성장을 내세워 이기적으로 살아도 괜찮았다. 이타성을 가장해 부모와 아이를 보살핀다고 착각하며 산 건 아닌지. 진정한 나의 모습으로 사는 '나' 자격증을 취득하는 것이 가족과 사회에 평화를 안겨주는 열쇠였다. 정작 그 보살핌 속에 내가 존재하니 나만의 독립도 성립한다. 알라딘은 이 작전으로 미녀공주도 얻지 않았는가.

  가족들 저마다 '나' 다운 이기적 삶을 사느라 집안이 분주하다. 각자 바쁜 일상이라 서로의 시간도 내 시간인 양 존중한다. 서로 간의 적당한 이기심과 무관심, 그 거리감은 지대한 관심보다도 힘이 강력하다. '나' 자격증을 소지할 수 있었기에 가능하다.

〈매일 습관목록 체크 달력〉

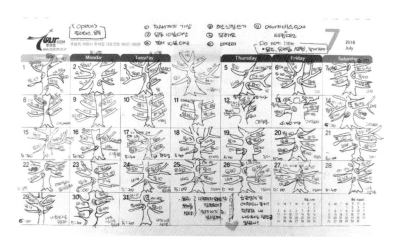

〈시간관리 바인더〉

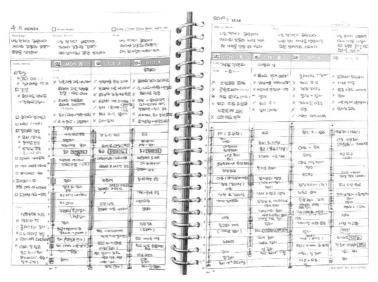

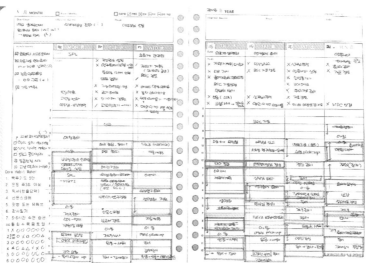

05 :

동반성장

　　성장이란 용어에는 현재의 부족함이 전제되어 있다. 가정과 직장에서 to do list를 가위표 치며 일수 찍는 일에만 몰두할 땐 나의 부족함을 몰랐다. list를 모두 소멸시키면 일 좀 하는 사람 마냥 스스로를 추켜세웠다. 아이의 몸과 마음, 행동에 급격한 변화가 찾아오고, 이를 지켜보며 내가 모르는 세계가 있음을 감지했다. 멈춰야 비로소 보인다는데 문제로 인식되지 않아 멈출 생각조차 못 했다. 산 너머 남촌에는 누가 사는지 그때서야 시선을 돌린 것이다. 내 눈에 고인 눈물로 어디다 시선을 둘지 몰랐던 아이의 틱 눈, 선생님과 친구들에 대한 피해 의식이 대화의 대부분이었던 아이 언어, 사람 만나기를 꺼려 집에만 있다 비만이 된 아이 몸을 보고서야 알아차렸다. 움직임이 커야 눈치채는 나 자신이 얼마나 무지한지를. 진작 내면을 갈고 닦아 채웠으면 상대의 미세한 떨림까지 느꼈을 것을.

그런 아이에게 무슨 말부터 해야 할지 몰랐다. 어떤 말이 진정한 위로가 되는지 언어가 먹구름 속에 숨었다. 처음에는 도덕 선생님처럼 굴다가 도리어 역효과가 났다. 맞장구 역시 근본 해결책은 아니었다. 그나마 집 밖에서는 싹싹하다, 친절하다, 상냥하다는 말을 좀 듣긴 했다. 말문 막히는 상황에 직면하니 그런 말들은 허수였다. 껍데기 허물에 불과했다. 이해관계가 얽히지 않은 사람에게 받을 수 있는 1회용 언어와 다름없었다. 그동안 아이와 잘 지낸 건 내가 소통을 잘해서가 아니라 환경과 사건이 잠자코 있었기 때문이었다. 모자란 소통기술이 주제 파악을 물어다 주었다. 그 길로 인터넷검색에 들어갔다. 소통 키워드로 검색되는 족족 마음속 장바구니에 담았다.

찾던 중 '부모자녀 세미나'라는 키워드가 눈에 꽂혔다. 아이와 함께 강의 듣는 점이 마음에 들었다. 마침 그 당시 강의 주제도 '인성'이었다. 강의 이후에는 부모와 아이들을 나눠 워크샵도 진행된다. 부모 워크샵에서는 조에스더 강사의 커뮤니케이션 강연이 있었다. 그야말로 아이 문제를 한 방에 해결할 수 있는 집합체였다. 이런 세계가 있다는 사실만으로도 신기해 아이 의향이고 자시고 따지지도 않고 바로 신청했다. 아이 역시 초등 5학년에 센세이션 돌풍을 맞은 셈이다. 오전은 1시간 반의 강의시간 동안 꼬박 앉아 있어야 한다. 아이 엉덩이가 들썩대리라 예상했다. 첫판부터 미동도 없었다. 심지어 강의 시간에는 아이 입이 벌어진 상태로 화면 정지 모습이었다. '인성이 실력이다'의 박완순 저자 강의였다. 오후 워크샵에서는 청년 멘토들이 내 품을 대신했다. 아이가 낯은 좀 가렸지만 마지막까지 견뎌 주었다. 하긴 처음부터 적응 잘하면 애가 아니지.

아이는 그날 특강에 빠져 부모자녀 세미나 연간 회원을 허락했다. 아이로 인해 육아서적을 매달 한 권씩 읽는다. 아이 몸은 매달 두 번째 토요일만 되면 그 장소에 갈 채비를 한다. 오후 워크샵은 한국경영리더십컨설팅 대표 김형환 교수의 미니특강과 부모들 소통이 어우러진다. 오전 강의가 증발하는 것도 막고 세상 돌아가는 지혜도 얻는다. 가장 큰 깨달음은 아이 문제가 아니라는 점이다. 부모가 문제였다. 오전 강의는 아이와 함께 듣지만, 아이가 어떤 태도로 임하든 부모만 잘 들으면 될 일이란다. 실상이 그랬다. 토요일 아침부터 지식과 지혜 쌓겠다고 부지런 떠는 모습에도 아이는 동기부여를 받고 있었다. 아이의 욕구가 찰랑찰랑할 때 잽싸게 SPL(자기주도리더십) 프로그램에도 참여했다. 아이와 부모가 함께 한다. 아이 방학 때 총 15시간 일정을 함께 뛰었다. 엄마 꿈이 무엇인지를 묻는 아이 인터뷰가 있었다. 그날 이후 아이 장래희망 보다는 내 꿈 찾는 일이 더 시급해졌다.

세미나에 이어 아이와 함께 하는 활동으로 독서 모임이 있다. 각자 책을 선정하고 조원들과 나눌 이야기를 정리했다. 이런 사전 준비 과정만으로도 얻는 게 많아 배부르다. 조원들과 함께 나누면 배가 터지기 일보 직전까지 팽만하다. 그 포만감은 나보다 아이가 더했다. 아이는 돌아오는 차에서 내내 배부른 표정으로 입꼬리를 씰룩댔다. 평소 짓던 무표정은 온데간데없다. 독서 모임은 무작위로 조가 편성되기 때문에 아이와 같은 조가 될 일이 없다. 아이가 속한 조의 책 나눔도 덤으로 얻는다. 독서를 독서 모임하면서 깨우친 것처럼, 스피치도 조별 리더로 발표하면서 늘기 시작했다.

아이가 리더가 되어 앞에 나가 발표하는 날이었다. 그 순간 다른 집 아이를 보는 줄 알았다. 조원들 책을 자세히 소개하고 마무리에 의견까지 곁들이는 게 아닌가. 집안 문제와 전학으로 아파했던 그 아이가 지금 내 눈앞에 서 있는 이 아이였던가. 마음 같아선 당장 뛰쳐나가 하이파이브나 어깨동무하고 싶은 걸 간신히 참았다. 아이가 앞에서 마이크 잡고 이야기하는 동안 자리에서 듣는 사람들이 나에게 엄지척을 보냈다. 모두가 반달눈이 되어 아이 소리에 숨죽이고 있었다. 내 가슴과 목은 떡 여러 개를 한꺼번에 집어삼킨 상태였다. 괜히 눈물이라도 덜컥 쏟으면 팔불출에다, 웃긴 장면에서 혼자 우는 관객 꼴이 되기 십상이다. 침 한번 꼴깍 삼키고 옆집 아줌마처럼 바라보았다. 아이를 확인하는 계기가 된 것은 물론 내가 발표할 때와 비교까지 하게 되었다.

내가 리더로 앞에서 발표하던 날은 아이가 피드백을 주었다.

"엄마, 오늘은 목소리가 작았어. 마이크를 입에 더 갖다 붙이고 말했으면 좋겠어."

"엄마, 오늘은 필기한 노트만 보고 이야기하니 너무 땅만 보는 것 같아. 고개도 한 번씩 들고 청중들도 보면 좋을 것 같아. 청중들에게 시선을 골고루 주면 더 좋고."

"엄마, 오늘은 조원들과 나눈 이야기 중 가장 와 닿는 책 한 권만 소개하라는데, 엄마는 책을 다 소개하더라고. 내용이 다 좋아서 일부러 그런 건가 했네."

이런 식으로 아이가 매번 지적할 때마다 메모해 두었다. 어느 누구도 칭찬 대신 지적하는 사람은 없었다. 아이 제안을 들으니 어떤 분야건 멘토와 멘티 사이에서 나이는 고려 요소가 아니었다. 아픈 아이, 돌봐줘야 하는 아이, 챙겨야 하는 아이가 더 이상 아니었다. 아이랍시고 키 차이만큼 위에서 아래로 내려다보는 건 어리석은 시선이다. 비스듬한 기울기 눈빛을 평행선 시선으로 변경했다. 제자가 스승 뒤를 몰래 밟는 것처럼 독서 모임 전날은 아이 행동을 훔쳐보게 되었다.

아이는 독서 모임을 통해 철학, 자기계발, 인생 분야에 흥미를 보였다. 모임 때가 다가오면 아이는 먹잇감 구하듯이 책장 앞을 어슬렁댄다. 한 손에는 색연필, 한 손에는 포스트잇을 부여잡고 이번에는 어떤 내용을 고를지 머리를 좌우로 갸웃거린다. 초등 6학년 어느 순간부터는 청소년 도서보다 자신이 끌리는 어른 책으로 선정했다. 아이의 독서 모임 노트는 2권이 되었다. 노트를 들춰 보니 나와 또 비교된다. 나눔 내용을 회의록 수준으로 적는 나와는 달리 표로 도식화하여 정리하고 있었다. 황금 같은 일요일 오전에 독서 모임 갈 준비로 몸을 분주히 놀려대야 하는데 이때는 군소리 않고 따랐다.

아이와 함께한 성장 추억이 또 있다. 한 어린이신문사에서 객관식 시험제 폐지를 주제로 찬반 토론이 있었다. 아이는 객관식 시험제를 고수하는 입장에서 이러쿵저러쿵 주장도 객관식처럼 펼쳤다. 주관식만 있어서는 안 된다는 주관을 덧붙이길래 말을 글로 옮겨 신문사에 보냈다. 담당 기자에게 연락이 왔다. 신문사에 방문해 찬반토론과 촬영을 했다. 신문 1면에 반대 입장 어린이로 대문짝만하게 실렸다. 농사짓던 엄마에게 서울 구경 시켜주는 자식 마냥 광화문에 있는 신문사도 얼떨결에 구경했다.

가수 벤 콘서트에 함께 갔을 때의 일이다. 관중석 전원과 게임 하나를 했다. 객석 자리에서 일어나 부르는 조건에 해당하는 사람은 자리에 앉는 게임이었다. "00한 사람은 앉아."라고 외쳐 최후의 1인을 뽑는 룰이다. 다리 아픈 사람도 아닌데 나는 일찌감치 탈락해 의자를 지켰다. 아이 포함해 3명이 남았다. 가수 벤은 관중석을 씩 훑어보더니 아이 키가 작아 두 명 남은 줄 알았다는 멘트를 강조했다. 3명 중한 사람이 외쳤다. "14세 이상 앉아!" 졸지에 아이가 최후의 1인이 되어 무대 위에 올라갔다. 사진 촬영과 함께 벤이 아이 손을 잡고 노래까지 불러 주었다. 관중석은 남학교나 군부대를 연상케 했다. 내가 살다 살다 젊은 남성들의 따가운 시선을 한 몸으로 받을 줄이야. 아이는 연예인을 만나려고 그동안 집에서 꼼짝 않고 사람 만나기를 꺼렸던 건지. 음악 무대를 밟으니 보람도 덩실덩실 춤춘다.

무대까지 섰으니 평지도 자주 밟아 줘야지. 한 달에 한두 번은 전학 오기 전 고향 친구들과 역사체험을 했다. 어떤 장소라도 졸졸 따라다니며 아이와 함께했다. 선생님 설명을 함께 듣고, 학습지도 곁눈질로 함께 풀었다. 선생님은 아이 친구 어머니였다. 선생님 혼자 아이들과 체험하는 프로그램이다. 아이도 데려다줄 겸, 역사 공부도 할겸 코스를 함께 밟았다. 행여나 감시반으로 쫓아온 줄 알까 봐 선생님 목 축일 것과 아이들 간식을 매번 챙겨 갔다. 역사체험을 시킨 건

조선 시대 왕을 하나라도 더 알아맞히라는 의도는 아니었다. 아이가 바깥 공기 마시며 사람들과의 접점을 만드는 게 목적이었다. 체험 초반에는 모깃소리를 내더니, 갈수록 아이의 대답 볼륨이 올라갔다. 역사에 취약한 내가 옆에서 주워 먹은 정보만도 남는 장사다.

아이 자존감 세우기 프로젝트에 가담하기로 약속이나 한 것처럼 아이와의 상황극은 도미노 현상이었다. 어쩌면 아이가 집 밖에 나가기를 꺼린 것이 아니라 내 손을 기다렸는지도 모르겠다. 아이 신체는 기회를 못 만나 잠재력이 짓눌린 반응이었을까. 그 끼가 억눌려 다른 기운들이 성난 파도처럼 들고 일어난 건가. 시험이 없다고 공부도 하지 않은 채 부모가 거저 되었다. 부모 학위도 없으면서 문제를 환경으로 전가시켰다. 눈에 보이는 자격증만 신경 썼지, 가시권에 없다는 핑계로 부모 자격증에는 소홀했다.

아이와 함께 하는 모든 프로그램이 부모 자신만 잘하면 되는 것이었다. 내 머리와 가슴 그릇만 키우면 될 뿐이었다. 내 그릇을 키우겠단 다짐도, 점점 커질 수 있었던 과정도, 그 안에는 아이가 자리했다. 현명한 부모는 이래야 한다, 아이는 이렇게 키워야 한다는 매뉴얼 보다 각자 개체로 만나 함께 성장하는 것이 해답이었다. 내가 아이를 키운 게 아니라 아이가 자라면서 나를 키운 셈이니 말이다.

조던 B. 피터슨은 [12가지 인생의 법칙]에서 올바른 훈육을 위한 원칙으로 현실 세계의 대리인으로 행동할 의무를 제시하며 다음과 같이 말했다. "부모에게는 자녀의 행복을 보장하고 창의력을 키워 주며 자긍심을 북돋워야 할 책임이 있다. 또한 자녀를 바람직한 사회 구성원으로 키워야 할 의무가 있다. 부모가 이런 책임과 의무를 다할 때 자녀는 기회와 자존감과 안정감을 얻는다. 이런 과정이 개인적인 정체성을 찾는 것보다 중요하다. 높은 수준의 사회성이 갖춰진 후에야 개인의 정체성도 의미를 갖는다." 아이에게도 말했지만 자식은 더 이상 내가 키워야 할 소유가 아닌 사회에 공유할 자산이다.

자식과 체험한 동반성장 원리는 직장에서 직원들 원리와 일맥상통한다. 아이 내면과 행동 패턴을 겪으니 직원들 심리도 서서히 보인다. 직원과의 경험으로 얻은 원리 역시 아이에게도 들어맞는다. 양쪽을 오가며 어떨 때는 균형추로, 어떨 때는 시소게임으로 나를 성장시킨다. 자식 같은 직원과 직원 같은 아이가 있기에 놀이터 같은 삶에서 외롭지 않게 시소를 탄다. 가정과 직장의 자식들이 앞으로는 또 어떤 시그널로 학습 욕구를 부추기고 나를 성장으로 이끄는지 내일이 기대된다.

06:

봉사

아이 내면이 쑥쑥 자라는 동안 나도 컸다. 나 자신이 보이니 다른 사람도 보였다. 내 동공에 구름 한 점 걷힌 것 같다. 상처받은 사람, 외로운 사람, 아파하는 사람의 윤곽이 드러났다. 예전에는 내게 없는 것을 가진 자가 그리 선명하게 보이더니 시력이 바뀌었다. 삶의 덕목으로 운동과 독서를 꼽았다. 거기에 또 하나 끼워 넣은 게 있다. 바로 봉사다. 한때는 내가 위로받을 대상이라 생각했다. 나 하나 바로 세우기에도 시간이 부족하다 여겼다. 아이와 동반성장 하니 얻어먹기만 하고 생전 턱 한번 내지 않는 구두쇠가 된 것 같다. 돈을 긁어모으기만 하고 움켜쥔 채 경제 혈관을 죄다 막아놓은 것처럼. 인심 보따리를 풀지 않고 붙들어 매고 살았다.

봉사 개념을 경제적 관점에서만 바라본 게 문제였다. 내 시간은 하나 내어 주지도 않은 채 말이다. 시각장애인, 결손가정의 청소년, 미혼모, 아프리카 아이들, 성경 연구회, 평화TV 등 모두 돈만 부치면 해결되는 곳이다. 몸이 마음과는 따로국밥이다. 가정과 직장에서 다른 사람 피해 주지 않고, 주변에 손 안 벌리면 사회에 봉사하는 셈 쳤다. 적극성 조금 보태자면, 내가 얻은 지식과 지혜를 주변에 나눠주는 것이 그나마 한 발짝 더 나간 봉사 개념이었다.

아이와 내 성장에만 눈에 불을 켜고 지냈다. 주변을 돌아보니 나 혼자만 잘 먹고 잘산 것 같다. 내가 일어서야 남도 일으킬 수 있다는 핑계로 시간을 질질 끌었다. 몸과 정신 어디 한군데 성치 않은 곳 없이 멀쩡하게 태어났으면서 말이다. 누구나 강점 하나씩은 있다. 나 역시 나만의 재능과 끼가 있다. 봉사에 적합한 유전자가 따로 있는 것도 아니다. 봉사를 할 수 없는 요소는 눈 씻고 찾아봐도 없다. 그런데 뭘 얼마나 더 준비하고 남을 돕겠다는 건지 나조차도 이해되지 않았다. 독서가 옆구리를 콕콕 찌른 건지, 운동이 그렇게 내세운 건지 그건 잘 모르겠다. 안 하던 생각이 유입된 건 반가운 일이다. 이제 내 멀쩡한 몸뚱이로 시간을 선뜻 내어주기로 했다.

작년에 아이와 함께 가족봉사단에 가입했다. 몸으로 뛰는 봉사에 첫 테이프를 끊은 것이니만큼 이 봉사단체의 정체나 알고 뛰어들기로 했다. 가족봉사단은 2005년 저소득층 위주로 만들어져 2011년부터는 학교 사회복지사업의 일환으로 봉사가 진행되었다. 2012년에 조례로 '가족원정대' 인 가족봉사단이 출범했다. 우리 마을에는 30개 초중등학교가 참여 중이다. 아이가 중학교에 입학할 무렵 때마침 학교에 복지상담사가 배치되면서 이 단체도 생겼다. 아이와 언젠가 우리가 받은 은혜를 세상에 돌려주자는 대화를 나눈 적이 있었다. 말이 끝나기가 무섭게 이런 맞춤 물건이 나타난 것이다. 가족이라는 이름 하에 나라에서 운영하는 봉사를 만났으니 초보운전치고는 수월한 코스가 걸려든 셈이다.

가족봉사단에 대한 오리엔테이션 내용을 숙지하고 활동을 개시했다. 독거 어르신과 1:1 자매결연부터 맺었다. 어르신을 만나기까지 머릿속은 또 한 편의 드라마를 썼다. 봉사를 하겠노라 손을 들긴 했다만, 경험이 전혀 없는 초보자라 그런지 설탕 한 스푼의 달콤함만 있는 건 아니었다. 설렘 20%, 두려움 80%였다. 괜히 호랑이 어르신을 만나기라도 하면 어쩌나, 아이 앞에서 '봉사는 이런 거다!' 는 멋진 모습은커녕 우거지상이나 내비치면 어쩌나 염려되었다. 하긴 걱정도 팔자다. 우리 집에 호랑이로 변신하는 아버지이자 할아버지에게 단련이 됐는데 말이다.

어르신들을 지원하는 사회복지관으로 갔다. 다른 학교들도 모였다. 이산가족 상봉하듯 가슴에 아무개 가족이라는 팻말을 붙이고 짝꿍 어르신을 찾기 위해 두리번거렸다. 어르신은 약속 시간보다 먼저 도착했다. 가슴에 붙은 이름표를 몇 번이고 거듭 확인하고는 우리 셋은 의자에 쪼르륵 앉았다. 어르신은 자식들이 고향에 언제 내려오나 이제나저제나 목 빼고 기다리던 그런 모습이었다. 행사가 시작되었다. 어르신은 아이 손을 놓지 않고 반달 눈빛으로 하염없이 쳐다봤다. 호랑이는커녕 귀여운 다람쥐 모습이다. 83세로 등에 혹이 있고, 두 다리는 수술 흔적으로 구부정하였다. 어르신은 사지 멀쩡하고 새파랗게 젊은 우리보다도 몇 배나 더한 백만 불 미소를 가졌다. 초면인데 혹시나 하고 평소대로 농담 몇 마디 건네니 까르르까르르 뒤로 넘어갔다. 유머 코드까지 맞는다. 사춘기 소녀 모습은 순수성이 얼마나 있느냐에 달려 있지, 나이로 가르는 게 아니란 걸 그때 알았다. 무뚝뚝한 아이도 거울신경세포가 활성화됐는지 따라 웃었다. 누가 누구를 봉사하러 온 건지 모를 정도로 설렘 100%, 두려움 0%로 시작했다.

첫 만남에서 어르신과 함께 화분을 심었다. 한 손에 화분 들고 가는 모습은 레옹의 마틸다 같았다. 어르신이 사는 아파트는 대부분이 독거 형태라 서로에게 의지하고 있었다. 몇 시간만 머물다 훌쩍 떠나

버리는 우리 둘의 발걸음이 멋쩍었다. 다음번에는 어르신 집에서 영양 만점 간식을 만들었다. 메뉴는 과일 꼬치와 카나페. 집에서 아이와 함께 만들기는커녕 간식으로 내놓은 적도 없으니 우리가 더 신났다. 어르신은 다리 수술을 받아 바닥에 앉지 못한다. 낚시 의자 비슷한 보조 의자에 앉아 고사리손으로 심혈을 기울이는 아이를 바라보고 있었다. 그 풍경에 두보의 '강촌' 시가 교차했다.

'늙은 아내는 종이에 장기판을 그려서 만들고 있고 어린 아이들은 바늘을 두드려 고기를 낚을 수 있는 낚시를 만들고 있도다.'

"맛있다, 맛있다"를 연발하는 어르신 보니 나 역시 봉사 맛을 왜 이제야 알았을까 하는 생각에 낚인다.

그해 여름은 유난히 뜨거웠다. 땀이 삐질삐질 하니 불현듯 혼자인 어르신이 생각났다. 해외여행도 패키지보다 자유여행이 더 스릴 있지 않던가. 어르신에게 연락했다.

"어르신, 이번 주말에 점심약속 있으세요? 저희와 같이 드시는 건 어때요?"

"어이쿠, 애기 엄마. 회사 다니느라 바쁠텐디 뭘 올려고 그랴. 약속이 없긴 헌데."

충청도 친정어머니에게 단련되어 어르신 대답을 의역할 수 있었다. 어머니는 배부르다, 생각 없다 하면서 모두가 배 터진다며 숟가락 놓을 때 그제야 남은 고기를 건드린다. '애써 벌어 놓은 돈으로 여행은 무슨' 이라 하면서 막상 가게 되면 딸이 보내준 여행이란 소문이 순식간에 돈다. 이런 정황에 입각해 '왔으면' 으로 결론 내리고 어르신 집을 방문했다.

어르신에게 가장 끌어당기는 음식이 무엇인지를 물었다. 복지관에서 매일 두 끼를 해결하는 분이다. "나야 뭐 다 잘 먹지. 별게 있나." 하면서 그 동네에 유명한 갈빗집을 안내했다. 어르신과 갈빗집까지 드라이브도 했다. 나는 호호 불며 군침 돌게 흡입하던 어르신 접시에 고기가 익기가 무섭게 얹어 놓았다. 그런 어르신은 아이 접시에 한 점이라도 더 먹으라며 고기 탑을 쌓았다. 어르신은 내내 혼자 살아왔고, 명절 때만 동생네를 오간다는 이야기, 올해 1월 무릎 수술 받고 집에서 혼자 애먹었다는 이야기... 등등 보따리를 잔뜩 풀었다. 우리가 이런 자유여행을 하지 않았더라면 어르신의 삶을 알기나 했을까. 형식적으로 봉사만 하고 훌쩍 떠났을 게다. 갈비 회식을 마치고 2차는 어르신 댁으로 돌아가 커피 한잔으로 나머지 회포를 풀었다.

어르신과 헤어지고 귀가하니 아이 주머니에 2만 원이 있었다. 대

뜸 전화해 "아니 왜 그런 걸 주시느냐"하니 아이 간식비 챙겨주는 게 소원이었단다. 그 돈을 받지 않으면 성의가 무시되는 것 같아 가슴이 더 아프단다. 어르신은 머리 자르는 일도, 물리치료도 모두 복지관에서 해결한다. 그 돈 모아 아이에게 쥘러 준 것 같은데 우리 가슴은 온전하겠습니까.

추석 전에는 어르신과 만두 빚기 활동을 했다. 어르신과 만두소에 농담 한 스푼, 웃음 한 스푼을 넣으며 경쟁하듯 만두를 빚었다. 그런 우리에게 케이블 방송 PD가 다가왔다. 봉사 장면을 자연스럽게 담겠다며 인터뷰를 요청했다. 방송 출연도 봉사의 일환이라 생각해 흔쾌히 승낙했다. 내가 봉사를 하지 않았다면 아이와 만두를 빚었겠느냐, 직장 다닌다는 핑계로 어디 만두 재료를 준비나 했겠느냐, 만두보다는 어르신과 추억을 빚는 계기가 되었다는 둥 조잘대며 촬영을 마쳤다. 옆에서 내내 웃고 있던 어르신도 덩달아 촬영했다. 어르신은 어쩜 그리 만두를 예쁘게 빚느냐는 PD 질문에 이렇게 답했다.

"뭐, 거시기 그냥 허다 보니 이렇게 만들어지네유. 다들 이 정도는 맹그는 법 아닌 감유?"

흐르는 물처럼 술술 풀어내는 어르신을 보니 복잡한 도시만 살다 수목원 자연 향을 들이켜는 것만 같았다. 사람들에게 이리 치이고 저리 치일 때 어르신의 순수함이 그리울 듯하다.

추위를 예고하는 김장철 즈음이었다. 아이와 연탄배달 봉사를 했다. 연탄을 나르는 행동에는 단지 운반이란 차원을 넘어 많은 의미를 내포했다. 같은 동네에 아직 연탄으로 사는 사람이 있다는 것, 우린 올해가 처음인데 이제껏 해온 사람들이 많다는 것, 3.4kg 연탄 무게를 연속 날라 아이 표정도 무거웠지만 가족들의 '단합'으로 서로에게 봉사가 된 것, 연탄 세대가 아닌 아이와 지난 추억을 소통하는 계기가 된 것. 봉사 행동 하나에 거미줄처럼 걸려드는 이점이 많았다. 이런 내 마음을 알았는지 가족봉사단 해단식에서 어머니 대표로 소감문을 발표해달라는 부탁을 받았다. 봉사활동이 끝날 때마다 활동 후기를 써서 제출하는데, 30개 학교 선생님들이 모여 선출한 것이라 했다. 30개교 300여 명이 모인 해단식에서 무대에 오르는 영광도 얻어걸렸다.

리처드 도킨스의 [이기적 유전자]에서는 "어떤 생물체가 자기를 희생하여 또 다른 실재의 행복을 증진시키기 위해 행동했다면 그 생물체의 행동은 이타적이라고 할 수 있다... 이타적으로 보이는 행위는 실제로는 모양을 바꾼 이기주의인 경우가 많다. 다시 말해서 근원적 동기가 숨어 있는 이기적 동기라는 뜻이 아니라 생존 가능성에 대한 행위의 실제 효과가 우리가 처음 생각한 것과는 반대라는 뜻이다."라고 했다. 남을 돕겠다는 심산으로 우위에 서서 한 행동이 도리어 내가 받아 챙긴 게 훨씬 많다. 우위가 역전되었다 해도 과언이 아니다. 봉사의 수혜자는 나였다.

이런 게 봉사구나. 서로 얼굴 한번 보지 않고 돈만 후원한 그런 봉사와는 뭐가 달라도 달랐다. 봉사는 운동으로 근육이 생기고, 독서로 지식이 느는 그것과는 또 다른 순이익이 따랐다. 이런 생각이 어르신 잘 만난 '人복' 인지, 봉사의 본질인 '仁복' 인지 모르겠다. 공자는 인(仁)을 강조했다. '사람 인' 자와 '둘 이' 자가 합쳐진 글자가 인(仁)이다. 혼자 살아가기 힘든 게 세상이다. 어르신과 우리, 사람 둘이 결합해 보니 결국 봉사는 남을 위한 것이 아닌 나를 위한 것이다.

인(仁)이 씨앗을 의미한다고 한다. 어르신과 우리는 서로에게 원조받는 사람이라 서로의 존재 그 자체만으로도 감사하다. 공생관계 봉사가 심봉사 같던 내 두 눈을 뜨게 했으니 자존감은 또 얼마나 부릅뜨게 만들었을까. 봉사로 얻은 만족은 씨앗이 되어 가족들의 행복까지 열매를 맺게 했다. 봉사의 이중 삼중 연쇄적 효과가 먹이사슬 같다. 세상에 흩뿌리는 씨앗 수를 늘리기 위해 우리는 가족봉사단 2년 차에 탑승했다. 봉사도 후배가 생겼으니 고참으로 선 그 길목에서 올해도 잘 닦아 보련다.

07 :

글쓰기

　　　　40년 세월 동안 내 글을 쓴 건 초등학교 일기가 전부다. 글쓰기가 인간의 본능이라는데 30년간 본능이 마비된 채 살았다. 그러던 중 '1인 기업 CEO' 과정을 이수하면서 뭔가를 끼적이기 시작했다. '10분 경영' 팟캐스트를 듣고 정리하는 과제가 있었다. 메모장에 기록해 과제를 제출했다. 사실주의 화가가 그림 그리는 것 마냥 들은 그대로 적었다. 이런 식으로 글쓰기 휴면계정을 풀었다. 글을 쓴다기보다는 USB 저장 역할이라 하는 게 맞겠다. 적다 보니 어느새 한 달 치가 쌓였다. 쌓이는 재미가 쏠쏠하다. 그 맛들여 세미나와 독서 모임 후기도 적어 봤다. 이 역시 듣기평가만 잘하면 가능한 글쓰기다. 저장 기능에서 정보 전달 글쓰기로 한 차원 올라가긴 했다. 글은 '에버노트' 공간을 타넘어 온라인 그룹 공간인 '밴드'로 옮겨가면서 독백의 글을 탈피했다. 글의 공유 범위가 꼭 소심한 내 속을 측정하는 도구 같다.

그러던 어느 날 밴드에서 한 댓글이 눈에 띄었다.

'아니, 이렇게 정리를 잘해 주셨는데, 같은 모임인 우리만 볼 게 아니라 모르는 사람들도 보면 좋을 것 같아요. 블로그를 해 보시는 건 어때요?.'

귀도 얇고 심지도 얇은 나로서는 어깨를 들썩이게 하는 결정적 멘트였다. 누군가에게 도움을 주어 그런지 자존감도 올라갔다. 한때 블로그는 할 일 없는 사람들이 하는 것으로 생각했다. 내가 막상 할라치니 용기 있고 부지런한 사람들이 하는 공간이었다. 아니, 할 일이 없으면 도저히 쓸 수 없는 게 블로그였다. 내 생각이 배제된 사실주의 글을 공유하는데도 얼마나 남을 의식했던가. 블로그는 글의 공급자와 수요자 쌍방 간의 윈윈 공간이었다. 블로그 운영방침이나 글쓰기 원칙 따위는 안중에도 없이 무작정 써서 게시했다. 그 옛날 할머니들이 의학적 전문지식 없이 된장 바르면 병이 낫는다는 심보처럼 말이다.

글 개수가 늘어나는 만큼 쓰는 기술도 비례하겠거니 하며 쌓아 나갔다. 파워 블로거는 언감생심이고 하나라도 올리는 게 어디냐는 심정으로 대했다. 어째 글이 쌓이긴 했다만 그 안에 내 생각은 없었다.

현장 소식을 나르는 메신저 역할만 했다. 다른 사람이 아닌 나의 언어로 뭐라도 깨작거려볼까 싶어 하루 하나씩 일상의 느낌을 적었다. 자연을 보든, 사람을 보든, 책을 보든 간에 일상에서 내 머릿속을 비집고 들이닥치는 문구를 쏟아냈다. 글이 점점 쌓이니 내면을 오픈하는 수위도 덩달아 올라갔다. 나이를 먹어 그런지 아니면 글쓰기의 위력인지 갈수록 얼굴이 두꺼워진다. 얼굴 두께가 내면 두께인 걸 보니 분명 후자의 짓이다. 실제로 얼굴에 뭐가 묻든 거울 보는 횟수도 확 줄었다.

사람마다 경험이 다르고, 가지고 있는 지식도 다르다. 이 때문에 같은 사물을 보고, 같은 단어를 봐도 해석이 다를 수밖에 없다. 이 사실이 글쓰기를 하게 만든 힘이었다. 내가 글을 쓴다는 건 30년간 마비 환자로 지내다 하루아침에 벌떡 일어나는 것과 같은 일이다. 독서와 글쓰기 모두 늦깎이지만 어차피 경험에 따라 사물을 달리 본다면 늦깎이 경험으로 재해석하면 될 일이라 여겼다. 다른 사람들이 일찍이 알았을 법한 내용이라도 경험이 다르다는 사실을 무기 삼아 글을 쓰고 게시했다.

글쓰기는 내 삶의 우선순위에서 그리 시급하고 중요한 일도 아니다. 가정과 직장 일이 내 삶의 메인 메뉴이기 때문이다. 그에 비해 글쓰기는 덜 급하다. 아니, 굳이 하지 않아도 사는 데 전혀 지장이 없다. 해도 그만, 안 해도 그만인 게 글쓰기다. 삶의 옵션 정도라고나할까. 맛집에 찾아가 그 집에서 가장 잘하는 메인 메뉴만 시키면 되지, 굳이 사이드 메뉴까지 시켜 배 불릴 필요가 있느냐는 논리다. 오히려 더 중요하고 시급한 일을 하는데 시간 뺏는 방해꾼이라며 주저했다. 글을 쓰면 삶의 변화가 크게 온다 하니 메인 메뉴고 사이드 메뉴고 간에 일단 한번 써 보자며 덤볐다. 진짜 뭐 그리 달라지나 어디한번 두고 보자는 심정으로 말이다. 그렇게 700여 건이 블로그에 담겼다. 내용이 길든 짧든, 술술 읽히든 어색하든 곳간을 채우고 나니부를 축적한 것 같다.

쓰는 습관으로 삶의 패턴이 달라졌다. 가정과 직장 일인 메인 메뉴 먹는 방법도 달라졌다. 블로그 글쓰기를 하루라도 거르면 그날은세 끼니를 거른 것만 같았다. 나도 모르게 스르륵 잠든 날은 알람 소리보다 선수 쳐서 일어나 글을 올린 적도 있었다. 습관을 달성하려고글을 쓰는 건지, 글이 쓰고 싶어 습관을 실천하는 건지. 닭이든 달걀이든 둘 다 맞난 건 부정할 수 없다. 직장과 가정에서의 일 처리 속도가 배가 되었다. 야근을 해도 출퇴근 이동 중에 써서 올릴 수가 있다.기분 언짢은 일이 있어도 오뚝이처럼 제자리로 오게 한다. 운동하는순간의 고통으로 기존 잡념을 밀어내듯이 글쓰기도 근심 걱정할 틈을 허용하지 않았다. 그러니 일에 가속도가 붙을 수밖에. 야행성인 나를 새벽형으로 인도까지 했으니 그 우정 변치 말자 할 친구다.

처음에는 하루 동안 감사한 세 가지를 썼다. 감사한 마음을 갖는 것도 쓰는 것도 신입생이다 보니 하루 마감 시간이 돼서야 간신히 쥐어짰다. 뭐라도 감사한 마음을 품고 잠들도록 한 작전이었다. 써 버릇하니 감사도 진화했다. 누군가가 나에게 베풀어 준 은혜나 찾아온 기회에 감사했던 게 어느새 남이 아닌 나 자신 존재에 감사해하고 있었다. 하드웨어의 신체 기관 하나하나부터 소프트웨어의 생각까지 감사로 선출되었다. 잠들기 전 벼락치기용에서 일상의 메모용으로 감사도 연륜이 생겼다. 허나 살다 보면 어찌 24시간을 감사한 일로만 채울 수 있겠는가. 늘 감사로만 똘똘 뭉친 성격도 아닌 것이 자칫하면 신데렐라나 심청이 이미지로 오해받겠다 싶어 감사할 거리가 바닥나기 전에 글 패턴을 전환했다.

그 후부터는 사진이나 일상에서의 느낌을 적었다. 블로그 문패를 '놀이터'로 내걸었듯 하루 휴게소로 삼았다. 지인들이 묻는다. 매일 올리는 게 힘들지 않느냐고. 이름 그대로 놀이터에서 한바탕 노는데 힘들 일이 뭐가 있겠는가. 블로그는 뭘 쓰더라도 생전 지적하는 일이 없어 맘껏 사장 노릇 할 수 있는 곳이다. 직장처럼 방향성에 끼워 맞추거나 결재선 따라 여러 차례 수정되는 일도 없다. 매일 글 올리는 게 힘이 들기보다는 경직된 힘을 풍선 바람 빼듯 뺄 수 있는 곳이 바로 이곳이다.

사람 욕심이 끝이 없다. 블로그에 쓴 글은 현재 시점에서 번쩍 드는 생각이다. 순간의 배고픔으로 그때그때 막 차려 놓은 밥상과 같다. 내면 깊은 곳 우물에 진즉부터 자리 잡은 이야기는 길러 올린 적이 없다. 역사를 알아야 현재를 제대로 보는 법, 나의 역사는 덮어둔 채 현재와 미래만 운운했다. '과거' 답안지는 나만 갖고 있다. 그러니 더 써야 할 명분이 선다. 블로그 글쓰기로 축적의 성취를 느꼈다면, 이제는 마음이 구토하는 성취를 느낄 차례다. 커다란 혹이 대장에 있는데 위장내시경만 받은 격이니. 나 자신도 잘 모르면서 덮어둔 채 괜찮은 척 산 건 아닌지 진단이 필요했다. 혹이 암 덩어리로 변하기 전에 이쯤에서 장을 싹 비워야겠다는 생각이 들었다. 과거 시점 글이 현재 시점 글과 만나면 하나의 연장선상에서 미래의 청사진이 제대로 나올 것 같다.

연장선 글을 보면 어느 누구는 나도 할 수 있겠다는 자신감이, 또 어느 누구는 이렇게는 하지 말자는 자극이 되지 않을까. 한때 돈이 전부라 생각했던 내가 삶의 진정한 보너스는 글쓰기에 있다는 것을 알았다. 이런 생각이 30년간 감금시킨 글쓰기 뇌를 풀게 한 계기다. 글의 영향력을 차치하더라도 글쓰기 그 자체로 떨어지는 콩고물이 많다. 주체적 '나' 가 빠져 있던 이삼십 대는 내면을 표현하는 방법이 고작 노래 아니면 술이었다. 수박 겉핥기식으로 표현해 놓고 상대가 내 마음을 알아주기를 바랐다. 몰라주면 서운해 하는 어린이였다.

종이와 단둘이 마주하고 내 감정을 털어놓으니 글은 나를 다 받아준다. 내 생각이 유치하든, 별일 아닌 일에 화가 났든, 자화자찬하든 간에 잔소리를 하길 하나, 훈계를 하나, 잘못을 꼬집기를 하나 그 어떤 모습도 다 받아주었다. 받아주는 바다 같은 친구 하나 생긴 것만으로도 글쓰기는 평생 동반자다. 타인에게 미치는 영향력을 의식하면 내 마음 그릇이 쪼그라들 수 있다. 하나씩 하나씩 천천히 꺼내 보기로 했다. 글을 쓰지 않고는 죽어서도 눈을 감지 못할 사람처럼 각오를 다졌다. 늦게 시작한 데다, 가정과 직장 일을 병행하니 아직은 한창 걸음마 단계다. 이 정도라도 나름 의미가 있다. 글쓰기 의미를 간직하고 곱씹으면 앞으로도 이 친구를 배신하지 않을 것 같다. 그 의미는 이렇다.

첫째는 가슴 책장과 머리 옷장의 수납공간을 정리하는 일이다. 정리를 제대로 하려면 모조리 다 끄집어내 재분류를 해야 한다. 그래야 새로운 물건이 차곡차곡 들어갈 수 있다. 글쓰기는 새 물건을 받아들일 준비과정이다. 신혼 첫날밤 목욕재계 후 신랑을 기다리는 새댁 심정으로 정리해 보자. 오래되고 낡은 물건, 유행 지난 물건은 미련 없이 과감하게 버릴 수 있게 하는 도구다.

둘째는 내면 근육량을 높이는 일이다. 몸에서 체지방 하나만 걷어내도 근육이 여실히 드러난다. 글쓰기는 내면의 체지방을 걷어내는 일이다. 군더더기 살을 없애면 매끈한 라인까지 나온다. 즉, 삶의 이상적 라인으로 향하는 길이다. 운동 초보자는 기구 하나하나에, 몸동작 하나하나에 바짝 힘이 들어간다. 초보 운전자가 양손에 핸들 움켜쥐고 주변 둘러보는 데 서툰 것과도 같다. 글쓰기는 쓰면 쓸수록, 초보 딱지를 떼면 뗄수록 펜에 힘이 걷어진다. 펜 잡는 힘이 느슨해질수록 내면 근육량이 올라가고, 이 힘으로 삶의 근육도 탄력 붙을 것이다.

이은대의 [내가 글을 쓰는 이유]에서는 글쓰기를 이렇게 표현했다. "작품을 쓰려고 하지 말자. 갓 태어난 아기를 생각해보라. 아기들은 먹을 수 있는 음식이든 아니든 상관하지 않고 눈에 보이는 것은 뭐든지 입에 대본다....글을 쓰고 싶은 욕심은 누구에게나 있다. 나도 마찬가지다. 툭 치면 톡 튀어나오는 방법이 있다면 얼마나 좋을까. 하지만 그런 방법은 없다. 글을 쓰는 것 외에 다른 목적을 생각한다면 그런 글이 나올 수 없다. 오직 쓰는 것, 진정성을 가지고 계속 쓰는 것만이 글을 잘 쓸 수 있는 방법이다. 쓰고 싶어서, 쓸 수밖에 없어서, 그리고 지금 쓰고 있어서 써야 한다."

나에게 글쓰기는 수납공간 정리와 근력운동과도 같다. 이 두 가지를 하지 않으면 앞으로 닥칠 일들에 휘둘릴 것 같다. 장기적 관점에서 보면 글쓰기만큼 시급하고도 중요한 일이 없다. 쓰다 보면 더 많은 의미들이 줄을 서겠지. 그 의미들과 하나하나 만날 생각하면 삶이 설레지 않을까. 삶의 보너스를 빨리 더 많이 받기 위해 지금 이 순간도 쓴다. 동네 아주머니들이 따끈따끈한 소식 전하고 싶어 입이 간질간질하는 그 상태로 써 내려가 보자. 노래를 유창하게, 춤을 화려하게, 그림을 근사하게 표현하듯 글을 맛깔스럽게 쓰기보다는 수다쟁이로 표출하는 방법부터 배워야 하니까.

08:

관계

평소 집 밖에서는 일로 대부분의 시간을 보내 회사가 제2의 가정이 된다. 물리적 시간만 보면 제1가정을 앞선다. 통상 흥부 가족처럼 자식 많은 집은 막내가 눈치껏 부모에게 잘 보이려 애쓴다. 나는 신입직원 때부터 직번으로 보나, 나이로 보나 대부분 막내 위치였다. 입사 동기 중 나이가 가장 어렸고, 동기 없이 혼자 배치되는 경우가 많았다. 그래서인지 만나는 범위가 거의 직장 울타리였다. 직장 상사가 세상에 전부인 양 그들을 우러러봤다. 그 안에서 인정받으면 세상이 나를 인정한 것으로 착각했다. 반대로 인정받지 못하면 무능한 자신으로 간주했다. 세상은 잘 차려진 잔칫집 뷔페인데, 한 그릇 음식에만 젓가락질하며 자신을 들었다 놓았다 했다.

아이는 아이대로 학교에서 같은 반 아이들과 선생님이 세상에 전부인 양 생각했다. 선생님 말 한마디, 아이들 행동 하나하나에 신경을 썼다. 아이와 나는 각자의 활동무대에서 닥친 과제는 꾸역꾸역 이라도 했다. 기분 좋은 날이든 버거운 날이든, 마음에 드는 사람이 있건 없건 간에 그냥 했다. 행동 동기가 내적 요인이 아닌 외부에 있었다. 일명 공부의 신 '설타'로 불리는 설보연 강사는 '자기주도학습법' 강연에서 동기는 행동을 유발하고 나아가게 하는 원동력이라 했다. 내재적 동기(intrinsic motivation)는 왜 공부하는지, 왜 일하는지에 대한 성취, 흥미, 호기심 등을 말하고, 외재적 동기(extrinsic motivation)는 돈, 성적, 칭찬 등이라 했다.

우리는 학교와 직장이라는 프레임에 맞춰 마구 달리다가도 이따금씩 제풀에 꺾이곤 했다. 이런 일이 반복되는 제로섬 게임에 놀아나는 게 누구나 겪는 삶인 줄 알았다. 아는 만큼 보이는 게 세상인지라 그 상황을 숙명으로 받아들였다. 직장에서 만나는 사람들 문화에 흡수되어 지냈다. 좋은 게 좋은, 상대를 언짢게 하지 않는다는 고정관념으로 관계를 유지했다. 아이에게는 아무 탈 없이 지내는 관계를 좋은 관계라 규정하며 학교 문화에 적응하도록 했다. 비나 눈이 오는 상황에서도 햇볕 쨍쨍한 날처럼 구는 게 예의인 것 마냥. 외적 동기에도 한계가 왔다. 이런 외재적 동기가 처음에는 강력해 보이지만,

지속하는 힘은 내재적 동기에 있다는 말을 실감케 했다. 같은 외재적 동기라도 나는 금전적 보상이라도 받지, 아이는 맨땅에 헤딩 격이라 더 감당하기 어려웠을 게다.

하루의 절반은 직장, 절반은 가정에서 관계가 형성되니 온몸에 통증 신호가 왔을 때에도 이곳을 근원지로 삼았다. 잘 인내하다가도 몸이 지치면 억울함과 원망이 비집고 들어왔다. 가끔은 나도 모르게 양의 탈이 벗겨져 늑대 이빨이 드러나기도 했다. 평소와 달리 늑대 울음소리가 튀어나올 땐 왜 그런지 내 마음을 보기 보다는 매일 보는 사람들과의 이미지를 신경 썼다. 아이에게는 손버릇이 나쁜 아이건, 욕을 하는 아이건 피할 수 없는 상황에서는 인내 카드를 사용토록 했다. 지나가는 사람이 이런 말을 해도 억울할 판에 가장 가까운 사람이 자신의 잣대를 들이대다니. 아이 잣대와의 괴리가 틱 장애와 비만을 불러온 게 아닌가 싶다.

나와 아이의 내면에서 화학반응이 일어나더니 결국 뿌리 깊은 빙하가 수면 위로 모습을 드러냈다. 이상한 나라의 앨리스가 되어 순간 이동하고 싶었다. 막상 현실 도피를 원해도 갈 곳도 없고 용기도 없었다. 가정과 직장, 그 생활 구역에서 해야 할 일을 미루는 담력은 눈곱만치도 없었다. 가슴은 더 조여 오고, 늑대 이빨로 으르렁대는 빙도는 늘어만 갔다. 나의 내면 문제는 회사를 그만두지 않는 한 억지로라도 버티면 시간이 약이겠거니 흘려 넘겼다. 한 달에 한 번 여성을 지배하는 호르몬 영향이라 치부했다. 내 감정이 주식처럼 하향곡선만 타는 게 아니라 상승세도 있어 주변 사람들도 복불복으로 수렴하겠거니 했다. 나 자신을 등한시하며 방치했다.

아이 내면은 입장이 다르다. 아이는 사회 세상까지 닿지 않고 집 밖 우물가에서만 머무는 학생인지라 심장도 어린이용이다(지나고 보니 나도 유아용이었다). 아이 마음 어루만질 곳 찾다가 부모자녀 세미나를 만났다. 심신이 병아리 같던 우리가 알을 깨고 첫발을 내디딘 곳이다. 부모자녀세미나를 매달 다니면서 다른 가정과 또래 아이들, 대학생 멘토를 만났다. 아이들로 가슴 아파하며 육아에 고민하는 사람들, 부모교육에 목마른 사람들, 자기주도학습에 열정적인 사람들, 아이 미래와 개인 시간을 기꺼이 맞바꾼 사람들을 만났다.

독서 모임과 강연에 참여하면서 책을 좋아하는 사람들, 배려와 나눔이 일상인 사람들, 지혜를 성공 기준으로 삼는 사람들, 인고를 딛고 책을 쓴 사람들을 만났다. 1인 기업 CEO 과정을 수료하면서 각계각층에서 일하는 사람들, 새로운 사업을 개척하는 사람들, 각 분야에서 비전과 사명을 되새기는 사람들을 만났다. 나다움 인문학교 과정을 수료하면서 나를 찾고 나답게 삶을 살아내는 사람들, 나를 세우고 세상을 바라보는 사람들을 만났다. 뇌신경 크랩 아카데미 회원으로 활동하면서 자기계발에 전투적인 사람들, 독서와 습관들로 하루의 성공을 외치는 사람들을 만났다. 인문학 밴드 활동을 하면서 책과 예술로 삶을 풍요롭게 만드는 사람들을 만났다. 그러고 보니 야근하면서 만난 경비아저씨, 이른 새벽에 만난 미화원 아주머니, 퇴근길에 아이 간식을 옆구리에 찔러주는 샌드위치가게 사장님 등 일이 연결시켜준 보물 인맥들도 줄을 이었다.

내 바운더리에서 한 발만 내밀어도 별천지다. 경계선의 한 곳이 이리도 큰데, 그 발 하나를 떼지 못해 굴레 속에 갇혀 지내다니. 사고 체계가 확연히 다른 사람들의 집합체다. 직접 만난 사람들이나 굳이 보지 않은 사람들이나 에너지 충전 효과는 기대 이상이다. 이 맛을 느끼게 되면 낯가림과 두려움에 주저하는 사람들은 땅을 치고 후회할 것 같다. 그들로부터 격려와 응원을 받았다. 칭찬을 습관처럼 받으니 내어주는 습관도 덩달아 물든다. 봉사활동에서 느낀 것처럼 다른 사람이 에너지 받는 모습이 피로회복제가 되어 되돌아온다. 목적의식이 비슷한 사람들과의 공간은 그 자체로 휴게소다. 상대가 잘 되는 일에 박수치고 함께 노력하는 곳, 모두가 한곳을 향해 화합해 나가는 그런 세계다.

잔머리 굴리고, 경쟁하고, 경계하는 묘한 분위기라고는 찾아볼 수 없다. 이곳에 발 담근 뒤 나의 내면 색깔도 변해갔다. 언제 터질지 모를 용암을 가슴에 끌어안고 살던 그때와는 다르다. 부모로부터 교육받은 희생정신이 세상에 통용되는 관계의 법칙이 아니란 걸 체험했다. 약삭빠르다고 여겼던 win-win 관계가 오히려 영원불멸의 힘이 있다는 것을 알았다. 칭찬이 고래를 춤추게 했다면 응원은 실행시키는 힘이 있다. 함께 있고 얼굴을 봐야 소통이 된다는 대면 위주의 선입견을 SNS(Social Network Service)가 깨주었다. 한국경영리더십컨설팅의 김형환 대표가 초연결 시대를 살아가는 우리에게 SNS는 망망대해에 빨간 잉크를 떨어뜨리는 효과라고 왜 그리 강조했는지 이젠 알겠다.

아이도 세미나와 독서 모임으로 학교와 집이라는 물리적 공간만 뛰어넘은 게 아니다. 관계, 시간, 공간 모두 땅따먹기 게임처럼 관할 구역이 넓어졌다. 아이는 다양한 연령층과 직업군을 만나고, 다양한 분야의 강연을 들었다. 잠들기 전 하루를 피드백하는 습관을 SNS로 기록했다. 아이 몰래 훔쳐보니 700일을 넘어섰다. 아이의 영역 표시는 방구석에 국한했다. 그러던 아이가 바깥세상을 접하며 '기준'을 따라가기보다는 '기준'을 외치고 있다. 삶의 기준점이 아이 내부로 침투했다.

우리는 이렇게 삶의 옆길을 텄다. 그 옆길로 샜다가 다시 일상으로 돌아오면 종전 그 모습이 아니다. 반복되는 일일지라도, 매일 보는 사람이라도 새로운 시선으로 바라볼 수 있다. 경직된 머리와 가슴은 좀 더 말랑말랑한 상태가 되었다. 환기구 통로인 이 옆길을 발견하지 못했다면 어땠을까. 아마도 딱딱한 사고로 휘어 부러지는 관계를 형성했을지 모른다. 하루하루 일상의 여행 맛도 모르고 쳇바퀴인 양 짐 싸는 여행만 동경했을지 모른다.

어느 날 아이 책가방을 빨려고 뒤적이다 편지 한 통을 발견했다. 내게 쓴 편지였다. 아이가 꺼내 놓지 않아 도둑고양이가 되었지만 꺼내는 걸 깜빡했다 치고 공범 삼아 공개한다.

'어머니께 참 감사해요. 나를 전학시켜 이런 좋은 환경에서 살게 했으니까요. 세미나도 다니고, 맘에 드는 학원도 다닐 수 있고... 지금의 나를 만들 수 있게 해주셔서...' 감사 냄새 풀풀 풍기며 주저리주저리 적혀 있었다. 글을 보니 얼마 전 함께 운동 마치고 돌아오는 길에 아이가 한 말이 떠올랐다.

"엄마, 난 어디로 여행 가지 않아도 좋아. 굳이 어디 데려가지 않아도 그냥 이렇게 지내는 것만으로도." 내 속도 그랬다. 핏줄 아니랄까 봐 같은 생각을 하고 있었다. 그렇게나 가슴 토할 정도로 소리 지르고 싶었던 곳이 이젠 생각나지 않는다. 현실의 허물을 탁 트인 바다에 벗어 던지고 싶었던 기억조차 바람 따라 바다로 떠내려간 것 같다. 세상과 맞장 뜨듯 자전거 타며 맞바람 맞고 싶던 건 호랑이 담배 피는 시절처럼 느껴진다. 내 마음에 쌓인 미세먼지가 지하실에 둔 자전거 안장에 수북이 쌓였다.

역설적이게도 관계를 넓히니 혼자만의 시간도 넓어졌다. 확장된 관계 속에서 과제를 수행하다 보면 자연스레 혼자가 된다. 나조차 나 자신이 궁금해 혼자만의 자투리 시간으로 내몰기도 한다. '1대 N' 영역이 넓어질수록 나만의 공간은 더없이 소중하다. 알고 나니 타인의 공간도 내어 주게 된다. 해를 놔두고 내 돋보기에 모인 빛만큼만 세상이라 한정했다. 빛이 모이는 면적이 좁을수록 더 지글지글 타들어 가게 마련이다. 좁은 관계 속에서 지낼 때 내 마음이 이런 상태가 아니었나 싶다. 관계에 있어서는 빛을 넓게 분산시켜 은은하게 따뜻함을 유지해야 했다. 무작정 면적만 넓히면 실속 없이 역효과가 날 수 있다. 학연, 혈연, 지연과 같은 관계를 넘어 삶을 가치 있게 바라보는 관계의 확장이 중요했다. 객관식 관계가 아닌 주관식 관계로 말이다.

김윤나의 [말그릇]에는 관계의 3가지 법칙이 나온다. 사람은 누구나 '나'를 사랑하고, 누구나 각자의 '진실'이 다르며, 누구나 건강한 관계를 위해서는 '경계'가 필요하다는 것이다. 세 가지 원리가 다 연결되지만 특히 세 번째 원리가 눈에 띈다. 건강한 관계에는 '경계'가 필요하다는 원리. 내가 지켜야 하는 거리와 상대가 다가올 수 있는 거리가 명확한 상태로, 사람은 평생 동안 개별성과 연합성이라는 두 가지 힘으로 균형 맞추며 살아간다고 덧붙였다.

닉 러브그로브의 [스워브]에서는 폭넓은 사람이 되는 기술을 이렇게 소개하고 있다. "고도의 특수 전문가는 한 가지 분야에서 인간관계나 인맥을 구축하는데 자원을 집중할 가능성이 크다. 그렇기 때문에 실제로 많은 사람이 자신의 경험과 활동 범위의 제약 내에서 상당히 좁은 인적 네트워크를 갖고 있다. 네트워크를 넓히겠다는 결심을 하고 단계적으로 접근하지 않는다면 깊고 좁은 네트워크의 포로가 되어 영영 깨고 나오지 못할 수도 있다...별생각 없이 자신과 비슷하게 생기고 말하고 생각하는 사람을 찾지 말고, 네트워크 전반에 걸쳐 다양성을 가진 사람들로 폭넓은 팀을 구성하는 방법이다."

길 거리만 잘 다녔지, 관계 거리는 너비 조절에 미숙했다. 힘 조절이 미숙아라 시소처럼 기우뚱댄 반증일 수 있겠다. '회사–집', 반경이 단순할 땐 머릿속은 비만이고 '역할–행동', 반경이 넓어지니 머릿속은 날씬해진다. 삶의 무대가 안방극장이었다면 '토지' 정도의 대하드라마만큼 판을 키우는 건 과욕일까. 누군가도 나처럼 관계 덕을 보았으면 좋겠다. 관계가 꿈도 물어다 주니 그 끈을 놓치지 말아야겠다. 어느 한 사람의 꿈과 희망을 물어다 주는 그 관계 선상에 내가 서 있는 게 내 꿈이다.

턴의 미학

이토록 멋진 삶이라니

누구나 타이밍과 실행력의
유전자를 갖고 태어난다. 목을 가누고 뒤집고 기고 걷는 것들이
누가 시켜서 한 일이 아니니 말이다.
나 살자고 각자 한 발씩 떼는 것이다. 발 하나를
바닥에서 떼는 힘이 실행력이다.

01 :

매 순간 특별한 삶이었다

　　한때 평범하게 사는 게 꿈이었다. '평범하다'의 사전적 정의는 '보통이다'이다. 도대체 보통이 뭐이기에 꿈으로까지 거들먹댈까. 어떻게 사는 것이 보통일까. 통상 통계적으로 많은 사람들이 포진된 범위를 보통이라 볼 것이다. 그 시선을 의식해서인지 내가 예외 값에 놓이기는 싫었다. 물론, 그 범위 기준도 내가 정하고, 통계도 내 가시권 경험을 토대로 잡은 수치이긴 하다. 출생에서 사망까지의 연령층인 생애주기(life cycle)로 평범한 삶을 따져 보았다. 청년기까지는 부모와 함께 내 집에서 조용히 사는 것이다. 한술 더 뜨면 엄마가 차려주는 밥 먹고 내 학업까지 신경 써 주는 모습이다. 장년기는 부부가 한 집에서 아이 낳고 오순도순 사는 모습이다. 남편은 경제생활에, 아내는 집안일과 육아를 전담하는 그런 모습. 빈 둥지가 된 노년기는 부부가 여행 다니며 연애 때처럼 사는 모습이다.

내 머릿속은 조선 시대에 머물렀다.

　이렇게 삶의 이상형을 그려 놓고 맞아떨어지는 사람들을 부러워 했다. 이상형 기준이 삶의 바이블 마냥 내 프레임이 되었다. 나이를 한 살 한 살 먹어도 그려 놓은 이상대로 현실 밥상은 차려지지 않았다. 소개팅에 나가면 이상형대로 상대가 나오는 법이 없듯이 말이다. 내가 정한 이상에서 현실을 뺀 차이만큼을 결핍으로 정했다. 이제 마흔 언덕을 넘었으니 청년기 20년, 장년기 20년을 나눠 차이 나는 갭을 볼 때도 되었다. 청년기는 빛도 들어오지 않는 월세방을 옮겨 다니며 '빛 그림자'를 학원으로 삼은 데서 갭이 생겼다. 장년기는 부부가 한집에서 살 수도 없거니와 경제, 육아, 업무 사이에서 '나'가 없는 데서 갭이 생겼다. 결핍은 자존감과 열등감 관계를 반비례 곡선으로 만들었다. 평범과 나 사이는 왜 이리 멀까. 남달리 '유별' 날까. '평범' 기준에 합격한 사람들을 사치스러운 삶으로, 배가 부른 모양이라며 구시렁구시렁대기도 했다.

　'유별나다'의 사전적 의미는 '보통의 것과 아주 다르다'이다. 통계 정규분포에서 중앙치는 평범한 사람들이 차지하고 양 끝단 열외 값에는 내가 놓인 것 같았다. 유별나다는 어감이 긍정적으로 들리지 않았다. 창의적으로 다른 게 아니라 이상하게 다른 것 같다. 그래서 내 삶이 유별나다 생각했다. 마치 지하철 환승 구역에서 모두가 우르르 북쪽으로 가는데 혼자만 남쪽을 향한 느낌이랄까. 모두가 동의한 것에 혼자 'No' 피켓 들고 서 있는 심정이랄까. 모두가 다니는 대로변 놔두고 혼자 내비게이션에도 없는 갓길을 주행하는 삶이랄까. 독특할 때 흔히들 표현하는 그 3차원 세계에 놓인 것 같았다.

물에 빠진 사람 건져 놓고 볼을 때리거나 체한 사람의 등을 치듯 내 정신을 흔들어 깨웠다. 내가 생각한 답은 모조리 합리성을 비껴갔다. 승용차를 타고 가다 교통 체증에 걸리면 골목길로 들어설 수도 있다. 안되면 오토바이로 갈아탈 수도 있는 법이다. 내 프레임을 넘어서서 시공간과 사람들을 가만히 들여다보았다. 모두가 평범하고 또 모두가 유별나다. 우주에서 내려다보면 이 땅에 발붙인 사람은 다 고만고만하게 보인다. 내 주위 반경 안에서 고개만 휙휙 돌려 보고는 그 좁은 시야에서 평범하네, 유별나네 하면서 갈라먹기 했다. 한마디로 유난 떠느라 에너지 손실이 컸다. 삶 자체가 유별나고 평범한 건 없다. 삶 속 구성성분인 사람의 문제일 뿐. '데미안'의 그 유명한 말이 떠오른다. '새는 알에서 나오려고 몸부림친다. 알은 세계다. 태어나려고 하는 자는 한 세계를 깨뜨려야 한다.'

나만의 세계를 깨고 운동, 독서, 글쓰기로 에너지를 전환했다. 종

목만 다를 뿐 주던 힘은 예나 지금이나 그대로다. 삶의 상품만 바꿨을 뿐인데, 지인들은 하나같이 상품을 좋게 평가한다. 오히려 '나'는 없고 '남'을 위해 살던 지난날에 투자한 자원이 더 많았음에도. "대단하다"는 말을 이제 듣는다. '나'에게 들인 input이 많을수록 output 원가도 상승하는 구조다. 처음에는 익숙지 않은 칭찬에 칭찬한 사람이 무안할 정도로 손사래를 쳤다. 지인들은 '나'를 삶의 수면 위로 들어 올려 주는 것은 물론 '나'만의 강점을 콕 찍어 칭찬했다. 나는 다른 사람과 비교한 '나'를 보았지, 존재 그 자체의 '나'를 들여다보지 않았다. 칭찬이 어색한 이유다.

칭찬을 얻어먹으면 연예인 생활이 궁금하듯 '나'라는 사람이 궁금해진다. 나에 대한 상대평가에서 절대평가로 눈을 돌렸다. 절대평가를 하는 순간부터 자존감 주가는 상승 곡선을 탔다. 나의 강점과 약점을 종이 위에 나열해 보았다. 상대평가 시절에는 강점이든 약점이든 간에 빈칸을 채우려면 빨래 비틀 듯 쥐어짜야 했다. 절대 평가제로 돌아선 후 재차 적어 보았다. 쓴 종이를 본 순간, 한밤중에 거울 속 내 모습을 본 표정으로 돌변했다. A4 반 페이지에 간신히 들어차던 강약점이 성형수술 받은 줄 알았다. 거추장스러운 표도 없이 A4 알몸에 무작정 적어 내려간 양이 무려 3페이지나 됐다. 더 심한 건 강점이 2페이지, 약점이 1페이지다. 객관성을 상실했나, 아니면 망각에 씌었나 싶을 정도로 놀라웠다. 머리를 쥐어짜 시험 치르더니, 편파성이 있다 한들 내가 나를 인정한 건 박수 받을 만하지 않은가. 하기야 나에 대해 가장 잘 아는 사람은 '나'다. 전문가가 채점한 셈이다.

그렇다고 남과의 비교는 '상대평가', 나의 독립은 '절대평가'라고 삶을 규정할 수는 없다. 허구한 날 정한 대로만 사는 게 인생이 아니니 말이다. 신이 아닌 이상 경주마처럼 곁눈질 않고 살 수도 없는 노릇이다. 남과 나를 비교하는 상대평가라도 관점을 달리하면 된다. 부와 소유가 잣대일 땐 '결핍'이 부정적 단어로 다가왔다. 남이 가진 것을 나만 누리지 못해 억울함을 나타내는 지표였다. 이제는 '결핍'이 긍정적 단어로 그리 친근할 수가 없다. 더 나은 삶으로 이끄는 지렛대다. 청년기에 남의 집 살이, 학원 로망이 없었다면, 장년기에 건강과 가족의 빈자리가 없었다면 과연 지금의 내가 있었을까. 결핍 징검다리가 놓였기에 강 건너 황금기를 만날 수 있었다. 건너보니 나보다 훨씬 '결핍'이 크고, 나보다 훨씬 '성장'이 큰 사람들이 우글댔다. 스펙트럼 확장이 상대평가 잣대를 변화시켰다. 결국 삶은 상대평가와 절대평가를 적절히 섞어 균형 있게 발전시키는 것이었다.

그러고 보니 '나'란 사람은 평범하고도 유별난 존재다. 남들은 나를 진즉에 특별한 사람으로 봐주었는데, 내 껍데기만 보고 판단하겠거니 착각했다. 애먼 다리 긁은 채, 그 껍데기 포장하느라 시간을 허비했다. 유별난 게 맞다 한들 평범하게 사는 척 애써 몸을 기울일 필요도 없다. 남 의식하다 넘어져 코가 깨지면 그나마 봐 줄 코마저 엉망이 될 테니까. 바보와 천재는 종이 한 장 차이라는 우스갯소리가 있다. 평범하다, 유별나다, 특별하다, 이 역시 낱장 차이다. 그 나물에 그 밥이다. 경계선은 무의미하다. 하늘이 정한 기준과 내가 정한 기준의 차이일 뿐이다. 경험이 축적되면서 기준은 수시로 변한다. 배경화면에 따라 그림은 달리 보이기 마련이다. 경계선 긋는 것 자체가 할 일 없는 짓이었다. 매 순간마다 닥친 상황에서 내가 정한 기준으로 삶을 이끄는 게 해답일 수 있다.

사무실에서 직속 상사와 부하 직원이 내 자리로 와 이야기를 나눈 적이 있었다. 나를 네트 삼아 부장과 직원은 농담 공을 주거니 받거니 했다. 그 소리를 들은 다른 직원들도 하하 호호 분위기였다. 그 모습이 하도 보기 좋아 내가 한마디 했다.

"부장님, A직원! 지금 이 장면 참 좋은데 우리 회사 조직문화를 위해 동영상 제작해 보는 건 어때요? 가령, 부장과 직원 그 소통의 현장 속으로... 뭐 이렇게..."

내 이야기를 듣고는 직원이 하던 말을 멈추고 나에게 한마디 한다.

"차장님, 차장님도 정상은 아니거든요. 설마 본인이 정상이라 생각하신 건 아니지요?"

모두 공감한다는 뜻인지 까르르 분위기다. 나도 웃음보가 터지는 걸 보니 정상이 아니긴 아닌가 보다.

성공을 위해, 더 잘 되라는 뜻에서 자기개발서나 강사 입을 통해 흔히 듣는 말이 있다. 내가 아는 범위 안에서 단골 메뉴 2개 꼽아 본다. 하나는 '꿈을 꾸어라. 상상하면 그대로 이루어질 것이다.', 또 하나는 '지금 알고 있는 걸 그때도 알았더라면' 이다. '상상하면 이루어진다' 는 부분은 내 통제가 가능한 영역을 두고 한 말일 게다. 청사진 그려 놓고 주구장창 상상은 하는데, 길 가다 벼락 맞을지, 사람에게 벼락 맞을지는 모를 일이다. 나에게 가능한 상황에서 최선으로 느낄 만큼 상상하면 되지 않을까. '그때도 알았더라면' 부분은 몰랐으니 그런 일이 있었고, 그런 일이 있기에 지금 알게 된 것일 게다. 지난날을 후회할 일도, 밀린 일 하겠다며 거창하게 상상할 일도 아니다. 지난 경험을 밟고 또 타 넘어 현재가 존재한다. 그때 몰랐던 걸 당연하고 감사해하며 '지금' 을 맞이하는 게 뇌도 춤추게 할 일이다.

나는 어지간해서 생선 잔뼈는 다 씹어 먹고, 과일과 고구마도 껍질 채 먹는다. 아이들이 먹은 그릇에 덩그러니 있는 밥풀과 새우 머리도 걷어 먹는다. 족발과 갈비뼈에 달라붙은 살도 내 차지다. 오돌뼈까지 씹히는 건 다 먹어 치운다. 커피숍에서 자주 마시는 카페라떼마저도 물로 부숴 마시는 게 결말이다. 어려서부터 마흔 넘은 지금까지 줄기차게 들은 말이 있다. 내가 있어야 음식 남는 꼴이 없다고, 어째 그리 게걸스레 잘 먹느냐는 말. 경험도 마찬가지다. 현재를 기준으로 어릴 적부터 하루하루 밟아온 경험들 모두가 음식 메뉴다. 혼자든 함께든, 놀든 공부하든, 슬펐든 기뻤든, 부끄럽든 과감했든 간에 지금 와서 다 써먹는 걸 보면 뭐 하나 버릴 게 없다. 내가 잔반을 먹어 치우며 먹는 장소에서 존재감을 드러낸 것처럼 다른 곳에서도 체화할 수 있다.

그 어떤 경험도 나를 있게 한 자양분이다. 그 경험 씨앗이 새로운 환경에 뿌리내린다. 어디로 튈지 모르는 게 경험 씨앗이다. 남의 집 살이 하며 눈칫밥으로 배를 채우지 않았다면 경력과 무관한 업무들과 조직의 CEO를 옆집 아저씨 바라보듯 했겠는가. 경험 씨앗은 기분 내키면 숲속에 잠든 공주도 아닌 거인을 깨우는 힘이 있다. 공주의 우아함은 거인의 잠재력을 흔들어 깨운 뒤에라야 더 아름답다. 아마 사람들은 저마다 더 큰 거인을 끌어안고 살 것이다. 단지 난 표면에 드러냈을 뿐이다. 시간, 공간, 관계 패키지로 신부 화장 받은 것처럼. 매 순간이 신선하고 예뻐 보일 것 같다.

　하루하루가 특별한 날이었다. 특별한 점들이 모여 일상의 선이 되고 면을 이루었다. 언제부턴가 명절 때 지인들에게 안부 문자를 보내지 않는다. 오는 문자에는 감사 회신을 보내지만. 지금 그걸 자랑이라고 하느냐 하겠지만 자존감 차원에서 꺼내는 말이다. '나'를 찾기 전에는 이런 인사치레도 신경 쓰며 개별 맞춤형으로 안부 문자를 보냈었다. '나'를 알고 내면을 채운 후 상대를 바라보니 평소와 달리 특별한 날이랍시고 명절에 안부 전하는 것이 무색했다. 예의가 줄었다기보다는 특별함이 보편화되었다. 오늘은 '어제+1'인 하루다. 지금이 최고로 특별한 순간이다. 이러한 순간들이 모여 의미 있는 성장을 했다면 축하받을 순간은 절로 따라온다. 어제와 다른 오늘이기에 매 순간은 크로노스가 아닌 카이로스 시간이 될 수 있다.

02:

삶을 바라보는 방법

《논어》에서 공자가 한 말 중 '삼인행 필유아사(三人行 必有我師)'가 있다. 세 사람이 길을 가면 그 가운데 반드시 나의 스승이 될 만한 사람이 있다는 뜻이다. 누구한테서나 배워야 함을 의미한다. 나는 이 문장을 읽을 때 '세 사람'에 악센트가 들어간다. 세 사람을 어진 사람과 그렇지 않은 사람의 관점으로만 보지 않았다. 두 사람이 길을 갔으면 같은 걸 보고도 다른 해석을 할까 봐 견제 차원에서 한 사람 더 붙인 모양이다. 단둘뿐이면 누구 말이 옳은지 어떻게 판단할 것인가. 동상이몽 상황은 필수불가결이라는 전제하에 적어도 세 사람은 있어야 한다는 의미로 이 문장을 활용하고 있다.

이처럼 살다 보면 같은 개념을 두고도, 똑같은 말을 듣고도 다르게 받아들이는 경우가 허다하다. '나'를 구성하는 경험과 지식이 각

양각색이니 더욱 그러하다. 새로 유입되는 정보의 흡수되는 정도가 다른 이유다. 지극히 당연한 이치다. 다른 사람은 고사하고 나 자신만 놓고 보더라도 같은 일에 얼마든지 다른 생각을 할 수 있다. 시간의 흐름에 따라, 상황에 따라 축적되는 경험도 달라지니 이에 맞춰 생각이 따라붙는 건 당연하다. 그렇다면 상황이 좋지 않으면 생각도 좋지 않고, 맑게 갠 하늘이어야 머릿속도 파란빛일까?

나는 '민폐 행동은 하지 말자'는 신념을 강점이라 자부하며 살아왔다. 어지간해서 주어진 일은 기한이고 사람이고 간에 미루지 않았다. 웬만하면 경제적으로도 기대지 않으려 했다. 상대의 시간마저 빼앗지 않으려고 애썼다. 되도록 '내가 하고 말지, 내가 손해 보고 말지.' 주의였다. 이런 행동이 주변 사람들을 편한 곳으로 모는 길이라 생각했다. 지금 내가 하지 않으면 제2의 피해자가 속출할 것 같은 불길한 예감에서다. 일의 가지 수가 삼겹살, 오겹살이 되더라도 불판 위에 굽는 자는 나였다. 던져진 공이 내 발등에 떨어졌으니 혼자 드리블하는 격이었다. 패스 실력이 부족해 야근이나 휴일(재택) 근무가 빈번했다.

일을 알고 모르고, 잘하고 못하고를 떠나 누군가가 넘겨받지 않는 게 목적이었다. 거기에 누군가가 기다리지 않는 것까지 얹어 '민폐'

를 정의했다. 꾸역꾸역 어찌어찌 일을 끝내고 나면 이 한 번으로 그치지 않았다. 이 바닥도 한번 발 담그면 문신이 새겨지든, 전자발찌라도 채워지는 모양이다. 계속 연결되어 비슷한 현상이 반복되었다. 민폐 원칙이 도돌이표 장단을 지휘했다. 내가 쓰는 기술이 단순해 그런지 가정에서도 발휘되었다. 아이 아빠는 한 집안의 자수성가 역할로 눈코 뜰 새 없이 바빴다. 가급적 내가 경제와 육아를 전담하려 했다. 직장 다니는 엄마라는 냄새가 풍기지 않도록 신경 썼다. 매일 아이 활동내역을 점검해 소통 재료로 삼았다. 준비물과 숙제도 미리 준비해 놓치는 법이 없었다. 남들이 직장 다니며 대학원 공부할 때, 난 직장 다니며 유치원과 초등학교를 졸업한 셈이다.

가정에서건 직장에서건 민폐를 책임감과 동일시했다. 내 할 도리는 다했다는 듯 의기양양했다. 시간을 장점으로 여긴 그 민폐는 약점이란 수면 위로 떠올랐다. 타인이 신경 쓰지 않도록 혼자 밥상을 다 차려 놓는 그 민폐 개념은 박수받을 일이 아니었다. 상대의 수족만을 편케 만든 것이지 마음까지 편하게 한 건 아니었다. 직장에서는 함께 일하는 사람들이나 후임자가 불편한 구석이 있을 수 있겠다. 1인 2역 역할극으로 아빠 자리가 비좁아 가장의 어깨가 더 오그라들 수 있겠다. 미리 차려진 준비물과 숙제 준비로 아이에게 계획이 주는 설렘을 빼앗을 수도 있겠다.

궁극에는 상대 자리를 무력화시키는 무기가 될 수 있었다. 나 아니면 안 된다는 민폐 개념이 상대의 기회를 가로채는 꼴이 될 수 있다. 지식과 경험이 쌓이니 '민폐'의 정의도 수정되었다. 본래는 '남에게 폐해가 되지 않기 위해 미루지 않고 내가 해버리는 것'이었다. 이제는 '남이 할 수 있도록 기다려 주고 남이 설 자리를 마련해 주는 것'으로 개정되었다. '결핍' 역시 시선이 달라졌다. 당초에는 '소유하지 못한 것으로 인한 빈틈'이었다. 고스란히 오기와 한으로 연결되는 삶의 예외조항이었다. 이제는 '더 많이 채울 수 있도록 돕는 지렛대'로 마음에 등재되었다.

이렇듯 상황 변화와 함께 지식과 경험도 한곳에 머무르진 않는다. 세상을 바라보는 개념 역시 변하게 마련이다. 내가 어떤 시선을 두고 사느냐에 따라 사건의 정의와 순간의 결정이 달라진다. 실시간으로 업데이트되는 것이 인생이다. 민폐와 결핍 두 가지를 예로 들었지만, 살다 보면 수많은 인생 개념이 수시로 개정된다. '나'라는 사람을 연혁별로 신구대조표를 만들어도 흥미로울 것이다. 오히려 신구대조표에서 비교할 것도, 변경할 것도 없다면 낯 뜨거워 나 자신에게 면(面)이 서지 않을 것이다. '현행 유지'만큼은 면해야 면이 선다.

언제든 변하는 게 인생 개념이라 한편으론 속이 편하다. 현재가

골칫덩어리라도 희망을 가져봄 직하고, 행복에 겹더라도 긴장을 가져봄 직하니 말이다. 현재를 어떻게 채우고 바라보느냐에 따라 개념의 질이 달라진다. 삶의 기준을 정하는 것보다 나만의 언어로 개념을 바로 세우는 것이 더욱 중요하다. 개념은 삶의 방향이자, 목적이 되기 때문이다. 집을 지어 올리기 전 설계도라 할 수 있다. 한마디로 나에게 닥친 상황 면면을 어떻게 정의하며 사느냐에 따라 결과는 판이하게 다르다.

세상을 바라보는 마음의 창인 [프레임]에서 최인철 교수는 이렇게 말했다. "프레임은 특정한 방향으로 세상을 보도록 이끄는 조력자의 역할을 하지만, 동시에 우리가 보는 세상을 제한하는 검열관의 역할도 한다...지혜로운 사람이 되기 위해서는 가까운 미래나 현재의 일도 늘 상위 수준으로 프레임 해야 한다. 일상적인 행위 하나하나를 마치 그것을 먼 미래에 하게 될 일이라고 생각하면서 의미 중심으로 프레임 하는 습관을 길러야 한다."고.

나만의 해석으로 프레임을 정하고, 하루하루를 그 의미 중심 소굴로 집어넣어야 한다. 실시간으로 업데이트되는 삶의 빅데이터가 구축될 것이다. 현재 모습을 떨어진 낙엽 신세로 보는 것보다 가지에 붙은 새파란 이파리로 보는 게 더 위험할 수 있다. 현상 유지가 가장 위험하다. 그 모습 고수하느라 수고 많았다는 경우는 없다. 동요 가사처럼 즐겁게 춤을 춘 사람을 높이 치지, 춤을 추다가 그대로 멈춘 사람에게 박수칠 일은 없다. 뭐라도 하고 건더기가 있어야 해석까지 진도 나갈 수가 있다. 어떻게 해석하느냐에 따라 삶의 선물이 되기도, 방해물이 되기도 한다. 외국어 수천 문장의 독해력보다 눈앞 상황을 해석하는 능력이 더 시급하고도 중요하다. 해석을 넘어 의역까지 가능하듯 인생개념들 간에 균형까지 맞춰야 해피엔딩 효과를 노릴 수 있다.

독서량이 턱없이 부족했던 시절에는 모 아니면 도 기질이 심했다. 정신의학 분야에 양극성 장애가 있는 것 마냥 이지선다에서 놀아났다. 아는 범위만큼 선택지가 주어졌다. 숫제 하지 않던 일을 기회가 오면 뽕을 뽑지를 않나, 개똥철학으로 흑백논리를 펼치질 않나, 먹고 자는 일을 벼락치기 하지를 않나, 일명 단순무식에 가까웠다. 내면 그릇을 채울수록 모와 도뿐 아니라 개와 걸, 뒷도마저 보인다. 아직 그릇 무게가 꽤 나가는 편이 아니지만 균형추는 생긴 것 같다. 삶의 가치로 양 날개 다루는 법을 배웠다. 내가 두발 달린 동물이라 그런지 과함이나 모자람도 없이 날개 쓰기가 여간 쉽지는 않다. 과거에 비하면 적당 선에 얼추 근접해 가기는 간 것 같다.

제아무리 가진 재료가 명품이라도 균형이 깨지면 볼품없는 물건이 된다. 하루 일과 중 이성을 많이 부린 날은 감성으로 양념 쳤다. 직장 일이 파도처럼 몰아칠 때는 가정을 수목원 삼았다. 먹이사슬 같은 관계 속에 묻혀 지낸 날은 혼자만의 시간을 확보했다. 긴장감으로 조인 날은 좋아하는 일로 나사를 슬쩍 풀었다. 반대급부로 균형이 맞도록 힘 조절에 신경 썼다. 하루하루에 리듬을 실었다. 음악 시간처럼 보내야 삶이 단조롭지 않다. 잡생각이 비집고 들어올 틈도 막을 수 있다. 분노와 우울도 정신 사나워 끼어들 새가 없을 정도로.

야근과 휴일 근무 시선을 다른 곁가지로 분양해도 성과에 큰 차이는 없었다. 미래를 예측해 미리 준비한다고 해서 현재에 맞선 시간이 크게 절약되지 않았다. 준비를 굳이 하자면 자신을 믿는 힘이다. 종일 일만 하고, 종일 공부만 한 결과가 반대급부 양 날개 쓴 결과와 크게 다르지 않다. 일을 해치우겠다는 심산으로 미리 해 놓아도 내가 통제할 수 없는 영역은 존재한다. 나의 우선순위와 세상의 우선순위가 일치하지 않으니 말이다. 마치 행글라이더나 낙하산이 기류를 가르고 안전하게 착지하듯이 '현재'에 리듬 타면 될 일이다. 완급과 강약을 의자에 들러붙은 엉덩이 힘으로 조절하면 성과는 그럭저럭 나온다.

바인더가 이를 도왔다. to-do list가 줄어든 게 아닐지라도 휴식 시간을 늘릴 수 있었다. 아이디어는 책상 앞에 착실하게 앉아야만 나오는 게 아니었다. 별똥별 공간에서 창의력이 나온다는 기업 이야기, 이제 실감한다. 일이 불안해 책상 앞에 앉아 펜을 계속 굴리는 시간이나 안정된 마음으로 시선을 다른 곳에 두는 시간이나 번개가 번쩍이는 데는 오히려 후자가 강했다. 내달릴 때와 멈출 때, 몰입할 때와 멍 때릴 때를 자신의 페이스대로 조절하는 능력이 핵심이다. 원리는 찾았는데 운전 기술은 아직 미숙하다. 나 역시 중간 지점에 다다르는 페달 연습이 필요하다.

[88연승의 비밀]에서 존 우든 감독은 "성공이란 여정이다. 나는 평생토록 성공은 여정 자체에서 찾을 수 있다고 믿어 왔다. 세르반테스는 감옥에서 쓴 책 [돈키호테]에 '여정 자체가 도착지보다 낫다' 는 명언을 적었다. 궁극적인 보상은 승리 뒤에 따라오는 영광이나 이득이 아니라 경쟁을 하는 과정 자체임을 잘 이해하고 있다."라고 했다. 내가 할 수 있는 일에 집중하다 보면 부수적으로 성과가 따라올 수 있다. 목표를 달성했다고 축하나 영광에 취할 일도 아니거니와 실패했다고 좌절하거나 주눅들 일도 아니다. 자신에게 집중하면 단순한 여정이 되고, 주변에 집중하면 복잡한 여정이 된다. 인생은 힘 조절이라는 말, 못을 귀에도 박고 가슴에도 박는 이유다.

성격도 중화가 된 모양이다. 어느 때는 남성미가, 어느 때는 여성미가 나타난다. 굳이 따지자면 여성미가 좀 모자라긴 하다. 인맥이 넓어지기도 했지만, 여군 이미지라 다가오기 수월한 것 같다. 누구나 바라보는 곳이 똑같다면 세상은 흥행 못 한 영화 같을 것이다. 내가 바라보는 곳이 있고 상대가 바라보는 곳이 있다. 각자의 시선이 있기에 너와 내가 존재한다. 다양성이 모인 집합체가 인생이고 세상이다. 관계는 넓으면 넓을수록 좋다. 내가 도울 수 있는 후보군이 많을수록 세상은 더 아름답다.

인생은 정답 없는 주관식 문제에 나만의 답을 채워가는 과정이다. 빈칸이 많다고 우울해할 일도 칸이 다 찼다고 우쭐할 일도 아니다. 채우다 보면, 알면 알수록 부족함을 깨닫게 된다. 성공을 돈과 명예에 두면 아무리 가져도 부족함을 느낀다. 지식, 독서, 지혜의 무형 재산도 채울수록 부족함을 느낀다. 그렇다고 채우기만 하는 것이 능사는 아니다. 잘 나가다 몸에 맞지 않는 부작용이 나타날 수 있다. 과다 섭취로 내성이 생길 수도 있다. 내 상태를 제대로 알고 약을 복용해야 탈이 안 난다. 삶을 어떤 개념으로 내게 맞추며 어떻게 살 것인가. 이 문제를 해결하는 게 내 삶의 본질이다.

03:

불행은 없다, 생각의 차이일 뿐

　　임종에 가까운 환자가 경험하는 감정이 있다. 퀴블러 로스(E. K bler Ross, 1968)는 이를 죽음의 5단계로 정의하였다. 1단계 '부정'부터 시작해 '분노', '협상', '우울', '수용'으로 이어진다. 용어 그대로다. 처음에는 자신에게 처한 상황을 받아들이지 못한다. 남 탓하며 화를 낸다. 신과 타협도 해 본다. 상실감에 빠지다가 결국 받아들이는 단계에 이른다. 이 프로세스는 죽음에만 적용할 문제는 아니다. 살면서 죽음 정도는 아니더라도 예기치 못한 상황에 맞닥뜨렸을 때 이 기전이 작동했다. 그것도 이상한 방향으로. 다른 사람과 비교하거나 기대와 달리 결과가 좋지 않을 때 그랬다. '왜 나에게만' 하며 남과 환경 탓을 했다. 잘 되기를 빌다가도 안 되면 의기소침하고 '내가 그렇지 뭐' 식의 자책이 종점이었다.

직장에서 일 다발이 몰리면 박사급처럼 말주변이 없어 그런가 생각했다. 아이 아빠가 언짢아하거나 무관심하면 내가 어리바리해 매력 당도가 떨어졌나 생각했다. 명문대가 아니라서, 돈이 많지 않아서, 눈치 보고 살아온 환경이라서... 변명거리에 의존하며 내가 나를 만들었다. 이런 생각은 자존감과 직결되었다. 자존감은 빙하처럼 수면 아래에 놓였다. 수면 밖으로는 당당한 척 빙산처럼 내비쳤다. 그러다 수면 밖 빙산이 와르르 녹았다. 잘라내고 싶을 정도의 통증, 전쟁터 같은 부모님 싸움, 아이의 질병, 오빠의 경제적 정신적 수렁, 질녀의 질풍노도, 독박 업무와 육아, 집안 대들보인 월급, 아이 아빠와의 거리감이 빙산을 가만 놔두지 않았다. 5단계 프로세스로 이끌었다. 내 마음을 알아주는 사람도 없지만 알아 달라 말하기도 귀찮았다. 역시나 '이대로 그냥 살지 뭐'로 어영부영 끝냈다.

나 자신은 그냥저냥 하루하루 주어진 일이나 처리하며 살면 그뿐이라 생각했다. 하지만 한창 자라는 아들과 질녀를 보면 이건 아니다. 퇴근하면 참새 줄에서 입 벌리고 기다리는 새끼 마냥 나만 바라보는 것 같다. 나 없으면 어쩌나 하는 생각이 번쩍 들었다. 생각의 불씨는 아이들이 지폈지만 여기저기 나 아니면 안 되는 일투성이 같았다. 일을 보는 족족 5단계 감정에 홀렸다. 이거 뭐 나부터 일어서야지 안 되겠다. 몸부터 고칠 생각에 열 일 제치고 운동부터 했다. 들리지 않는 무게들을 하늘이 노래지도록 힘을 주었다. 그 힘으로 정신 키우는 체조에 들어갔다. 독서 모임 등으로 오프라인 영역을 넓혔다. 사색의 시간으로 온라인 영역도 파고들었다. 5단계 감정들을 정면 돌파하고자 나에게 주식 투자했다(이율은 모르겠으나 손해는 없는). 일상을 벗어난 이 디저트 맛은 일상으로 도로 들어왔을 때 향을 피웠다. 아니, 독서, 운동, 블로그의 온·오프 활동이 자연스레 일상이 되었다. 하지 않으면 일상이 피곤해지는 사태까지 벌어질 정도로 본 메뉴로 등극했다.

한때 아이돌 세계에서 유행하던 노랫말이 있다. "오늘밤 주인공은 나야 나" 나야 나가 무한 반복되는 워너원의 노래. 젊은 가수들이 춤추며 흥만 돋은 노래가 아니었다. 감각은 의미로 받아들일 때 뇌로 입력된다. 아이돌 가수 음악을 즐겨 듣지 않는데도 이 음악만큼은 내 내 맴돈다. 그냥저냥 주어진 일만 처리하고 살았다면 죽을 때까지 주인공 캐스팅은 되지 못했을 것이다. 아마도 조연의 모습으로 또 다른 주인에게 끌려다니다 인생을 마감했을지도 모른다. 사람은 자율성이 주어지지 않고, 내가 선택할 수 없을 때 불행을 느낀다. 주연이냐, 조연이냐를 정하는 감독은 나 자신이다. 외부와 내면 상황을 가장 잘 아는 사람도 바로 나다. 어떤 배역으로 살지를 정할 사람은 나밖에 없다. 그 둘의 경계선이 그리 먼 것도 아니다.

시어도어 젤딘의 [인생의 발견]에서는 하이마바티 센이라는 여성이 소개된다. 센은 남자 형제들 어깨너머로 글을 배워 의사가 되었다. 자식들 키우며 남편을 시중드는 것은 물론 485명이나 되는 고아도 자식처럼 키웠다. 그녀는 안락한 침대도 마다하며 잠이 오면 어디에 누워 자든 중요치 않았다. 남을 돕는 것은 모든 인간의 의무이며 물질적 욕구는 마음의 평화를 깨뜨릴 뿐이라 했다. 그녀는 가족과 이웃을 넘어 더 넓은 사람의 공동체를 만든 장본인이다. 센이야 말로 높은 차원의 의미를 부여해 그 안에서 살면 무엇을 가지든 관계없이 삶을 지배할 수 있다는 모습을 보여주었다.

　이처럼 가진 것 하나 없더라도 삶의 의미만 있으면 불행이 행복으로 반전될 수 있다. '가치'라는 옷은 누가 대신 입혀주는 것이 아니다. 스스로 구매해 입는 것이다. 이 세상에 나 혼자라고 느껴질 때 내 시선에는 '우리'가 없었다. 남들보다 팔 하나가 없는 것 같았다. 다른 사람들은 정규분포에 서 있고 나는 멀찌감치 떨어진 골목에 선 것 같았다. 시선을 살짝 돌려 보았다. 장애 없는 다른 쪽 팔이 더 강성이 되어 있었다. 오히려 강성이 된 팔 때문에 특별한 사람이 되었다. 양팔 모두 버젓이 있을 땐 힘이 분산되어 두드러진 게 없었다. 팔 하나의 감각이 삶의 가치를 찾아 나서는 촉매가 되었다.

윤홍균의 [자존감 수업]에서 "자존감은 사회 환경과 밀접한 관련이 있다. 아무리 자존감이 높은 사람도 지속적인 스트레스나 압박 상황에 놓이면 자존감이 떨어진다. 반대로 자존감이 낮은 사람이 환경에 따라 서서히 회복하기도 한다…바야흐로 셀프로 자존감을 지켜야 하는 시대다. 행복해지기 위한 온갖 방법과 글귀가 난무하지만 진짜 행복은 튼튼한 자존감에서 나온다. 건강한 자존감이야말로 요즘처럼 복잡한 시대를 살아가기 위한 가장 강력한 무기다."라고 했다. 자존감이 가장 강력한 스펙이라 한 것처럼 내가 가진 것과 없는 것을 따질 일은 그 어떤 분야도 아닌 바로 '자존감' 이다.

내가 걸어온 여정에 함께한 사람들이 나를 성장시켰다. 나는 마음이 여린 편이라 상처도 잘 받고 눈물도 많다. 나를 성장시킨 등장인물이 없었다면 장군감 얘기는 꿈에서조차 듣지 못했을 게다. 블로그 명이 장군감 장군맘이다. 수차례 보따리 싸며 눈치코치 빠르게 만든 집주인 아주머니들, '체험 삶의 현장' 으로 인내심과 의지를 높여준 상사와 직원, 육아와 부부싸움으로 장인정신을 베푼 부모님, 한 집안 가장의 빈자리를 메워준 시누이들과 새언니, 출산과 육아에 독기와 지혜를 품게 한 시부모님, 가장의 고충을 느끼게 한 오빠와 아이 아빠, 사춘기를 예습시킨 질녀, 일과 가정의 균형을 일깨워준 아들… 나를 스친 모든 사람들이 스승이자 은인이다. 어쩌면 독서와 운동이란 자기개발이 나를 성장시킨 게 아니라 환경에 놓인 그들이 성장의 근원이었다.

삐뚤어진 고개를 바로 세워 보니 내가 받은 것은 불행이 아니었다. 아무나 가질 수 없는 특별한 선물이었다. 그들은 이 험난한 세상에서 내가 온정주의에 빠질까 봐 이성적 날개를 쓸 수 있도록 만들었다. 예상치 못한 위기 상황에서 대응력을 키워준 셈이다. 특히, 아이 아빠의 힘이 컸다. 아이 아빠는 아이를 직접 돌보고 싶은 욕구를 짓누르며 빚 갚는 데 급급했는지도 모른다. 자식과 함께 살지 못한 것이 마음 한구석 빚으로 남아 있을지 모른다. 많은 시간 우리에게 할애하지 못하고 가장으로서 이리저리 뛰느라 땀 닦을 시간조차 없었을 게다. 그 땀이 나를 독립하게 만들었다. 아이도 독립으로 이끈 셈이다. 아이 아빠의 빈자리는 음지가 아니고 양지였다.

반드시 부모와 아이가 정면으로 마주 보아야 아이가 바르게 자라는 건 아니었다. 같은 시간, 한 공간에 있지 않더라도 아이는 진심 어린 부모의 등을 보고 있었다. 아이도, 나도 아이 아빠의 등을 보고 이만큼이나 자랐다. 그 어떤 전쟁이 닥쳐도 맞서 싸우라고, 살아남으라고 독립군으로 성장시켰다. 서운함의 자리는 고마움으로 대체되었다. 일찌감치 인생 예습시켰다. 다 늙어 쓴잔을 마셨다면 어쩔 뻔했나 싶다. 얼마 전 아이와 길을 걷다 불쑥 아이가 이런 말을 했다.

"엄마, '놀이'라는 개념 있잖아. 부모가 꼭 좋은 데 데리고 가서 함께 노는 걸 의미하면 안 될 것 같아. 굳이 어느 멋진 곳을 가지 않더라도 이렇게 일상에서 함께 대화 나누는 것이 진정 놀이라고 생각해."

팔불출 같지만 아이의 어록을 남기고 싶다. 중학생 되어 이런 말하니 아이의 지난날이 주마등처럼 지나갔다. 아이가 유치원 다니던 때다. 계단 내려가다 뒤에서 7살 누나가 밀어 굴러떨어진 적이 있었다. 앞니가 부러지고 아랫입술이 다 터졌다. 치과에 가 앞니를 강제로 뽑고 아랫입술 전체를 꿰맸다. 하도 놀라 회사에서 유치원으로 한걸음에 달려갔다. 아랫입술이 평소 크기보다 세 배는 부풀어 있었다. 시퍼런 바닷빛 입술에 검은 실로 지그재그 꿰매 놓았다. 유치원 선생님은 죄인 모습으로 벌어지지 않는 아이 입속에 싸늘히 식은 밥을 넣어주고 있었다. 난 유치원 도착 직전까지 눈물 콧물 범벅이었다. 문 앞에서 화장을 고치고 연기자 모습으로 간신히 입을 떼었다.

"많이 아팠지. 괜찮아? 어쩌다가..."

6살 아이에게서 되돌아온 한마디는 "그 누나가 일부러 민 게 아닌데 어쩌겠어."였다.

아이가 초등 1학년 때 학교 상담주간에 선생님을 찾아간 적이 있다. 그 당시 하지정맥류 수술도 받고, 야근과 새벽 출근이 잦았다. 아이를 잘 돌봐주지 못한 미안함을 호주머니에 넣고 선생님을 만났다. 선생님은 아이가 배려와 봉사 정신이 있어 그런지 아이들에게 인기가 가장 많다 했다. 표창장을 받게 된 이야기부터 시작해 갈 때까지 칭찬을 늘어놓았다. 어느 학부모에게나 칭찬 세례를 하는 수도 있다.

이런 말을 들으면 대부분은 입 꼬리를 올릴 것이다. 입 꼬리는커녕 선생님 앞에서 소나기 퍼붓는 눈꼬리를 보였다. 선생님은 휴지를 빼다 옆구리에 찔러 주었다. 호주머니에 부모로서의 미안함을 넣고 왔는데 선생님 말에 호주머니가 터졌는지 눈에 봇물도 함께 터졌다. 집에 돌아와 아이에게 부모가 잘 챙겨주지 못한 것, 학교생활 잘해준 것을 차례대로 열거했다. 아이도 이어받는다.
"엄마, 어떻게 사람 사는 게 다 똑같을 수 있겠어."
중학교 선생님들도 아이에 대한 반응이 유사해 다행이다. 학년 말에 반 아이들을 대표해 표창장을 받게 하여 오징어처럼 말려들어 간 내 어깨를 펴 주었다.

아버지의 등, 아이 아빠 등은 우리가 세상을 항해하도록 비춰준 등대였다. 뒷모습의 '등'은 앞으로 나아가게 하는 '등'으로 희망을 심어 주었다. 아이와 나는 불행이란 있을 수 없다고, 생각의 차이일 뿐이라고 눈빛을 주고받았다. 아름다운 세상을 보여주기 위해 다른 사람의 고개도 돌려주는 사람이고 싶다. 꿈이 생기니 아이와 나, 각자의 하루하루가 분주하다. 때론 나는 나대로 직장 일이, 아이는 아이대로 학교와 학원 공부가 꿈의 시간을 방해한다. 타임머신 탄 과거의 그녀였다면 꿈을 향해 더 잘 할 수 있는 것을 일이 훼방 놓는다며 핑계 댔을 것이다. 내 생각도 자율주행 자동차 시대를 탔는지 변화되었다. 어쩌다 흘린 땀이 바람에 시원한 줄 알지, 매일 흘리는 땀이 그 맛을 제대로 느끼겠느냐 한다. 아이도 마찬가지다. 매일 쉬면서 하고 싶은 일을 하고 지냈다면 자투리 시간의 소중함을 알았겠느냐고.

죽음의 5단계를 응시하는 눈빛이 달라졌다. 본래는 세상을 바라볼 때 부정과 분노, 협상과 우울 정류장을 거쳤다. 종점은 '내가 그렇지 뭐.' 역이었다. 자존감 환승구간을 그냥 지나쳤다. 이제는 문제 상황에 직면하지 않고 회피하는 것에 부정과 분노를 느낀다. 혼자 힘이 아닌 주변과도 협상이란 걸 한다. 실패하면 수용하고 다음번을 위해 사전 실험했다 친다. 살다 보면 무 자르듯이 기계처럼, 마음먹은 대로 작동하지 않는 순간이 허다하다. 이런 순간이 있으니 망정이지, 하마터면 성찰과 재도약 무기를 써먹지도 못할 뻔했다.

04:

몸 되면 다 된다

한때 '시체 놀이'라는 말이 유행이었다. '짱구는 못 말려' 만화에서 비롯해 확산된 말이다. 야근을 밥 먹듯이 했던 시절에는 퇴근하고 집에 돌아오면 드러눕기 바빴다. 몸과 정신을 눕히려는 것도 있지만 무엇보다 다리 통증으로 인해서다. 12시간 이상 의자 모양이던 몸을 펴야 했다. 그것도 부침개 부치듯 앞판 뒤판 골고루 펴서 뒤집었다. 사람이 눕다 보면 손이 심심해 리모컨을 거머쥐게 된다. 시선은 TV로 향한다. 눈이 화면에 가 닿으면 입이 심심해 야식으로 달랜다. 야식으로 입을 틀어막아도 자세를 바꿀 때마다 "아이고, 아이고" 곡소리가 흐른다. 이렇게 퇴근 후에는 거실 바닥에 납작 붙어 '시체 놀이'로 시간을 낭비했다.

스트레스라는 명명 하에 뒹굴뒹굴 몸을 굴리지만 풀리는 기미가 없었다. 마치 세포를 노글노글하게 만드는 봄을 얼음장 겨울이 막아선 것 같다. 통증 운반체가 혈관 따라 몸 구석구석을 싸돌아다니는 듯했다. 주말에 몸 아래위로 스테로이드 주사를 맞아도 통증이 우세했다. 주어진 일은 마다 않고 하긴 다 하지만 그러자니 마음에 불똥이 튀었다. 고삐를 잡아끌어 억지로 물가에 데려갔으니 그럴 수밖에. 일을 하나라도 줄이고 싶어 늘 조급했다. 일을 빨리 끝낼수록 해야 할 일은 쌓였다. 새로운 놈들이 또 비집고 들어오니 말이다. 통증도 켜켜이 쌓였다. 어느 날 우연히 거울을 보았다. 미간에 11자 근육이 생겼다. 입은 튀어나온 데다 밥그릇 뒤집어 놓은 반원 모양새다. 언제부터 인상파 모델이 된 건지.

운동을 시작했다. 통증과 동거 후 일이 얹어질 때마다 얼굴만 일그러진 영웅이 되어서다. 집에서도 마찬가지였다. 시체 놀이로 지내다 시체 될 생각을 하니 끔찍했다. 손을 보고 싶었다. 치아교정 하는 셈 치고 개인 트레이닝(PT) 수업을 받았다. 단 몇 시간이라도 몸이 정상화되면 더 이상 바랄 게 없었다. 근력 운동을 꾸준히 했다. 스펀지가 물을 머금듯 근육이 차츰차츰 통증을 흡수시켰다. 일할 때 몸에 걸쳤던 갑옷도 벗기 시작했다. 새로운 일들과 민원에 시달리는 상황은 똑같은데 서두르는 정도나 친절을 베푸는 정도가 운동 전과는 확연히 차이 났다. 그동안 몸 때문에 정신적 본질을 잃었던 모양이다.

그게 아니면 인간성도 뜯어고치는 재주가 있던가.

　근력운동 할 때는 딴생각할 겨를이 없다. 타깃 지점에 자극이 가도록 동작을 잡아야 한다. 팔, 다리, 몸통, 시선, 관절 하나하나에 신경을 써야 근육이 제대로 자극된다. 힘주랴, 버티랴, 균형 맞추랴, 호흡하랴, 동작 하나 하는 데도 육체와 정신이 사납도록 바쁘다. 운동은 시간 나면 하는 게 아니라 시간을 내어 하는 거라고 군기 잡는 것 같다. 운동하기 직전까지 세상 스트레스를 다 끌어안았어도 근력 동작 한방이면 훅 날아간다. 더한 고통이 이전 고통을 밀어내는 원리다. 그나마 반가운 건 더한 고통이 탄탄한 근육으로 똬리 틀고 앉는다는 것이다. 그 옛날 어르신들이(나 포함) 밥심으로 버티듯 자리 잡힌 근육은 모터 역할을 한다. 통증이 물러간 게 진짜 내 몸이 맞나 의심할 정도다. 팔과 다리에 의식이 쏠린다. 눈을 덮어쓴 붕대를 푸니 세상이 보이는 것처럼. 몸이 변하니 생각과 행동까지 도미노식이다.

　헬스장에 처음 갔을 때 골동품으로만 보였던 추들이 상승한다. 내게 오래달리기와 철봉 매달리기는 물고기가 하늘을 나는 종목과도 같았다. 추도 들어 올렸겠다, 어디 숨이 차오르는 지점도 넘어서 볼까. 노력한 시간만큼 멀리 달릴 수 있었다. 철봉은 무안할 정도로 잡자마자 뚝 떨어지던 사람이 슬로우 모션으로 버티는 힘이 생겼다. 나와는 인연이 없다고 선 그어 놓고 시도조차 하지 않은 것들이다. '불가능'에 넣어둔 목록이 하나둘씩 '가능' 모드로 전환했다. 자신감이 생겨 다른 영역도 그러한지 엉덩이가 들썩거렸다. 여기서 다른 영역이란 비단 운동만이 아니다. 발표하는 목소리부터 매사 임하는 자세가 달라졌다. 불가능을 획득한 포인트로 자존감도 쌓였다. 미간의 11자 근육은 배로 내려와 노래 실력도 향상되었다. 심지어 팔자걸음도 교정해 놓았으니 내 팔자까지 편 셈이다.

이제는 운동하고 난 후 어지간한 통증이 없으면 섭섭하기까지 하다. 의도치 않은 통증이 아닌 의도한 통증 말이다. 한때 체력장 다음 날 통증으로 짜증 냈던 사람이다. 근육은 부피가 작고 지방은 부피가 크다. 근육량이 늘면 몸무게는 같더라도 부피가 줄어 날씬해 보인다. 지방을 태워 그런지 벼룩 잡으려다 초가삼간 다 태웠다. 통증 하나 잡으려다 바지 허리를 모조리 수선했다. 작아서 장롱에 고이 모신 옷들도 빛을 보게 되었다. 한겨울 커튼 같던 옷맵시는 들어 올린 블라인드가 되었다. 몸이 변하니 옷매무새가 바뀌고, 마음과 사고까지 개화기를 맞았다. 옷으로 덮던 수위가 올라간 만큼 수줍음과 소심함도 줄었다.

근육의 힘은 위대하다. 운동은 한계를 뛰어넘을 때마다 '할 수 있다' 는 굳은살을 만들었다. 독서가 돌부리에 걸렸을 때 휘청대지 않도록 하듯이. 근육은 도전과 용기에 불을 지피는 힘이 있다. 가령, 자극줄 지점은 팔인데 정작 그 곳에 힘이 없으면 주변 근육인 목에 힘이 들어간다. 다음 날 엉뚱한 지점이 뻐근하다. 타깃 부위가 힘이 달려 이웃 근육에게 손 벌려 그렇다. 막상 타깃 지점에 근육이 차오르면 도움 받은 주변 근육에 사례라도 하듯 함께 발달하는 원리다. 어깨부터 목, 머리, 눈까지 롤러코스터 통증을 달고 살았다. 이젠 이마 주름이 등으로 이동한 것 같다. 롤러코스터 근육도 함께 성장해 내가 언제 아팠느냐 한다. 그렇다고 방심은 금물이다. 근육은 배신하면 탄성의 법칙으로 되돌아가기 때문이다.

같은 원리로 몸 근육은 정신 근육을 끌어들였다. 독서(모임), 글쓰기, 봉사활동 등은 운동으로 다져진 근육의 물귀신 작전이다. 결국 신체 근육이 받쳐 주면 또 다른 인생 근육으로 타 넘기가 수월했다. 몸이 정신을 뒷바라지해 여의 살이 시킨 셈이다. 부정적인 사고 체계까지 긍정으로 세탁해 준다. 운동은 그야말로 모든 일의 바탕이자, 기초 단위인 세포라 할 수 있다. 나처럼 질병 있던 사람은 병원비가 절약되고, 질병 없는 사람은 예방 차원에서 보험 든 격이다. 병원비만의 절감은 아니다. 몸이 변하고 근육이 발달하면 (근육)질량 보존의 법칙이 작용한다. 저녁 약속과 술값 비용도 줄어든다. 어떻게 얻은 몸인데 어디 아까워 몸에 좋지도 않은 음식을 채울 수 있겠는가. 고통을 들인 시간만큼 나만의 시간을 버는 꼴이다. 부자는 이래서 점점 더 부자가 되는가.

회사에서 1박 2일 워크샵을 갔다. 한 방에 5명이 묵었다. 이튿날, 내가 가장 먼저 일어났다. 외출준비를 마치고 운동 삼아 주변을 돌았다. 같은 방 동지 4명이 나갈 준비를 마칠 때까지 산책했다. 문밖에는 꽃, 나무, 구름, 바람 동지들이 기다리고 있다. 평소와 같은 시간대로 자연에서 맞는 헬스장이다. 함께 아침 식사를 하고 나는 산책을 마저 했다. 일정상 1시간 이상 남았기 때문이다. 이렇게 자연과 진하게 연애할 기회도 흔치 않다. 자연 속 두 다리 운동은 손가락 운동으로 옮겨 갔다. 짤막한 글 하나 뚝딱 작성하고는 방으로 들어갔다. 방안은 대화 꽃이 만개했다. 나는 동지들 이야기로 귀 운동, 맞장구로 입 운동, 짐 정리로 몸 운동을 병행했다. 내게 시선 멈춘 부장님이 한마디 한다.

"이 차장, 자기는 뭐가 그리 부산스럽니. 가만히 앉아 쉬지를 않는구나."

그리고 보니 신을 벗자마자 들어와서도 자리에 앉지를 않았다. 집에서 새는 바가지 노릇하느라 내 행동에 인기척을 못 느꼈다. 부장님

이야기를 듣고 보니 집에서건, 나와서건 꼬리를 살랑대는 발발이 모습이었다. 달리기를 꾸준히 해온 영향인지도 모르겠다. '부산스럽다'를 '부지런하다'로 해석했다. 말할 자유가 있듯 듣는 것도 자유이니. "어찌 그리 체력이 좋니."로 저장한다. 기초체력 상승으로 부작용 하나가 생겼다. 활발한 신진대사가 수면시간에게 자리를 양보한다는 것. 집을 떠나와도 체력이 알람기능을 했다. 다른 건 모르겠고 기상 시간으로 1등이란 걸 다 해본다. 권력 맛을 보면 힘을 휘두르는 이치처럼 체력 맛을 본 뒤부터는 자꾸 뭘 더하려는 게 흠이라면 흠이다.

그래도 요즘은 젊었을 때부터 운동하며 자기관리 하는 모습을 흔히 본다. 혼밥족이 늘면서 혼몸, 혼건강으로 이어지나보다. 아파도 인내하며 살아내는 부모 세대, 어디가 고장이 나 봐야 움직이는 우리 세대와는 다르다. 예방과 미용 차원에서 미리미리 운동하는 요즘 세대의 모습은 반가운 현상이다. 몸을 갖추면 자세와 의지도 따라쟁이가 된다. 그 힘들이 똘똘 뭉쳐 다른 일에도 도전하게 한다. 운동은 한창 꿈을 개척해 나갈 젊은 세대에게 필수품이 아닐 수 없다. 그래서인지 젊은 세대들과의 소통 재료로도 운동이 제법 쓸 만하다. 직원들은 물론, 아이와도 운동이 매개체가 될 때는 그들 목에 핏대가 곤두선다. 하물며 내가 바디프로필 사진에 도전했을 때는 젊은 세대들의 응원과 환호가 어떠했겠는가.

제아무리 사상이 좋고, 마인드가 좋고, 환경이 좋아도 내 몸뚱이가 받쳐 주지 않으면 빛 좋은 개살구다. 사람들은 '이거 하나만 이루고 나면, 여기까지만 하고 나면' 식으로 뭔가를 이루고 나서 운동을 시작하려 한다. 준비를 갖춘 후에 발을 떼려 한다. 운동이 시간 뺏는 천덕꾸러기라고 여긴다. 운동은 시간과 의지에 떠밀려 후순위가 되기 일쑤다. 삶의 가장 앞단에 몸을 배치시켜 보면 알 것이다. 도미노 게임처럼 다음 일들이 진행된다는 것을. 여타의 일에서도 포인트 잡는데 집중력이 발휘된다. 근육을 키우기 위해 자극 지점을 찾는 과정처럼 말이다. 운동이 다른 일을 강화시키거나 효율적으로 하도록 영향을 주면 주었지, 다른 일을 방해하는 시간 도둑은 아니었다.

나 같은 경우는 질병과 연관 지어 운동한다. 팔굽혀펴기와 스쿼트 등 근력운동으로 장시간 앉은뱅이 생활에서 오는 불편함을 차단시키고 있다. 3킬로미터 이상 달리기 등 유산소 운동으로 체력과 창의력을 높이고 있다. 이와 관련해 행복한 징크스가 생겼다. 중요한 회의나 행사 전날에는 반드시 달리기를 한다는 것이다. 달리기가 고사장의 찹쌀떡 역할을 한다. 무릎연골이 다 닳아 없어지기 전까지 이 믿음도 사라지지 않을 것 같다.

사람마다 기질과 성향이 다르듯 자신에게 맞는 운동이 있다. 신체 구조로 운동을 하고 싶어도 못하는 사람들이 있다. 병원치료로 운동에 재주가 있어도 하지 못하는 사람들이 있다. 이런 말들이 누군가에겐 하나 마나 한 사치스러운 소리일 수 있다. 그렇다고 '다 같이 꼼짝 마!' 는 국가적 손실이다. 내가 두 배로 뛰는 게 그들과 함께 하는 일이다. 그런 의미에서 질병이 아닌 진짜 내게 맞는 운동도 추가했다. 바로 댄스이다. 이렇게까지 확장하면 아픔 겪는 이들도 춤추게 할 수 있겠다.

　말기 암 환자들을 위한 면역항암제들이 꾸준히 개발되고 있다. 약값만 1년에 5000만 원가량 들어가기도 한다. 이 약 몇 년 맞으면 수억 원 비용이 날아간다. 건강보험 혜택을 받지 못해 환자가 비싼 비용을 지불하기도 한다.(2018.10.25. 매일경제) 운동과 암 발병률과의 상관관계를 조사한 건 아니지만 운동이 병원비를 절감하는 효과는 분명 있다. 사람들 한 명, 한 명이 내 몸을 소중히 여긴다면 국가적으로도 이익이다. 운동을 할 수 없는 이들에게 정작 미안한 일은 멀쩡한 몸뚱이로도 움직임을 귀찮아하는 것이다. 사후처리보다 중요한 게 사전 예방이다. 이는 세계적인 트랜드다. 직장마다 질병휴직, 불임휴직 등으로 연차 사용률이 증가하고 있다. '가(家)화만사성' 은 곧 '신(身)화만사성' 이다. 아무리 강조해도 지나치지 않다.

05:

'소통' 프레임 전환

무인도에서 혼자 살 수 없는 것이 세상이다. 소쩍새 울 듯 여기저기 소통, 소통 거린다. 어느 시대를 막론하고 '소통'이란 말이 난무하는 이유다. 그만큼 세상은 너와 나의 관계로 연결되고, 통해야만 모든 일이 굴러간다. 어디 한 군데 강조하지 않는 곳이 없다. 그렇다면 어떤 소통이 해답일까? 과연 나는 관계 통풍이 잘되고 있는 걸까? 무얼 더 강화시켜야 소통에 날개 돋칠까? 원활한 소통 축에 끼지 못해 그런지 의혹들이 행렬을 한다. 소통은 누구에게나 끊임없이 맴도는 영원한 숙제 거리일 게다.

나는 좋은 게 좋다 주의였다. 가급적 남에게 상처 주지 않는 편이라 생각했다. 소통에 영 꽝은 아니겠거니 하며 안위의 삶을 누렸다. 웬만해선 내가 상대에게 맞추는 게 편한지라 관계에 큰 마찰 없이 지냈다. 내 속 편하자고 상대를 편하게 한 꼴이다. 아이에게 틱 장애가 생기고, 아이 아빠와 소원해지기 전까지는 그런 줄 알았다. 내 소통에 주제 파악된 후 '좋은 게 좋다' 원칙은 깨졌다. 마음을 표출하기 시작했다. 큰마음 먹고 표현한 게 어째 삼천포로 빠져 이상한 길로도 들어섰다. 정작 할 말은 상대가 알겠거니 보관하고, 참을 말은 분수처럼 내뿜기도 했다. 내 마음과 입, 머리와 입 사이가 그렇게나 짧은 직선 코스인지 몰랐다. 내 40년 역사에 '감정 분출하기' 획을 긋지 못한 게 억울했나.

　질풍노도의 시기가 뜸 들이다 마흔 넘어 등장했다. 학창시절 친구들이 사춘기와 씨름할 때 난 순둥이란 별명으로 뒷짐 진 구경꾼이었다. 부모님뿐 아니라 두 분의 지인에게까지 맞춤형 서비스를 제공했다. '지랄 총량의 법칙'이 있다더니만 나에게도 올 게 왔다. 한창 유행일 땐 뭐하고 다들 편안해질 때 사춘기 늦바람일 게 뭐람. 소통 잘하는 사람, 어느 관계든 원만한 사람이라 자처했다. 등잔 밑이 어둡다고 아이 아빠와 아이 마음 헤아리는 데는 어두웠다. 안(마음)에서 새는 바가지 밖에서 새는 것처럼 내 마음을 몰라주면 입 밖으로 직행했다. 그럴 때마다 부모님은 '얘가 내 딸 맞나.' 눈빛으로 같이 일그러졌다.

아이와 함께 청소년수련관에서 운영하는 놀이 치료를 다녔다. 아이는 매주 선생님과 게임하며 이야기를 나누었다. 나는 직장 일로 한 달에 한 번 선생님과 소통했다. 선생님은 나에게 "역할은 많은데 정작 그 안에 '나 자신'은 없다."고 했다. 나 아니면 안 된다는 생각을 버리고, 인내보다는 표현이 능사라고 덧붙였다. [죽어도 사장님이 되어라] 책에서 언급한 것처럼 저자인 김형환 교수님과의 상담에서도 거절을 표현할 줄 알아야 한다고 했다. 2년 전 교육개발원에서 2시간가량 역량 진단을 받은 적이 있다. 창의력과 공감 영역이 유독 두드러져 공공기관에 다니는 것 자체가 보통 인내심이 아니라 했다. 모든 상담의 교집합 처방전은 '표현의 기술'이었다.

병원에서 환자가 머리 아프다 하면 의사는 두통을 일으킬만한 질병을 연상하고 여러 관련 검사를 한다. 늦바람 사춘기는 왜 이제야 내 앞에 나타난 걸까. 마음 응어리로 인한 건지, 기생충 같은 몸 통증 때문인지, 결합상품인지, 이도 저도 아닌 별똥별 요인인지 알 수 없었다. 마음을 표현하는 게 명약이라 하니 그 효험이나 볼 요량으로 나와의 소통부터 시작했다. 어릴 적 부모에게 세뇌받은 가훈은 입을 가벼이 놀리지 말고 행동으로 보이라는 것이었다. 부모님 말씀을 적용하는데 착오가 있었나 보다. 직장에서는 임원진과 유관기관, 외부 인사 등 소통이 필요한 접점에 불려 다니던 직원이었다. 실질이 빠진 허상에 불과했다. 술도 소통 매개체로 나름 의미가 있지만 양방향이 아닌 받는 방향에만 충실한 것 같다.

처방대로 단계별로 접근했다. 소통 출발점은 운동이다. 처음 운동할 당시에는 헐렁하게 몸을 덮는 옷차림이었다. 조선 시대 여인처럼 남들 의식하며 옷을 걸치고, 가동범위도 작았다. 근육 지점을 목표로 삼았으면 개구리 자세도, 우거지상 표정도, '흐압, 으랏차차' 곡소리도 마다하지 않아야 한다. 여기서도 남에게 좋은 모습만 보이려는 속셈이 드러났다. 본질에 집중하면서 운동도 표현의 자유를 얻었다. 마치 운동복이 거추장스러운 머리를 자르고 찰싹 안겨 붙는 것 마냥 패션이 말을 했다. 왜 자신을 과소평가하고 강점을 감추느냐고. 몸의 형체가 드러나면 동작이 절로 커져 자칭 행위예술가가 된다. 막상 장착하고 행하면 뇌는 그게 정상인 줄 안다. 문화가 뭐 별거 있나. 그저 그렇게 연출하면 그러려니 되는 분위기, 이게 문화 아니겠는가. 게다가 다들 자신에게 관심 갖기 바빠 누가 어떻게 표현하는지는 안중에도 없다.

어릴 적 젓가락으로 난타 쳤던 그 아이, 노래와 춤을 서슴지 않던 그 아이, 장구 둘러메고 나비로 돌변한 그 여인도 소환했다. 삶에서 기 펴지 못하고 어디서 숨어 지낸 모습들. 내게 기대했던 사회 역할이 내 안에 다둥이를 낳았나 보다. 조선 시대 운동복은 그렇게 벗어 던지고 바디프로필 촬영으로 과감히 변신했다. 촬영 스튜디오에 무대 주인공은 오로지 나 하나였다. 내 마음을 옷과 몸짓으로 표현했다. 표출해야 눈으로 확인이 가능하다. 겉으로 드러나는 부분을 소통 지표로 삼았다.

내가 나와 소통하는 사이 집에서도 변화가 일어났다. 누가 뭐라 한 것도 아닌데, 아이는 어느 순간부터 달리기와 근력 운동을 하기 시작했다. 아버지는 매일 2시간씩 탄천강 둘레를 걷는다. 어머니는 노래와 힙합댄스를 배운다. 질녀는 종이와 화면에 뭘 그려대기 바쁘다. 서로가 바빠 언어를 주고받지 못할 땐 활동량으로 마음 상태 투시도 가능하다. 굳이 묻지 않아도 그들 입에서 수다 뱀 수십 마리가 튀어나온다.

아이는 달리기 신기록을 세웠다는 둥, 몸무게가 몇 kg 빠졌다는 둥, 달리면서 어벤저스 영화를 봤다는 둥, 운동에서 파생된 이야기가 이어달리기를 한다. 아버지는 2시간 걷는 동안의 베스트 장면을 내레이션한다. 많이 걷고 왔다는 증표인 양, 꽃과 풀을 주워 집안 리모델링으로도 표현한다. 어머니는 힙합댄스를 밥 먹다 말고 불쑥 선보이더니 시니어 전국대회에서 1등 우승컵까지 거머쥔다. 질녀는 이에

질세라 학교에서 그리기 상장을 받아 들고 온다. 그림 작품으로 우리 집 벽면이 심심하지 않을 정도다.

이런 소통은 직장까지 불이 옮겨붙는다. 직원들은 자전거 2시간 타고 어디까지 갔다 왔네, 필라테스에서 어떤 동작이 힘들었네, 수영하는 시간만큼은 뺏기고 싶지 않네 등등 몸짓 이야기가 술술 나왔다. 어느 날 20대 신입직원이 나를 빤히 쳐다보더니 오래 참았다는 듯한 표정으로 입을 열었다.

"차장님, 오늘 언제 한가하실 예정인가요? 드릴 말씀이 있어요." 시간이 흐른 뒤 반팔 티를 어깨까지 끌어 올리며 "저 헬스하고 알통 좀 나왔어요. 차장님 근육 좀 보여 주시면 안 될까요?"

신입직원의 새싹 근육에 다른 직원들도 합창을 했다. 나의 몸짓과 표정, 언어가 우스우면 몰래카메라 사진으로 되돌아오기도 했다. 모 자람을 감추기보다 오히려 보여줄 때 소통으로 채워졌다.

내가 다니는 헬스장은 아침 6시에 문을 연다. 그 시간에 운동하면 매일 만나는 단골들이 있다. 7~80대분들이다. 함께 땀 흘리고 이야 기를 나누다 보면 친구로 착각한다. 마치 탁구 하듯이 농담 공을 서 브하면 농담 공으로 받아친다. 아침 운동도 운동이지만, 어르신들과 메기고 받는 굿거리장단 대화를 하는 날엔 종일 기분이 들뜬다. 내가 헬스장에 평소보다 얼마나 늦었는지, 운동을 얼마나 했는지, 출근 준비를 서둘러 하는지 다 알아챘다. '촉' 도 연륜으로 무장하는지 귀신이다. 어떤 날은 등을 밀어주기도, 티셔츠나 샤워로션을 선물 받기도 했다. 나도 슬그머니 커피숍 상품권을 어르신 가방에 끼워 넣었다. 그들 간의 소통과 나와의 소통으로서 말이다.

운동이 어느 정도 수위에 오르면 또 다른 성장지표로 갈아타기가 쉽다. 신체 운동은 독서 운동으로 파생한다. 뭐 눈에는 뭐만 보인다고 사람들 손에 들린 책에 시선이 꽂힌다. 아이 손과 직원들 손에 든 책은 물론이고 지하철 안에서도 감지 기능이 작동한다. 직원들과는 책을 반찬 삼아 점심을 더부룩하게 먹기도 한다. 독서와 친하지 않았더라면 씹는 대상이 '책' 이 아니라 '남' 일 수도 있었겠다. 자기개발 취미가 없었다면 상사 귀를 가렵게 했을지도 모르겠다. 어느 날 가족들과 식사하다가 아이와 참여한 독서 모임 이야기를 꺼냈다. 때는 이때다 싶었는지 어머니는 영어 수업 이야기, 외국인에게 말 건 이야기... 등등 줄줄 새는 수도꼭지다. 아버지는 질녀와 함께 배우는 중국어로 폼 잡는다. 아이는 토론에서 최후의 1인 이야기를 늘어놓는다. 자화자찬 소통으로 분위기가 전환된다. 침묵이 금이라 가르친 과묵한 아버지가 이렇게나 변했다. 말을 끄집어낸 것만으로도 큰 소득이다. 가정에서 실행한 소통 예행연습은 밖까지 손을 뻗쳤다. 환경미화

아주머니, 경비 아저씨, 택시 기사, 식당 아주머니, 어린이, 학생, 어르신들이 그 주인공이다. 초면에도 상대 입을 열게 만들었다.

생물에서 '용불용설' 개념이 나온다. 쓰면 쓸수록 그 기관은 발달하고 쓰지 않으면 퇴화한다는 이론이다. 소통이 딱 그 꼴이다. 하면 할수록 늘고, 다양하게 확장된다. 소통하려면 관심과 관찰이 준비물일 수밖에 없다. 소통은 예술이다. 표현 그 자체가 소통이다. 불통의 주범이었던 '표현' 말이다. 어떤 그릇에 담아 표현하느냐가 소통과 불통을 결정짓는다. 나의 진심을 말에 담을 수도 있고, 글, 음악, 춤, 악기, 그림, 요리, 운동 등등에 담을 수도 있다. 그릇이 참 많기도 하다. 예술이 표현되기까지의 과정은 길다. 장을 보고, 재료를 준비하고, 지지고 볶고, 양념을 버무리고, 그릇에 담아내니 말이다. 그중 재료가 맛의 당락을 좌우한다. 소통이 잘 되려면 내면에 담을 재료부터 잘 골라야 한다. 기본 재료가 좋아야 어느 그릇에 담더라도 예술로 표현된다. 그런 의미에서 장도 자주 볼까 싶다.

소통은 나이, 세대, 직업, 학벌, 종교, 학연, 지연으로 성립하는 조건 명제가 아니다. 상대와 나의 연결고리 유무에 달렸다. 설사 공통고리가 없더라도 상대가 말하고 싶은 주제로 연결해 들어주면 된다. 관찰만 제대로 해도 고리는 찾을 수 있다. 각자 좋아하는 분야가 있고, 말하고 싶은 분야가 있다. 나와는 관계없는 분야도 상대가 신나서 말하게 만들면 된다. 백 번 듣는 것이 한 번 보는 것만 못하다는 '백문이 불여일견'이란 말이 있다. 소통에 있어서는 나의 백 마디 말이 상대의 한마디 말보다 못하다. 백번 들을 일이다. 운동으로 내 옷차림이 바뀌었듯 사람들의 머리와 옷, 표정도 내 거울 보는 양 살피게 된다. 카네기처럼 상대 입에서 백 마디 말을 뽑아낼 순 없으니 이렇게 하드웨어부터 접근한다.

소통에 있어 지식 전달보다 중요한 것이 경청과 유머다. 불편함과 어색함을 불식시키고 함께하고 싶은 욕구를 불러내는 것으로 경청과 유머만 한 것이 없다. 내 지식이 부족해 둘러메치는 것 같지만 아직까진 그랬다. 소통에는 정답이 없다. 저마다 다른 모습인 상대가 열쇠를 쥐고 있기 때문이다. 어설프게 설명해 시간만 지연되고 해결도 못 해 줄 바엔 그냥 들어만 주어도 반은 해결된다. 자살하겠다던 민원인이 그랬고, 흥분하며 따지는 다른 부서 직원이 그랬다. 소통이란 꼭 뭔가를 연결하고 해결해 주는 것만이 아니다. 합리적인 박사보다 공감하는 무학이 낫다. 상대가 싫어하는 것을 하지 않는 것만으로도 소통의 문은 열린다.

이기주의 [언어의 온도]에서는 "흔히들 말한다. 상대가 원하는 걸

해주는 것이 사랑이라고. 하지만 그건 작은 사랑인지도 모른다. 상대가 싫어하는 걸 하지 않는 것이야말로 큰 사랑이 아닐까."라고 했다. 이 원리가 소통에 고스란히 나타난다. 가야 할 길이 한참 멀다. 소통의 기술도 그렇고, 맞춤형 사격을 위해 내 안에 장전할 탄알도 그렇다. 지금은 혹시 옆길로 샐까 봐 나만의 소통 매뉴얼을 끼적대는 정도다. 마음을 다져야 할 때 십계명처럼 꺼내 봐야겠다. 나와의 소통 길부터 제대로 터놓자. 그 길이 세상과의 소통 도로와 연결될 터이니.

06 :

(일=삶 & 직원=아이) 공식

✿

아이 앞에서는 냉수도 함부로 못 마신다는 속담이 있다. 여기서 아이는 비단 자식만의 일은 아니다. 하루 중 밖에서 보내는 시간이 대부분이지만, 자식과 직원의 생리는 같다. 그 안에서 벌어지는 원리는 가정이건, 직장이건 하나의 통로로 연결되기 때문이다. 직장에서는 백조처럼 일하고, 집에서는 오리처럼 일한다든지, 집에서는 스릴러 배우이면서 직장에서는 개그우먼이라면 일과 삶에서 엇박자가 난다. 고기압과 저기압 기류가 북상한다는 일기예보처럼 온난전선과 한랭전선이 마찰하면 장마전선이 일어나게 마련이다. 콘텐츠 종류만 다를 뿐이지 어느 일이건, 어떤 삶이건 간에 원리와 프로세스가 동일한 게 탈이 덜 난다. 그런 의미에서 자식 키우는 일이나 직원 대하는 일은 동일했다.

아이가 어렸을 때 집에 장난감이 그리 많지 않았다. 뽕을 뽑는 성미인 나로서는 아이가 금방금방 자라기 때문에 장기적 관점에서 투자 가치가 미미하다 생각했다. 옷이나 장난감에 들어가는 돈이 아까웠다. 아이 업고 대중교통을 이용하는 입장에서, 들고 다니는 팔이 고된 것도 싫었다. 아이가 있는 장소에 놓인 물건이 곧 장난감이었다. 이동 중에는 메모지와 연필이, 시댁에서는 할머니 빨래집게와 할아버지 바둑알이 장난감이었다. 집에 있는 물건으로 아이만의 설치 미술 작품을 구현했다. 우리 집은 외할아버지가 신문을 3종류나 구독하는 바람에 딱지 재료는 차고 넘쳤다. 아이가 자라면서 사달라고 유일하게 졸라댄 건 문방구에서 파는 500원짜리 고무 딱지였다. 먹을 것이 눈에 보이면 먹고 없으면 굳이 찾지 않았다. 입에 넣어주는 건 이때다 싶을 정도로 가리는 것 없이 받아먹었다. 마트를 가더라도 먹고 싶다 갖고 싶다 하며 감 놔라 배 놔라 하지 않았다. 오히려 어른들이 안쓰러워 사주면 사줬지.

아이는 중학생인 지금까지 돈이 생기는 족족 은행 문을 두드린다. 옷은 편안한 옷 한 벌을 찍어 교복처럼 입고 다닌다. 중학교 입학 후 교복을 최고의 의상으로 친다. 나와 아이는 친정어머니로부터 '돈은 무조건 모으는 것'이란 노래를 들으며 자랐다. 달타령도 새타령도 아닌 돈타령을 테입 늘어지도록 반복 재생해서 그런지 아이의 소비력도 영감님이다. 아이 앞에서 마신 냉수처럼 직원도 비슷했다. 그들도 내가 바라보는 방향대로 일과 삶을 대했다. 사업 예산을 사용하는 용도나 범위도 그랬고, 보고서를 쓰고 발표하는 패턴도 그랬다. 내가 상사가 되면 직원일 때 싫어했던 것만큼은 하지 말아야겠다는 생각을 했다. 예를 들어 퇴근 이후 시간에 보고서상 기호를 변경하라는 둥, 남아서 일하면 좋고 저녁 같이 먹고 일하면 더 좋고 식의 태도는 눈곱만큼도 보이지 말자고 다짐했다.(이 상사는 퇴직한 상태다.) 아이와 직원들 세대에 역행하는 일은 꿈도 꾸지 말아야 할 일로 간주했다.

그 역행이 최인철 교수가 말하는 자기중심 프레임에 빠진 것이라면 낭패다. 내가 좀 유치한 편이라 그런지 아직까지 큰 문제는 없었다. 스승의 날 등에 선물을 받거나 찾아오는 직원이 있는 걸 보면 말이다. 직원들의 성향도 다양하고, 아이 한 명의 기분도 다양하다. 그들의 좋고 싫음이 나의 기준과 다를 수 있다. 자칫 내가 싫어하던 일을 하지 않는 전략이 반대로 튀면 곤란하다. 하기야 내가 좋아하는 것도 마찬가지로 복불복이긴 하다. 그러기에 세심한 관찰이 무엇보다 중요하다. 때로는 직원 시절 나의 좋고 싫음을 따르기보다는 현시대의 트렌드와 상황에 맞게 그들을 바라볼 필요가 있다.

특별한 시간을 의미하는 카이로스와 일상적 시간을 의미하는 크로노스를 그들 욕구에 따라 사용해야 했다. 일상에서 쌓인 피로를 풀어주기 위해서는 특별 이벤트인 카이로스를 적용했다. 평소 때는 축적의 힘이 자연 발효되도록 적정거리 유지용으로 크로노스를 사용했다. 양날의 칼인 두 시간 도구를 휘두르는 타이밍이 관건이었다. 자율과 책임, 방임과 개입 간의 힘 조절이 중요했다. 세대끼리의 동질감 욕구를 가정해 상사와 엄마 역할은 적당히 치고 빠지는 쪽을 사용했다. 장은 마련해 주되, 내가 끼는 시간은 최소화하는 것을 원칙으로 삼았다.

일상은 그들만의 자기주도학습 리그를 벌이도록 했다. 이벤트로 직원들과는 점심 회식을 하고, 아이와는 연휴 때 여행을 갔다. 선물과 쪽지도 양념이다. 아이와 직원이 요구하지도 않은 일을 먼저 해줄 필요는 없다. 그들과 나 사이에 완충 공간 하나를 둔다. 확인이나 도움을 요청하는 일에만 관심을 보였다. 관계가 건강하게 장수하길 바라는 마음에서다. 물가에 내놓은 아이 마냥 일을 해주는 건 대등한 개체가 아니라 내가 우위에 있다는 전제가 깔려 있다. 자칫하면 해주고도 욕먹는 경우가 된다.

권오현의 [초격차]에서는 "많은 리더가 직원들을 단순히 '베이비시터'로 대하고 그렇게 활용합니다. 직원들이 성장해서 그들 자신의 아이를 낳아 키우게 하는 것이 아니라, 리더의 아이를 임시로 맡아서 키우게 하는 데만 집중하고 있습니다. 그들은 끊임없이 아이를 돌봐야 할 겁니다. 베이비시터가 집을 떠나면 결국 그 많은 일을 다시 자기가 직접 처리해야 합니다. 그러니 항상 바쁠 수밖에 없는 노릇이지요."라 하였다. 한때 나는 헬리콥터 맘처럼 군 적이 있었다. 늘 혼자 바쁘고 상생에는 훼방꾼이었다.

아이와 직원이 가끔 '짜증 난다.', '열 받는다.', '하기 싫다.' 는 소리를 내뱉을 때가 있다. 한때는 '왜 그리 부정적일까' 생각했다. 지나고 보니 이 말이 고마운 말이었다. 이상 신호를 감지할 수 있는 말이다. 아침에 눈을 뜨게 하는 알람 소리와도 같다. 힘에 부치니 내 마음 좀 알아 달라 칭얼대는 신호이기도 하다. 내 앞에서 긍정 단어들만 오가면 내가 잘하는 줄 알고 넘어갈 법도 하다. 갈수록 질병이니 간병이니, 배우자 동반이니 하는 휴직이 증가하고 있다. 조용히 잘 지내고 있다가 공백의 천재지변을 맞느니 일상의 투덜거림이 낫다. 오늘 웃고 내일 병가를 맞느니, 오늘 말 잘 듣고 내일 가출을 맞느니, 평소에 입을 삐죽댈 수 있는 분위기이어야 한다. 아직은 소통 초보자라 상대의 태도에 힌트를 얻어 나 자신을 발견하는 수준이다. 사전 경고는 예방주사다. 직원과 아이들만큼은 표현에 서투른 나와는 달랐으면 한다.

쌓인 일들로 하루가 남들보다 짧다고 느낀 적이 있었다. 그때는 결혼하지 않은 사람, 아이 없는 사람, 직장 다니지 않는 사람을 부러워했다. 결혼, 육아, 직업을 뺀 나머지로 훨씬 바쁠 수 있는데 그때 당시 프리즘으로는 '여유' 빛만 굴절되어 보였다. 만약 내게 직원도 없고, 아이도 없었다면 정글에서 눈치 보며 어슬렁대는 나약한 동물로 살았을 게다. 두 주먹 안에 시간을 불끈 쥐지 않고 바람 따라 흘려보낸 날도 많았을 테다. '나' 란 사람은 결혼, 육아, 직업이 삼각형 선분으로 가두었기에 성장이 가능했다. 막상 여유랍시고 보너스 시간이 주어졌을 때 비생산적인 일로 시간을 허비하는 꼴을 보아하니 그렇다. 더 많은 미래를 가진 아이와 직원들이 있기에 내가 현재를 달리 살 수 있다. 행복한 감시의 눈들이다. 그들의 존재 의식이 내게 의지를 불어 넣어준다. 나의 빈틈도 메꿔주어 시간도 절약된다.

그들을 성장시키기 위해서는 내 수준이 먼저 올라가야 한다. 나를 도구로 쓸 수 있도록, 좋다는 약은 먹어 봐야한다. 운동과 독서라는 처방전을 집어 들었다. 그들이 아파하면 에너지 헌혈이 필요해 나를 쇠처럼 단단히 만들어 놓아야 했다. 집이나 사무실 밖을 나서면 늑대도 있고, 달콤함도 있다. 오죽 잘 가겠지만 내가 맛본 것 중 몸에 좋다는 것만 먹고 싶은 게 사람 욕심이다. 내 마음을 몰라줄 때는 서운하기도 하다. 부모가 원하는 학과에 지망하지 않은 수험생처럼 보일 때도 있다. 몸에 좋다는 표현도 하지 않고 방귀 뀌고 성내는지도 모르겠다. 어찌 됐건 내려놓아야 할 평정심이 마음속에서 술 한 잔 걸치고 휘청댈 때가 있다. 이럴 땐 아닌 척 연기하는 그 자체를 내려놓는다.

직장은 가정과 달리 절제, 우아, 근엄함을 고수하는 백조 모습이어야 한다는 이미지를 진즉에 깼다. 머릿속 부족함을 표현하듯 마음속 그릇 크기도 밝히는 편이 낫다. 나를 알고 상대를 알아야 맞추려는 노력도 시도할 것 아닌가. 서로가 괜찮은 척 앉아 있으면 집과 사무실은 연극 무대에 불과하다. 하루 대부분을 차지하는 이 공간에서 풀지 못한 것이 있으면 별도의 시간과 공간이 또 필요하다. 미궁에 빠진 스트레스가 퇴근 이후 시간을 낭비 공간으로 몰아넣는다. 눈에 보이는 돈만 낭비를 줄이는 대상이 아니다. 다음날 새로 채울 공간을 뺏기면 개인은 물론 가정, 조직 모두가 손해다. 아이와 직원, 그들만의 시간을 존중하고 기쁘게 내어주는 것이 본업의 성공을 좌우한다. 메이저리그에서 진정한 경기를 펼칠 수 있다. 나의 실수에도 눈 한번 질끈 감아주는 쿠폰으로 되돌아오기도 한다.

달리기할 때 코치가 옆에서 함께 뛰면 선수는 동력을 잃지 않는다. 마찬가지로 아이와 직원들에게 보따리만 맡겨 놓을 일은 아니다.

코치처럼 함께 뛰면 신바람도 나고 보따리 무게도 덜 수 있다. 아이와 강의, 영화, 체험, 세미나 등등을 모두 함께 뛴다. 아이도 어른들이 참여하는 독서 모임을 함께 한다. 나와 직원 둘 다 처음 하는 일이면 내가 먼저 해 보고 분담한다. 같은 대상을 함께 느끼지 못하면 소통도 단절된다. 서로의 부족함도 채울 수 있어야 그야말로 상생이다. 그들 신세대 감각으로 나를 채워준 적이 한두 번이 아니다. 아니 기브보다 테이크가 더 많다. [강원국의 글쓰기]에서도 "융합과 통섭의 시대에 동종 교배는 공멸이다. 하지만 다른 것이 섞일 때 비로소 새로운 것이 나온다."고 했다.

그들에게 채워줄 지식이 부족하다고 낙담할 필요가 없다. 핑계 같지만 가르침을 받는 것보다 가르치는 것을 좋아하는 세대라 오히려 잘 맞아떨어진다. 자라나는 새싹 맛을 보니 나에게는 스승이 아닐 수 없다. 어른과 상사에게 도움 줄 때 철도 빨리 든다. 자칫하면 그들에게 짐 보따리를 안겨줄 수도 있다. 내 보따리 채우는 일을 꾸준히 병행해야 한다. 현장경험을 미리 한 사람이라 그들보다 몇 배로 더 뛰어야 한다. 육아 서적이나 강연내용을 직원들에게 활용하고, 조직의 직원 사례를 아이에게 써먹는 크로스 기법도 유용하다. 시너지 효과가 난다. 그만큼 원리가 서로 통한다는 것을 입증한다. 자식이나 직원이나 진리는 하나다. 동일 연속선상에서 일과 삶에 대한 분량 조절이 관건이다. 라면의 물 조절이 맛을 가름하는 이치다. 일의 양을 잘못 재다가는 삶까지 침범해 경계선 없는 짬짜면 그릇이 될 수 있다. 다 된 죽에 코 빠뜨리는 일은 없어야 한다.

아이가 잠들어 있거나 직원들이 조용할 때 쌔근쌔근 숨소리가 들리는 것 같다. 장난을 치거나 아우성을 칠 때는 새들이 지저귀는 것 같다. 부모님 다투는 소리에 TV 소리까지 듣기 싫을 정도로 소음에 예민한 적이 있었다. 그땐 소리 없는 고요함이 그리웠다. 이젠 시끌벅적한 소리에도 향기를 느낄 수 있는 후각이 생겼다. 길을 걷다가 향기는 쏙 빠진 채 대책 없는 소리가 들릴지라도 견디는 힘이 생겼다. 귓바퀴가 무뎌지는 예순이 벌써 온 건가.

아침 출근 때 동선에 따라 들리는 소리들. 샤워기에서 뿜는 물소리, 머리 말리는 드라이기 소리, 커피 기계 돌아가는 소리도 자연의 소리로 들린다. 윗집 싸우는 소리에 심장이 덩달아 쿵쾅대지 않는다. 귀가 무뎌지니 입이 좀 시끄러워진 게 굳이 문제라면 문제다. 그렇다고 직원과 아이들이 듣기 좋아하는 소리만 하지는 않을 것이다. 시끄러운 소리에 무뎌진 것처럼 단단하게 살아갈 수 있는 소리를 들려줘야겠다. 내게 소리를 선별하는 능력이 절실히 필요한 이유다. 소리 감별사를 위해 오늘도 학습 오솔길을 걷는다.

07:

준비운동보단 바로 실행

✿

            했던 말 재탕 삼탕 하는 것 같지만 일과 생활의 원리는 하나로 통한다. 한통속으로 놓고 봤을 때 사람은 두 가지 유형으로 나뉜다. 철두철미하게 준비해 실행에 옮기는 사람과 적당선에서 실행부터 하고 수정하는 사람이다. 전자는 심혈을 기울인 작품으로 빵 터트리려 하고, 후자는 스케치부터 쓱 하고 눈치껏 덧칠하려 한다. 대체로 나는 후자에 속한다. 평소 '타이밍', '순간', '찰나'에 후한 점수를 주는 편이다. 목표 시간까지 할 만큼은 하되, 이때다 싶으면 모자란 구석이 있더라도 일단 고(go)를 외친다. 태어난 유전자는 전자인데 여러 경험으로 변이를 일으킨 것도 같다. 전자 입장에선 겉으로는 부러워해도, 속으로는 욕할 법하다. 나는 '우문현답(우리의 문제는 현장에 답이 있다)' 용어를 좋아한다. 시험부터 치르고 틀린 유형을 준비하는 스타일이니 호불호도 있겠지만 결과적으로는 얻는 게 더 많다. 대학교 1학년 때 일이다. 방학 때 가족들과 대천 외갓집을 가기로 했다. 출발하는 날, 나만 약속이 있었다. 가족들이 먼저 가고 나는 다음날 뒤따라가기로 했다. 고3 때까지 기차나 고속버스 타고 혼자 어딜 다녀본 적은 없다. 가족들도 뭘 믿고 먼저 간 건지 모르겠지만 암묵적으로 대학생과 성인은 동격이려니 했다. 볼일을 마치고 빠른 시간대를 골라잡다 보니 대전행 표였다. 대전역에 내려 의심의 여지도 없이 서 있는 택시를 타고 대천을 외쳤다. 그때는 삐삐도 스마트폰도 없을 당시다. 설사 있더라도 자신감에 묻지마 관광이었을 게다. 대전과 대천은 점 하나 차이라 바로 옆 동네로 알았다. 외갓집에 도착해 CEO처럼 현관에 택시를 세워 두고 집에 들어갔다. 택시비 좀 달라 하니 가족들 동공이 일제히 확장되었다. 그 사건 이후로 가족들이 내 간은 여럿 이식하고도 남을 크기로 본다.

현 직장으로 이직할 때 전 직장 퇴직일은 5월 31일이다. 현 직장 입사일이 6월 1일이기 때문이다. 연이어 출근해 신입직원 교육은 고작 5일이었다. 5일 공부하고 배치받은 부서에서 바로 일했다. 내가 입사한 다음번부터는 신입직원 교육이 3달이었다 2달로 바뀌고, 현재는 1달이다. 그때 들어오기를 참 잘했다. 선비처럼 앉아 공부하고, 연구하는 체질도 아닐뿐더러 이론보다는 현장을 지름길로 보기 때문이다. 눈꺼풀에 덮여 몇 달을 반달 눈동자로 지낼 뻔했다. 입사한 순간부터 현재까지 처음 하는 업무들의 릴레이였다. 17년 근무 중 신설 부서(임시조직 TF 포함)만도 너덧 군데다. 상대적으로 특수 파트에 자주 옮긴 편이다. 입사 동기 중 나이가 가장 어려 그만큼 연륜이 쌓인 것도 아니다. 학벌과 머리가 좋은 편도 아니다. 성격은 더욱 줄임표다. 이제 와 생각해보니 업무능력이 뛰어나서 메뚜기처럼 옮겨 다닌 게 아니었다. 타이밍에 맞춰 빈 접시에 뭘 담기는 담아 와서 그런 것 같다. 걸어온 길을 돌아보았을 때 여정에 뭐라도 담아냈는지, 텅 비어 있는지가 중요하다. 얼마나 멋지게 채웠는가는 이차적 문제다.

일을 지시받으면 천재지변이 일어나지 않는 한, 대부분 하는 편이다. 질적인 담보 정도는 둘째 치고 내민 카드는 일단 받아 내 수준에서 노력한다. 남에게 미루거나 시킨 사람이 무안해하지 않는 게 더 우선이니까. 남 걱정하는 것 같지만 그래야 내 속도 편하다. 일이 연이어 주어지는 걸 보면 품질이 영 꽝은 아닌 모양이다. 지시받은 일이 다른 직원의 업무이던, 휴일에 봉투 풀칠을 하던, 아침마다 책상과 컵을 닦던, 앞에 나가 춤과 노래를 부르던, 밤늦도록 외부 인사들과 만찬을 하던, 가리지 않았다. 진정한 용기는 잘하는 걸 하는 게 아니라 못해도 하는 것이라 했다. 나의 실력과는 관계없이 지시를 따랐다. 학창시절 "끼니 거르지 말고 밥 차려 먹어라.", "연탄불 꺼뜨리지 마라."는 부모님 지시에 단련된 타이밍인지도 모르겠다. 이런 식으로 두세 개 일하다 새로운 하나를 만나면 한결 수월해진다.

누구나 타이밍과 실행력의 유전자를 갖고 태어난다. 목을 가누고 뒤집고 기고 걷는 것들이 누가 시켜서 한 일이 아니니 말이다. 나 살자고 각자 한 발씩 떼는 것이다. 발 하나를 바닥에서 떼는 힘이 실행력이다. 발을 들어 올리면 도로 내려놓든 앞으로 벌려 걷든 움직이지 않고선 배길 수가 없다. 내키지 않아도 등 떠밀려 실행하는 힘, 이 또한 타이밍이다. 둘은 불가분의 관계다. 그 둘 사이를 호시탐탐 엿보고 끼어든다. 내 가시권에 있는 시곗바늘보다 세상 밖 시곗바늘은 훨씬 빠르게 회전한다. 내가 운동화 끈을 탄탄히 묶고 있을 때 세상은 이미 앞으로 달려간다. 의지가 바닥을 긴다 싶으면 돈의 힘을 빌린다. 학원이나 운동 등 수강료를 지불하면 보상심리로 실행력을 구매하게 된다.

환경적으로 봐도 우리나라 발전 속도는 유달리 빨랐다. 세계적으로도 급변하는 미래를 맞고 있다. 어찌 보면 미래의 불확실성이 실행력을 부추기는 바람일지도 모른다. 멋모르고 걸음마 한 아기처럼 미지의 세계 일을 멋모르고 할 수가 있다. 어차피 내가 할 수 있는 일인지 아닌지는 해 보지 않고서는 아무도 모른다. 익숙한 일과 좋아하는 일, 잘하는 일이 따로국밥일 수 있다. 과정을 안답시고 설렘이 방전

되어 싫증이 날 수도, 일을 그르칠 수도 있다. 모르면서도 하는 게 용기와 용서 측면에서 안정 궤도일 수 있다. 하늘의 잣대로 맡겨진 일을 굳이 내 기준을 들이대서 한정 지을 필요가 있을까. 시험 전 혼자예상하고 끙끙대며 왕창 공부하느니 시험을 미리 봐 보고 틀린 문제에 집중하는 것도 나쁘지 않다. '철두철미한 계획' 보다는 '행동강령 수습'에 눈길이 더 간다. '선 실행, 후 보완'을 좌우명으로 삼을 정도로.

직원 시절 두루두루 여러 업무를 경험했다. 차장 승진 이후 그 두루두루 업무는 죄다 비껴간 생소한 부서로 배치받았다. 배치받자마자 회의체를 주관해야 했다. 외부 위원들의 전문 용어도 내 두 귀를 모조리 비껴갔다. 알아듣지도 못하는 사람이 사회를 보고 의사결정까지 이끌어야 했다. 알아먹는 척하는 기술부터 터득해야겠다. 징검다리도 없이 강을 날아서 건너야 할 판이니. 새벽반 스피치학원을 등록했다. 회의 자료와 백과사전을 세트메뉴 삼아 하나하나 섭취했다. 우렁각시 마냥 새벽 5시 반에 출발해 학원을 들러 출근했다.

회의 때 오간 영어는 한글로 모조리 받아 적고 사전과 답 맞추는 식이었다. 말의 내용보다는 속도가 빠른 위원이 가장 비호감이었다. 빠른 말은 지렁이로 메모하고 주변에 일일이 물었다. 자주 노출되니 외래어마냥 귀가 뜨이고 눈이 열렸다. 갑작스럽게 받은 일이 아니었다면 사전에 준비하느라 시간을 허비했을지도 모른다. '타이밍' 자리부터 확보하고 앉다 보면 그에 걸맞은 밥상으로 어떻게든 차려진다. 단지, 계획과 실행의 순서만 바뀐 격이다. 바뀐 순서도 나만 알고 넘어갈 문제다.

차장 승진 후 민원을 많이 접했다. 관련 업체들의 빗발치는 전화는 물론 시류, 방문 가리지 않고 질문이 많았다. 사무실을 원주로 옮겨도 각 지역에서 원주까지 발길이 끊임없었다. 그들이 발을 동동거린 이유는 하루라도 빨리 시장을 선점해야 하기 때문이다. 그들 역시 관건은 타이밍이다. 내 업무 시간을 뺏기는 건 억울하지만 회사 바깥은 타이밍 전쟁터다. 전쟁터를 간접 경험하니 귀의 뜨임이 더 확장되었다. 마이어-브릭스의 성격유형지표(MBTI)라는 진단 도구가 있다. 직장은 내실 있게 검토하는 업무가 대부분이다. 타이밍 예찬론자라 그런지 MBTI 결과도 사업가형이다. 이 진단이 나를 대변하는 성적표는 아니지만 역시 연구와는 거리가 멀다. 급변하는 사회에 한 치 앞도 모르는 상황에서 어찌 치밀하게 계획된 여행만 하랴. 생각 없이 떠난 여행에서 얻어걸리는 것도 많다. 우리 인생은 순간포착·사진으로 꾸며지는 상황이 의외로 많다.

독서를 숫제 하지 않고 독서 모임부터 나갔다. 마음의 양식이네, 지혜네 등등으로 뭔가 채운다기보다는 순전히 아이 유연성을 길러주고자 무턱대고 참여했다. 무슨 책이 좋은지, 어떻게 읽는지는 안중에도 없이 오로지 아이 손만 붙잡고 갔다. 두 번째 참여 때 조의 리더가 되었다. 리더로서 앞에 나가 발표까지 했다. 물꼬를 한번 트니 희한하게 리더에 자주 당첨되고 앞에 나가 발표도 열다섯 번이나 했다. 독서 모임에 발 도장부터 찍고 보니 혼자만의 읽기를 넘어서서 듣기, 말하기, 쓰기가 줄줄이 이어졌다. 이곳 역시 사전 준비가 필요 없었다. 준비되면 하겠다는 생각은 이제 그만 버려도 될 것 같다. 독서든 운동이든, 여타 분야든 간에 현장이 가장 좋은 공부였다.

링크드인의 회장이자 [어떻게 나를 최고로 만드는가]의 저자인 리드 호프만(Reid Hoffman)은 제품의 첫 번째 버전이 부끄럽지 않다면, 출시가 너무 늦은 것이라 했다. 고영성, 신영준의 [일취월장]에서는 전략은 실행능력 그 자체이며 실행할 수 없는 아이디어는 전략이라 할 수 없다고 했다. 그러면서 라이트 형제가 1920년 9월에는 700회의 비행 실험을, 10월에는 무려 1,000회의 비행 실험을 했다는 예시까지 들어가며 반복적 실행을 학습과 연결 지으며 강조했다. 인용문을 남발하는 것 같은데 '실행'을 종교로 삼고 싶을 만큼 예찬론자인지라 독서하다 밑줄 벅벅 그어댄 문구 하나 더 소개한다.

최인철의 [프레임]에서는 "사람들에게 오래된 과거를 회상하게 하면 대부분 그 시절에 하지 않았던 것들에 대한 회한을 떠올린다. 그이유는 단기적인 관점에서는 하지 않은 일에 대한 후회보다는 이미 저지른 일에 대한 후회를 더 많이 하지만, 장기적인 관점으로 들어가면 저지른 일에 대한 후회보다는 하지 못했던 일에 대한 후회가 더 크게 다가오기 때문이다...자기 방어에 집착하지 말고 자기 밖의 세상을 향해 접근하라. 접근함으로 인한 후회는 시간이 지나면 사라지지만 안주함으로 인한 후회는 시간이 지날수록 더 커진다는 것을!"이라 했다.

일단 실행하고 볼 일이다. 처음 하는 일이라 시간 투자가 만만찮을 수도 있다. 하지만 시작의 물꼬를 튼 다음에는 축적된 양만큼 처리 시간은 줄어든다. 머뭇거리기에는 인생이 그리 길지도 않거니와 끝없는 인생도 아니다. '따르릉따르릉 비켜 가세요. 자전거가 나갑니다. 따르르르릉... 우물쭈물하다가는 큰일 납니다.' 라는 동요도 있지 않은가. 우물쭈물하다 큰일 난다는 말미가 의미심장하다.

그동안 우물쭈물할 새도 없이 회사가 나를 키우고, 경험이 나를 키웠다. 어쩌면 환경의 지배로 나에게 '자연선택설(환경에 적응한 종이 번식하는 진화론)'이 적용되었다. 이제는 내가 나를 지배하는 실행력

차례다. 나를 마루타 삼아 실행하면 결국은 마스터가 될 터이다. 여 럿 이식시키고도 남을 간이라 불리던 게 이젠 배 밖으로 튀어나올까 무섭다. 이참에 다른 장기들도 줄줄이 튀어나오길 기대한다.

08 :

남은 삶을 위하여

✲

책 서두에서 나를 '흥' 많은 우뇌 가분수라 소개했다. 마지막 장까지 써 내려가다 보니 그 '흥'을 이곳에 질질 흘리고 있었다. 4차 산업혁명 시대를 맞아 뜨는 직업과 사라지는 직업으로 한창 시끌시끌했다.(아직 가시지 않았지만) 직업 개념은 사라지고 무슨 일을 하는 사람으로 표현될 것이라 한다. 한때 개그우먼이 꿈이고 음악에 리듬감을 뽐내었다. 언뜻 보면 현재 하는 일과는 자석의 N극과 S극이다. 설령, 가는 방향이 나침반의 N극(북)과 S극(남)일지라도 그리 노여워할 일은 아니다. 내 안에 '흥'이 살아 있느냐 없느냐가 중요하지, 어디에서 어떤 모습으로 표현되는지는 중요치 않다.

TV 방송 [세상에 이런 일이]에서 여든 넘은 오광봉 할아버지가 화제인 적이 있었다. 할아버지는 36년간(방송 당시) 단 하루도 빠지지 않고 새벽 3시만 되면 계단을 성큼성큼 오르며 반나절을 신문 배달했다. 그뿐 아니다. 오륙십 만원 월급 받고 그중 3분의 1은 책에 투자했다. 사는 단칸방이 곧 서재라 독서가 일상이었다. 자신은 라면으로 끼니 때우며 이웃에게 봉사까지 했다. 매일 새벽 3시를 새로운 마음으로 맞이하고 "인생은 아름다워" 하고 외치던 할아버지 미소가 떠오른다. 이처럼 내가 무슨 일을 하느냐보다 세상에 무엇을 줄 것인가가 삶의 열쇠다. 남은 삶은 열쇠를 어느 구멍에 끼워 세상의 문을 열 것인가. 그 열쇠 찾는 일 역시 열쇠다.

나의 내부를 X-Ray 촬영해 보자. 모조리 정상일 수도 있고, 금이 가거나 이상한 형체가 생겼을 수도 있다. 어떤 상태라도 '나'를 받아들이는 일부터 해야 한다. 내가 나를 받아주어야 그 경험으로 남도 온전히 받을 테니까. 역으로 남도 나를 받아 주리라는 생각으로 확산된다. 설사 착각이라도 좋다. 긍정적 결과를 위해 뇌는 충분히 속아 넘어가 준다. 나 스스로 내 안에 든 '비정상 세포'까지 인정해야 남이 가진 '이상 인자'도 한통속으로 바라볼 수 있다. 남도 그렇게 봐주겠거니 하며 '막무가내 믿음'과 '무턱대고 자신감' 박자에 리듬 탄다.

이 힘은 상대 행동에 연연해하는 일을 한방에 졸업시킨다. 뭐니 뭐니 해도 나를 수용하는 것이 우선이고 그런 나로 독립하는 게 이어 할 일이다. 40년을 종속변수로 살았다면 남은 인생은 독립변수로 살고자 한다. 그 어떤 것에 기대거나 발목이 묶여 있다면 지지대를 치우려 한다. 누군가에게 손을 벌리더라도 독립한 손으로 내미느냐, 잡아 달라 건네느냐에 따라 결과는 판이하다.

눈앞에 주어진 내 일은 빠르게 치고 나가되, 타인 살피는 일은 돌다리 두드리며 가고자 한다. 내 일은 잽싸게 처리하고, 남 일은 신중히 접근해 하나의 삶으로 안착시키려는 것이다. 둘 사이 갭을 좁혀 나가는 과정이 곧 성장이다. 좁히면 좁힐수록 잠재된 인격도 수면 위로 떠오르겠지. 아직 이면을 보는 시력이 썩 좋은 편은 아니다. 안경처럼 보조도구가 필요한 수준이다. 인격을 수양하면 안경은 거추장스러운 물건이 되겠거니 기대한다. 책 속의 사람들을 만나고, 책 밖의 사람들도 겪으며, 글 속에 등장인물로 환원하는 일을 하련다. 꾸준히 하다 보면 지팡이 짚고 수염 기른 모습에 한 발짝 다가가지 않을까. 3D 안경으로 세상을 볼 수 있지 않을까.

감각은 시력에만 있지 않다. 내 오감을 총동원해서라도 안경 없이 상대를 바라볼 줄 알아야겠다. 그동안 나 자신과 이웃을 색안경 끼고 본 것을 무마시키려면 말이다. 어제보다 나은 오늘이 되라는 말, 너도 나도 하도 써먹는 통에 식상하다며 한 귀로 흘렸다. 나의 이해력이 딸린 건지, 사람 말을 못 믿는 건지 직접 체험하고 나서야 그 말의 진면목을 알 것 같다. '어제보다 나은 오늘'이 노래가사 흥얼대듯 한다. 단풍 물 제대로 든 셈이다. 나와 남에 대한 시선, 이 교집합 땅덩어리를 넓혀 나가는 게 내 소명 같다.

감성은 나이를 거꾸로 먹되, 이성은 나이를 가불해야겠다. 감성은 동안 피부, 이성은 삭은 피부 정도 되려나. 동심으로 세상을 바라보되, 어르신 연륜을 발휘하는 것이다. 혹여 잘못 복용한 부작용으로 철없는 사람이나 꼰대로 빠지진 말아야겠다. 나의 '철' 결핍 증세로 상대가 어지러울 수도 있으니. 내게 부족한 연륜과 공감이란 과목에 승부수를 던져본다. 어릴 적 꿈을 다시 펼친다거나 지금 하는 일을 거창하게 키워보겠다는 식의 계획은 필요치 않다. 현재 내가 서 있는 지점에서 인생 나이테를 둘러보자. 둘레가 커지다 보면 꿈과 맞닿는 역사적 순간이 오리라. 개그우먼 꿈도 현실에서 다른 방식으로 표출되고 있지 않은가. 노래 잘 부른다고 전부 가수 되고, 그림 잘 그린다고 모조리 화가가 되지 않듯이.

내가 앉은 자리에서 노래도 부르고 그림도 그리며 살면 된다. 괜히 동종집단 속에서 경쟁할 일도, 실력 차이로 파묻힐 일도 없으니 속 편할 수 있다. 오히려 다른 업계에서 차별화 전략으로 발휘부터 하고 볼 일이다. 동료들의 숨통 트는 환기구로 작용한다면 꿈을 실현한 것이나 마찬가지다. 조명 딸린 무대만 무대가 아니다. 내 발이 닿는 곳이 곧 무대다. 그러고 보면 어릴 적 나만의 평가 기준으로 성향 따라 꿈 따라간답시고 그 직업에 들이댔다면 큰코다칠 뻔했다. 그런 생각 한 자체가 개그우먼이다.

'남과 비교하는 나'에서 '어제와 비교하는 나'로 시선을 모으는 중이다. 가다 보면 '자주독립' 깃발 꽂고 만세 부를 날이 올 것이다. 촛불은 주위를 판으로 막아야 바람도 차단되고 빛도 모인다. 판이 없으면 바람에 불도 흔들리고 빛도 분산된다. 온전히 '나'를 바라보는 시간적 접근이, '남과 나' 사이를 넘나드는 공간적 접근보다 불빛이 더 선명하다. 그 빛으로 주변까지 밝힌다면 자주독립만세는 부르고도 남을 일이다. 지금의 나는 하드웨어 보수공사 수준에 불과하다. 소프트웨어를 코딩하는 수준까지 끌어올려야 한다. 내 수준과 부족함을 인지한 것만으로도 보수공사는 착수한 셈이니 다행이다. 자화자찬 같지만, '나를 아는 나'는 신대륙 발견과 맞먹는 깨달음이라 본다. 거울 보는 횟수도 줄었거니와 들여다보는 시선도 달라졌다. 그동안 거울은 남이 보는 모습을 위한 미용 도구였다. 이제는 어제와 달라진 내 모습을 보는 성장 도구다. 성장 보느라 정신 팔려 그런지, 이따금씩 얼굴에 묻은 과자 부스러기가 한참 뒤에 수배되기도 한다. 남들도 성장으로 보는 건지 닦으라는 소리들을 하지 않는다.

나를 믿든, 부처나 예수를 믿든 각자 믿는 대상이 있다. 직장 동료와 주고받은 말이 생각난다. 그 동료에게 누가 보면 종교 없는 사람인 줄 알겠다며 놀린 적이 있다. 그는 이렇게 되받아쳤다. "사람들은 종교가 있으면 상대적으로 더 바르게 산다 생각하는데, 나는 그나마 종교라도 있으니 성질이 이 정도인 거야. 나를 돌아본 게 어디냐" 라며 침을 튀겼다. 그의 말처럼 '부족한 나' 와 '성장하는 나' 를 종교처럼 들여다봐야 하지 않을까. 보는데 정신 팔려 부정적 생각도 끼어들 겨를이 없다. 자다가 벼락 맞는 것처럼 주변에 씨를 뿌리다 보면 된통 큰 나무 한 그루나 울창한 숲을 조성할지 누가 알겠는가. 이야말로 로또 맞은 일이다.

사람들 각자의 언어를 절충하고 통합하는 사람으로 거듭나고 싶다. 가정환경에 따라 사용하는 언어가 있다. 치열하게 일만 하느라 입버릇처럼 쓰는 언어가 있다. 피해 의식 속에 찌들어 아우성대는 언어가 있다. 희로애락 삶으로 울부짖는 언어가 있다. 경우의 수가 하도 많아 내가 가진 언어로는 한참 딸린다. 그 언어들을 알아가고 체

내에 흡수시키고 통합까지 하는 공장장이 되고 싶다. 올챙이가 내일 아침 당장 개구리가 되는 모습을 상상하는 격일 수도 있다. 적어도 그들의 언어를 외래어처럼 받아들이지는 말자는 의도로 크게 내지른 다. 앞에서도 누누이 얘기했지만 여기까지 오게 된 건 가족, 시댁, 친정, 직장, 그 밖의 지구인들이 존재했기에 가능했다. 받은 건 되갚는 성질머리가 여기까지 인도했다. 이 땅에 태어나 지금까지 스친 인연들이 스승이다. 이런 말 하면 착한 척한다 생각했는데 절로 나오는 걸 보니 눈물까지 핑 돈다. 뫼비우스 띠처럼 돌고 도는 게 인생이라더니 나도 이렇게 해까닥 돌려놓을 줄이야. 그들이 몸담고 사는 토양에 거름이 되고 싶다. 내가 한턱 쏠 차례라 지갑에 '독립' 두둑이 채워야겠다.

화광동진(和光同塵)이란 말이 있다. 노자 56장에 나오는 말로 이 뜻을 처음 접했을 때 그 자리에 한동안 멈춰 섰다. 나에게 부족한 부분이자 반드시 채워야 할 덕목이기 때문이다. 뜻은 이렇다. 빛을 부드럽게 하여 속세의 티끌에 같이 한다는 뜻으로, 자기의 지덕(智德)과 재기(才氣)를 감추고 세속을 따른다는 말이다. 부처가 중생을 구제하기 위하여 그 본색을 숨기고 인간계(人間界)에 나타남을 이르기도 한다. 하느님이 인간의 모습으로 세상에 오신 것처럼 하도 감격에 겨워 인용 문구를 여기까지 끌고 왔다.

"아는 사람은 말하지 않고, 말하는 사람은 알지 못한다. 진정한 앎이 있는 사람은 그 이목구비를 틀어막고, 지혜의 문을 닫으며, 지혜의 날카로움을 꺾고, 지혜 때문에 일어나는 혼란을 풀고, 지혜의 빛을 늦추고, 속세의 티끌과 하나가 되니, 이것을 현동(玄同)이라고 하는 것이다. 그러므로 이와 같은 현동의 사람에 대하여는 친해질 수도 없고, 멀어질 수도 없으며, 이득을 줄 수도 해를 줄 수도 없고, 귀하게 할 수도 천하게 할 수도 없으니, 천하에 가장 귀한 것이 된다는 것이다."

도(道)는 무위(無爲)하면서도 무위함이 아니라는 노자의 도가사상(道家思想) 역시 귓등으로 들은 것 중 하나다. 내 가슴에 이리 깊이 박힐 줄은 몰랐다. 하나둘씩 쌓여가는 지식을 나보다는 주변을 들어 올리는 데 써야겠다. 그러기에 나를 알고, 남을 알아야 한다. 이래서 지피지기 백전백승이란 말도 나왔나 보다. 내 이름에는 지혜지(智) 자가 들어 있다. 뿌리내리고 꽃피우라고 꽃뿌리영(英)까지 결합했다. 이제까지 이름을 부르는 도구로만 생각했다. 이름은 하늘이 내려보낸 삶의 지향점이다. '이름값 좀 하고 살라'는 말, 이마저 무미건조해 흘려들은 말이다. 깨달음이 느니 휴지통 뒤져 다시 주워 담는 문구들도 많아진다. 그래서 인생은 재활용 분리수거인가 보다.

이름값하려 치니 내 색깔을 들여다보지 않을 수 없다. 학생부터 80대 어르신까지 나를 본 사람들은 "생긴 것과 다르게"라는 꾸밈말을 추임새처럼 한다. 얼굴을 보지 않은 온라인상에서도 말투나 억양이 느껴지는지 '생긴 것과 다르게'가 통용된다. 의외라는 용어가 자주 등장한다. 유머의 조건 중에는 의외성과 반전이 있다. 곡해했더라도 개그우먼(꿈)으로서 듣던 중 반가운 소리다. 그만큼 양식 먹을 준비는 되었다고 치자. 한쪽으로만 치우치지 말라는 세상의 메시지로 받아들인다. 미술에서 보색 대비가 있듯이 두 가지 색이 다양하게 조합되어 나 자신은 물론, 타인과의 배색으로 삼아야겠다.

구슬이 서 말이라도 꿰어야 보배라 했다. 꿰지 않으면 보배 축에도 못 낀다. '연결'이 핵심이다. 세상도 때마침 초연결 시대다. 방대한 양의 지식보다 단 몇 개라도 연결해 창조하는 편이 낫다. 지식을 소유만 하는 것은 돈다발 끌어안고 활용할 줄 모르는 스크루지와도 같다. 업무든 일상이든, 뭐라도 꿰다 보면 관계는 절로 따라온다. 남은 삶은 연결의 바다를 항해하며 헤엄치는 사람들도 함께 태우련다.

나의 연장통에는 '이성과 감성, 남성과 여성, 몸과 정신, 어린이와 어른, 예술과 논리, 질과 양, 주장과 침묵, 온라인과 오프라인, 일과 휴식, 공부와 놀이, 긴장과 느슨함, 댄스와 발라드, 자연과 번화가,

멈춤과 움직임, 나와 너...' 등등의 보색들이 담겨 있다. 적재적소에 연장을 꺼내 쓸 수 있게끔 다져 나가는 중이다. 그런 의미에서 눈 감는 순간까지 글쓰기, 운동, 독서의 삼합 메뉴를 요리할 것이다. 본업의 주 메뉴를 뒤엎을 만큼 깊은 맛이 날는지는 나조차 궁금한 후속편이다. 글의 마침표를 찍는 지금 이 순간부터 마라톤은 시작된다.

구슬이 서 말이라도 꿰어야 보배라 했다.

꿰지 않으면 보배 축에도 못 낀다. '연결'이 핵심이다.
세상도 때마침 초연결 시대다.
방대한 양의 지식보다 단 몇 개라도 연결해 창조하는 편이 낫다.
지식을 소유만 하는 것은 돈다발 끌어안고
활용할 줄 모르는 스크루지와도 같다.
업무든 일상이든, 뭐라도 꿰다 보면 관계는 절로 따라온다.
남은 삶은 연결의 바다를 항해하며
헤엄치는 사람들도 함께 태우련다.

"밟지 않은 길을 디뎌봐야 내 구역이 넓어진다"

인생 40년과 2년은 잽이 안 되는 비교다. 사회생활 시작 시점을 어른이라 치고 범위를 좁혀도 20년 대 2년이다. 20년은 과거, 2년은 최근이다. 삶의 패턴이 판이하게 달라진 기간 간의 비교다. '하루' 그릇에 담아내는 내용물이 달라졌다. 삶의 메뉴를 변경하니 바라보는 태도도 달라졌다. 실제로도 내가 취업을 한 이후부터 새로 맛본 음식이 많아졌다. 첫 직장에 취직하고 롯데리아를 처음 가 보았다. 결혼하고 아웃백 스테이크하우스라는 곳도 가 보았다. 현 직장 다니며 도가니탕, 곱창, 닭똥집, 닭발, 족발, 영양탕 등등을 맛보았다. 신세계다. 위대(胃大)한 이 맛을 몰랐다면 그야말로 속 좁은 인간으로 살 뻔했다.

그 2년의 경험이 바로 이 맛이다. 색다른 맛을 보고 군침 마르기가 무섭게 이렇게 표현부터 하게 되었다. 10년, 20년 장인 정신으로 무슨 발명품을 고안한 것도 아니면서. 거대한 목표를 달성하고 최첨단 변신 로봇이 된 것도 아니면서. 인생 마라톤에서 터닝 포인트 지점 2년을 지나 후년을 바라보고 서 있다. 40년과 2년의 비교는 통상적인 통계 접근법은 아니다. 대개 전후를 비교할 때 기준점으로부터 같은 기간을 잡는다. 허나 input과 output의 재질이 확연히 달라 인생을 통틀어 비교군과 실험군을 설정했다. 눈에 보이는 티끌만 털어내긴 싫어서.

어릴 적부터 현재까지 스펙트럼을 넓게 잡아 기억을 어루만졌다. 글 쓰는 내내 하늘과 구름이 그려졌다. 살면서 하늘 색깔이 회색일 때도, 파란색일 때도 있었다. 그 속에서 구름의 이동이 빠를 때도, 멈춰 선 때도 있었다. 나는 누구이고, 자라면서 어땠고, 어찌 지내다 여기까지 흘러왔는지를 썼다. 써 내려가다 보니 글자 하나하나가 구름 입자 같다. 후회, 분노, 연민, 원망, 안도감, 이해, 용서, 감사, 만족, 겸손... 감정 입자가 뭉치고 흩어지기를 반복했다. 결국 깨달음은 하나로 수렴했지만 종점에 다다르기까지 펜은 줏대 없이 삶의 그래프와 리듬을 같이 했다.

하늘의 색은 그리 중요치 않았다. 그 안의 구름 입자들을 쪼개고 관찰하는 것, 그 자체로 힘이 상당했으니. 마지막 장에 펜이 도착했을 땐 구름 형체가 보기 좋게 피어올랐다. 평소 컴퓨터 자판 두드릴 때 인상 좀 펴라는 말을 자주 들었다. 글 쓰는 탁상 위에 거울이 놓여 있다. 거울 속에 지난날의 그 인상파가 사라졌다. 내 표정에도 뭉게구름이 피어오른다. 글을 쓰면 인생이 달라진다고들 하더니만 쓴 양만큼 표정 구름도 걷힌다. 대박 인생도 아닌 고작 표정 변화에 신난 걸 보면 도둑놈 심보는 아닌 사람이다.

나 자신과 환경을 끄집어내는 앞 장에서 시간을 질질 끌며 늑장 부렸다. 글 쓰는 기술도 한몫했지만, 가슴 속 고인 물을 밖으로 퍼 올리는 것이 여간 어려운 일이 아니었다. 역류성 식도염 증상처럼 타들어가는 느낌이랄까. 글을 쓰면서 또 알아챘다. 좋은 모습만 보이려고 애쓰며 살아온 것을. 유쾌한 사람이건 불편한 사람이건 처음 말 붙이기가 꺼려지듯이 갈팡질팡 양가감정이 파도를 탔다. 노트북에

CCTV가 달렸다면 아마도 3장까지는 인상파 타자 습관 그대로였을 게다. 한번 말문이 트이니 낯가림은 사그라들었다. 4장과 5장을 넘어서며 구름 빛도 옅어진다. 역류성 체증이 가라앉으며 가슴 속에 도로 기어들어 간 느낌이다. 아이 키우는 재미에 출산의 고통은 싹 잊은 사람처럼.

A4 그릇에 글 밥을 꾹꾹 눌러 담다 보니 이런 생각이 든다. 삶이란 채우는 게 능사는 아니라는 것. 그것도 고작 2년 가지고. 누워만 있던 아기가 고개 가누고 뒤집었다고 부산떨 일은 아니듯이. 그 아기가 어떤 모습으로 어른이 되어 살아가느냐가 더 중요하다. 지금 쓴 것은 내 안의 잡초를 뽑아내고 새 잔디를 심기 위한 준비에 불과하다. 파릇파릇한 잔디를 심고, 야무지게 키워나가는 이후 과정이 훨씬 중요하다.

고급 재료로 삶을 채운다고 해서 꼭 값진 인생이 펼쳐지는 것도 아니다. 그보다 더 중요한 게 비우고 버리는 일이다. 이 책 한 권은 잘 채우고 잘 비우는 단계까지 올라설 수 있도록 내딛는 발판 정도다.

앞 장에서 눈치챘겠지만 내 기호식품은 동적인 예체능 분야다. 정적인 분야에서 오래가는 건전지 스타일은 아니다. 한마디로 심지와 의지가 그리 굳은 편이 못 된다. 아마 이 글이 혼자 보는 일기장이었다면 자아를 꼬셔가며 세월아 네월아 했을 것이다. 비용을 걸거나 공표를 해야 책임감이 못이기는 척 발동하는 그런 사람이다. 하얀 종이에 속을 내려놓은 것만으로도 이미 대화는 끝났다.

채우고 비우는 삶을 위해 독서, 운동, 글쓰기의 쳇바퀴를 돌릴 것이다. 일과 생활이란 본 메뉴가 감칠맛 나려면 사이드 메뉴가 반드시 필요하다. 감칠맛의 비법이 바로 그 세 가지다. 이는 삶을 안전하게 보호하는 신호등과도 같다. 독서는 초록 등, 운동은 빨간 등, 글쓰기는 노란 등이다. 초록 등이 켜지면 차가 앞으로 가듯 독서에 매진한다. 빨간 등이 켜지면 가던 차가 멈추듯 잡고 있던 일을 운동이 멈춰세운다. 노란 등이 켜지면 앞으로 갈 수도, 멈출 수도 있듯 글쓰기는 둘 사이를 교차하며 함께 한다. 삶 메뉴가 더 찰지고 입맛이 없더라도 먹기 위해서다. '독서(Go)-운동(Stop)-글쓰기(Always)'의 삼각대 위에 여생을 올려 두었다. 삼각대처럼 일상에서 나만의 연출 공간이 중요하다. 독서든, 음악이든, 그림이든, 요리든 종류 불문하고. 나만의 공간이 있고 없고의 차이가 삶의 간격을 벌린다. 이 공간이 있어야만 그 어떤 것에 종속되지 않고 주체적일 수 있다. 주체적이어야 남에게 내어줄 공간도 생긴다.

우리 몸은 허리뼈가 전체를 지탱해 준다. 내 삶에서 지렛대 또는 균형추 역할을 하는 것이 나만의 공간 그 삼각대다. 이제 꼴랑 2학년이면서 어쭙잖은 기술로 글쓰기를 시도했다. 한 번의 시도로 받은 보너스 치고는 꽤 짭짤하다. 덤으로 얻은 가치는 눈덩이 굴리듯 한다. 손도 느리고 우유부단한 내가 직장 다니며 글을 썼다. 글 내용보다 변화무쌍한 출퇴근 속에서 썼다는 게 더 용하다. 쓰고 나니 커다란 숙제가 생겼다. 공수표 날린 사람이 되지 않도록 사는 것이다. 이 글을 읽는 사람 중에는 '보아하니 난 더 잘하겠다.' 라고 할 수도 있다. 그럼 성공이다.

주변에서 이런 사람들을 흔히 본다. 생각이 많아 머리가 복잡한 사람, 머리 회전과 비례해 손놀림도 빠른 사람, 하고 싶은 말은 많은

데 가슴만 답답한 사람, 입이 간질간질해 수다 떨기 좋아하는 사람, 변하고 싶은데 시간과 의지가 부족한 사람, 워라밸과 소확행을 거침 없이 누리고 싶은 사람 등등. 그들에게 이 글이 도움 되었으면 한다. '나도 하겠다'는 생각이 불쏘시개가 되길 희망한다. 나 역시 남 시켜 놓고 속 편히 놀 사람은 아니다. 말해 놓고 나니 양심이란 게 스멀스 멀 올라온다. 함께 뛰는 의미에서 둘째도 계획해야 하나 싶다. 첫 책 은 멋모르고 덜커덕 임신했으니 2세는 계획적으로 탄생시키고 싶다. 산고의 고통을 이리 빨리 잊으니 사람은 망각으로 행복해하는 동물 임에 틀림없다.

'용불용설'이란 생물학적 개념은 일상생활에서도 유용하다. "쓰 면 쓸수록(writing)" 발달하는 기관이 글쓰기다. 쓰다(writing) 보면 쓰 지(use) 않는 나쁜 습관과 부정적 감정들이 퇴화해 세상도 나를 쓰지 (make use of) 않을까. 막상 써 보니 작가가 위대해 보인다. 차장 승진 시험 준비 때는 차장이 위대해 보였다. 스쿠버다이빙 자격증 딸 때는 다이버들이 위대해 보였다. 발이 닿는 곳 하나하나 경험해 나가면 세 상은 얼마나 더 위대해 보일까. 가보지 않은 초행길은 멀게만 느껴진다. 돌아오는 길은 같은 거리라도 그리 짧을 수가 없다. 단거리로 만들 길이 이리도 많으니 세상은 참 살아봄 직하다.

그동안 몰랐다.
삶이 이토록 아름다운 줄.